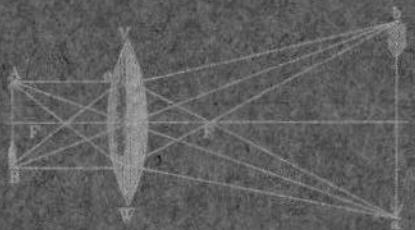

Why had that airplane flown directly over me
instead of someone else?

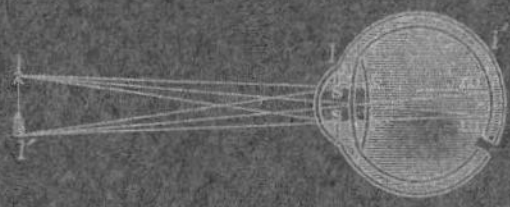

文学のなかの科学

なぜ飛行機は「僕」の頭の上を通ったのか

千葉俊二

勉誠出版

はじめに――〈カオスの縁〉の方へ

二〇一二年に私は、『物語の法則』『物語のモラル』という二冊の本を刊行した。前者は岡本綺堂と谷崎潤一郎の作品を取りあげながら、物語というものに何らかの法則があるのかないのかを考えてみようとしたものだ。寺田寅彦は「科学と文学」において〈狂人の文学〉はあり得ないとして、「人間の心の動き、あるいは言葉の搬び」にも一定普遍の法則、あるいは論理が存在するという。「作者は必ずしもその方則や論理を意識している訳ではないであろうが、少なくもその未知無意識の方則に従って行われる一つの手際のいい実験的デモンストラシオンをやって」いるのだろうと指摘している。

法則といえば、ガリレオの「落体の法則」やニュートンの「万有引力の法則」といったように、私たちは自然科学の法則をすぐに思い起こすが、これらの法則がはたらくのは古典力学の世界であり、ひとつの原因は必ずひとつの結果と結びつき、結果から原因を究明することも可能な決定論的必然の世界である。近代という時代は自然科学の発展とともに歩んできたが、自然科学が明らかにしていったさまざまな法則によって、私たちの思考は枠づけられて、世界そのものもそれらの法則によって解釈しようとする方向へ進展したといっていい。それは水と油のように考えられがちな文学と科学であるが、文学の世界においても決して例外ではない。

たとえば、フランスの自然主義文学を代表するエミール・ゾラは、ベルナールの『実験医学序説』から方法的なヒントを得、ルーゴン・マッカール叢書と題された膨大な作品群を、科学者がその対象を実験によって分析、観察し、その結果を正確、綿密に報告するのと同じように書きすすめていった。しかも、その小説の世界は遺伝と環境という一九世紀の自然科学の発展によって明らかにされた科学的な法則を重視したものである。メンデルの遺伝法則にしてもダーウィンの進化論にしても、ともにひとつの原因がひとつの結果と結びつく因果律に支配された古典力学の決定論的世界のうえに成り立っており、日本の自然主義文学もそれから決定的な影響をこうむったことは疑いない。

ところがである。二〇〇三年にヒトゲノムの解読がすべて完了してしまった。そのニュースにはじめて接したとき、すごいとは思っても、具体的にそれがどのような意味をもち、今後の私たちの生活にどのような影響をおよぼすことになるのか、ちょっと想像もつかなかった。それが二〇一三年五月、ハリウッドの女優アンジェリーナ・ジョリーが遺伝子検査の結果、将来、乳ガンになる確率が八七パーセントということで、いまだ何も症状が出ていないにもかかわらず、リスク回避のために乳腺切除手術をうけたといった衝撃的なニュースが流された。

それはかりではない。誕生前の胎児も、いまでは出産前の遺伝子検査でどんな障害をもっているかということが分かるといい、やがては両親の希望するような目の色とか髪の色とかをもった赤ん坊〈デザイナーベビー〉を産むことも可能になるという。食卓は多くの遺伝子組み換え作物であふれ、遺伝子操作によって親の望むがままに子どもを作ることができるようになっては、もはや私たちが中学・高校で学んだ遺伝や進化論の知識レベルではついてゆけない。それどころか、遺伝や進化という意味合いも変わってしまったといわなければなるまい。いや、意味合いというより、概念そのものが根本的に変化してしまったといっていいだろう。

M・マクルーハンは『グーテンベルクの銀河系』で、ホワイトヘッドの『科学と近代世界』における「十九世紀最大の発明は発明の方法の発明であった」（森常治訳）という言葉とE・A・ポーの「構成の原理」とを結びつけて論じている。ホワイトヘッドは「方法こそが古い文明の基礎をうがった真の新しい要素だった」といい、「この新しい方法がもっていた要素のひとつは、科学的なアイディアと最終製品との間隙を埋めるにはどうしたらよいか、についての発明」だったという。つまり発明品の完成した最終形態から発想し、次に一歩一歩道を引きかえして出発点までさかのぼり、そこに生じる困難を次から次へと克服してゆくことで最終生産物へ達するというものだ。こうした方法は古典力学の決定論的世界の典型であり、また近代小説の発想法ともかさなる。

ポーはディケンズの「バーナビィ・ラッジ」の連載第一回分を読んで、その後の物語の展開をほぼいいあてることができたという。ディケンズからそのことを問われて、ポーは「構成の原理」（一八四六年）で「およそプロットと呼べるほどのものならば、執筆前にその結末まで仕上げられていなければならないのは分かりきったことである。結末を絶えず念頭に置いて初めて、個々の挿話や殊に全体の調子を意図の展開に役立たせることにより、プロットに不可欠の一貫性、すなわち因果律を与えることができる」（傍点原文、篠田一士訳）といっている。これはホワイトヘッドのいう発明の方法と同じ発想法であり、探偵小説の方法でもある。こうしたことをはっきりと自覚していたからこそ、ポーは世界で最初の探偵小説を書くこともできたのだろう。

しかし、そうした方法から近代のあらゆる小説が書き出されると、扱う題材が異なり、その手法や文体が違っていても、ある類似した規則的なパターンを描きだすようになる。作品世界がいかに巧みに構成されていようと、やがて谷崎潤一郎がいうように「小説の形式を用ひたのでは、巧ければ巧いほどウソらしくなる」（「春琴抄後語」）。それは好くできたドラマも何本も見つづけると、退屈でウソらしくなるのと同じで、私たちの生きる現実は決して因果律の張りめぐらされた必然的な決定論的世界ではないからである。もっともっと予測もつかないような偶然性に充ち満ちているのである。

偶然によって左右され、統計的にしか論ずることのできない現象は、一九世紀的な古典力学の決定論的世界からは研究対象とならないものとして排除されてきた。寺田寅彦が関心を寄せた金平糖の結晶とか、線香花火の火花とか、ガラスの割れ目とか、自然界における縞模様とかは、偶然に左右されるものばかりである。生前、寅彦は「統計屋」と揶揄され、その学問は「趣味の物理学」とか、「小屋掛けの物理学」とか陰口をたたかれたようだけれど、一九一五（大正四）年にポアンカレの『科学と方法』（一九〇八年）から第一篇第一章「事実の選択」および第四章「偶然」を翻訳したことは決して偶然ではない。「明暗」の冒頭近くに夏目漱石はこのポアンカレの「偶然」に言及するが、もちろん教え子だった寅彦からの入れ知恵だったことは間違いない。

「明暗」の主人公は友達からポアンカレの説として、偶然は「原因があまりに複雑過ぎて一寸見当が付かない時に云ふのだ」ということを教わる。ちょうど「ナポレオンが生れるためには或特別の卵と或特別の精虫の配合が必要で、其必要な配合が出来得るためには、又何んな条件が必要であつたかと考へて見ると、殆んど想像が付かない」のと同様だという。「明暗」の主人公はこうした「新らしい知識」を聞き流すわけにはゆかず、「彼はそれをぴたりと自分の身の上に当て嵌めて考へた。すると暗い不可思議な力が右に行くべき彼を左に押し遣つたり、前に進むべき彼を後ろに引き戻したりするやうに思へた。しかも彼はついぞ今迄自分の行動に就いて他から牽制を受けた覚がなかつた。為《す》る事はみんな自分の力で為《し》、言ふ事は悉く自分の力で言つたに相違なかつた」という。だが、その結果は自己の意志とはかかわりなく、むしろそれとは逆の方向へ向かっていることに気づかされ、「偶然？　ポアンカレーの所謂複雑の極致？何だか解らない」と内面の混迷を深める。

「明暗」の書かれる二年前、デビューする以前の芥川龍之介もほぼ同じことをいっている。一九一四（大正三）年三月一九日付の井川恭宛書簡で、芥川はすでに「偶然」に翻弄されざるを得ない人間存在への不安と絶望について、「時々又自分は一つも思つた事が出来た事のないやうな気もする　いくら何をしやうと思つても「偶然」の方が遙に大きな力でぐいぐい外の方へつれ行つてしまふ　自分の意志にどれだけ力があるものか疑はしい　成程手や足をうごかすのは意志だがその意志の上の意志が　自分の意志に働きかけてゐる以上　自分の意志は殆意志の名のつけられない程貧弱なものになる」と記している。

自己の意志によって主体的に行動しているようでありながら、自己の意志を超えた何か「暗い不可思議な力」に動かされているのではないかという感覚は、コンピュータの支配するネット社会になっていっそう如実に実感されるようになった。一〇〇年前の一九一四年には、誰もが戦争などという野蛮な行為を望みもしないのに、サラエボでの一発の銃声から第一次世界大戦が勃発している。また日本では一九二三（大正一二）年に関東大震災によって、その「暗い不可思議な力」の威力をイヤというほど思い知らされた。「明暗」の主人公がポアンカレの「偶然」の説を知って、「自分の力」を懐疑し「個」の喪失の危機に直面したように、ここから当然、「偶然」に翻弄される自分をみつめるもうひとりの自分——自意識という怪物も生みだされ、育まれてゆくことになる。

二〇世紀におこなわれた両次の世界大戦によって、ルネサンス以来、営々と築きあげてきた自己という観念や個人の理性への信頼といったものは微塵に打ち砕かれてしまった。もはや私たちの文明社会を支えるために古典力学の決定論的必然の世界というものを無条件に信ずることはできない。遺稿として発表された芥川の「歯車」には、実に多くの偶然が描かれているけれど、主人公はその偶然のうちに「僕」を支配し、「僕」に悪意をもって近づく不吉なものを意識しつづける。地獄のような苦痛のなかにある「僕」は末尾において、「誰か僕の眠つてゐるうちにそつと絞め殺してくれるものはないか？」という悲痛な叫びをあげるが、それはあたかも近代の断末魔の叫びだったかのようである。

*

二〇世紀の後半になってコンピュータが出現し、これまで人間の能力ではとても不可能だった演算も可能となり、フラクタル、カオス、セルオートマトンなど複雑系と呼ばれる新しい科学的な法則が次々と確立していった。フラクタル幾何学を独力で構築したマンデルブロは、「最も有用なフラクタルは偶然性を含み、その規則性と不規則性は統計的である」（『フラクタル幾何学』広中平祐監訳）というように、それらは偶然をとりこみながら、統計的なものとして提示される。まさに寺田寅彦が関心を示しつづけた領域にかかわる研究で、「科学と文学」において言及された「人間の心の動き、あるいは言葉の搬び」の一定普遍の法則といったものも、これと深くかかわるものなのだろう。

物語の生成ということでいえば、セルオートマトンの〈カオスの縁《ふち》〉がもっとも面白く、生彩に富んでいるように思われる。セルオートマトンとは各セル（細胞）の状態――「生きている（ON）」か「死んでいるか（OFF）」といった状態が、隣りあった近傍のセルの状態によって決定されるというものである。たとえば、横に一列に並べた一次元セルオートマトンにおいて二状態三近傍といえば、注目する真ん中のセルの左右にあるセルの状態によって真ん中のセルの状態（ONかOFFか）が決まるというもので、これ以上にシンプルな構造はもちえないというほど単純な規則によっている。二状態五近傍といえば真ん中のセルの左右二つずつの状態によって決まるというものだ。

いま白をOFF、黒をONとして、一次元の二状態三近傍について近傍状態のパターン数を考えてみると、黒黒黒、黒黒白、黒白黒、黒白白、白黒黒、白黒白、白白黒、白白白の八通りになる。この八通りのパターンがそれぞれ次の時刻にどう遷移するかを遷移規則として決めなければならないが、その規則の組み合わせの可能なパターン数は、ONかOFFの二通りであるから二の八乗で、全部で二五六通りということになる。そして、それぞれの場合の全体の振る舞いを観察するという気も遠くなるような単純作業の繰り返しだが、そうした単純な規則にしたがいながら局所相互作用から創発的にきわめて複雑な振る舞いをみせる。

ジョン・コンウェーによって考案された平面上の二次元セルオートマトンの二状態八近傍はライフゲームと呼ばれる。ONかOFFかという二状態が、前後左右斜めの八つの近傍によっ

1次元セルオートマトン

1次元セルオートマトンの2状態3近傍の場合、右のように3つ並んだセルのうち真ん中のセルに注目し、時刻(t+1)にどう遷移するかを見る。

下は8通りの並び方のパターン

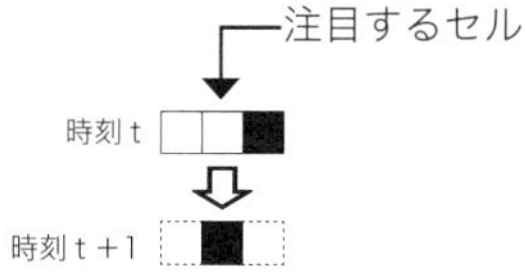

8通りのパターンが次の時刻(t+1)にどう遷移するかの256通りの遷移規則。ちなみに2状態5近傍のときは、近傍状態のとりうる数は$2^5 = 32$で、とりうる規則の数は$2^{32} = 4{,}294{,}967{,}296$となり、3状態3近傍のときは、近傍状態のとりうる数は$3^3 = 27$で、とりうる規則数は、$3^{27} = 7{,}625{,}597{,}484{,}987$となる。

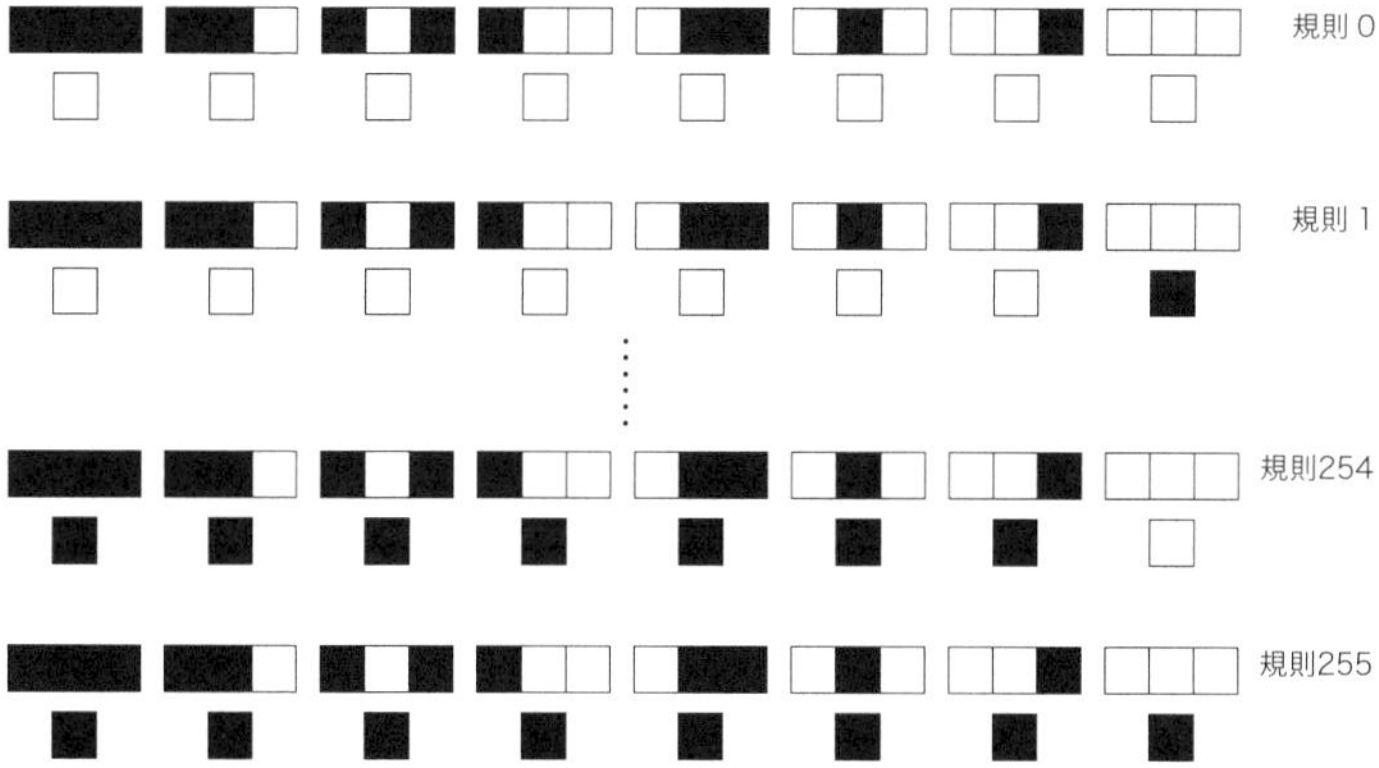

具体例として、遷移規則30とそのセルの時間発展による変化

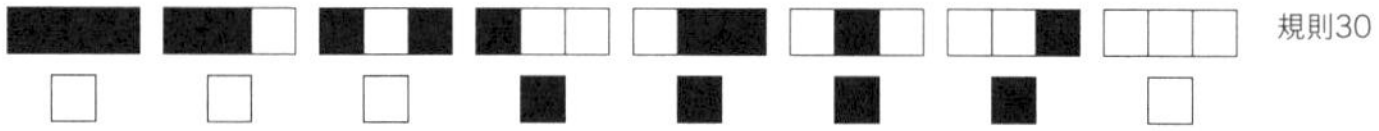

て決まるというもので、そのルールは中央のセルが生きている場合、近傍のセルのうち二つか三つが生きていれば、そのセルは次の時刻にも生きつづけるが、生きている近傍のセルが一つ以下の場合、セルは孤独のために死んでしまい、三つより多い場合も過密状態のために死んでしまう。また中央のセルが死んでいる場合、近傍のセルが三つ生きているときだけ、次の時刻にセルが生きた状態になり（つまり「誕生」し）、それ以外のときには死んだままとする。

このような規則にしたがって、各セルが同時に変化したときに、どのように振る舞うかを観察したもので、いくつかのパターンを見ることができるという。「ブロック」と呼ばれるパターンは、一度そのパターンになると変化しなくなり、「ブリンカー」と呼ばれるものは、二つの状態を交互に繰り返す周期的なパターンである。「グライダー」という興味深いパターンは、三つのかたちを経て元のかたちに戻るというもので、そのときに場所は前の位置よりも一つだけずれているというものだ。これはまるでゆっくり下降してゆくグライダーのように、障害物にぶつからないかぎり、広大なセルの世界を永久に飛びつづけるという。

ホワイトヘッドは『科学と近代世界』において「事物の秩序、特に自然の秩序の存在に対する本能的確信がなければ、生きた科学はありえない」（傍点原文、上田泰治・村上至孝訳）といい、人生における主要な出来事がしばしば繰り返されることは、「合理的精神が眼醒める以前でさえも、そのことを動物の本能はしかと悟っていた」という。しかし、何ごとも細部の一つ一つにわたって正確に繰り返さないし、同じ日も二つなければ、同じ冬も二つなく、「過ぎ去ったものは永久

２次元セルオートマトン

コンウェーによって考案された「ライフ・ゲーム」は、各セルは「生きている（ON)」か「死んでいる（OFF)」かのどちらかの状態をとる。各セルは縦横斜めの計８つの近傍の生きている状態の数により、次の時刻(t+1)におけるセルの状態が決定されるというもので、次の２通りのルールによって動くものとする。

・近傍に生きているセルが２つまたは３つあるとき、生きているセルはそのまま生きつづけ、それ以外の場合は死ぬ。
・近傍に生きているセルが３つあるとき、死んでいるセルは生まれる。

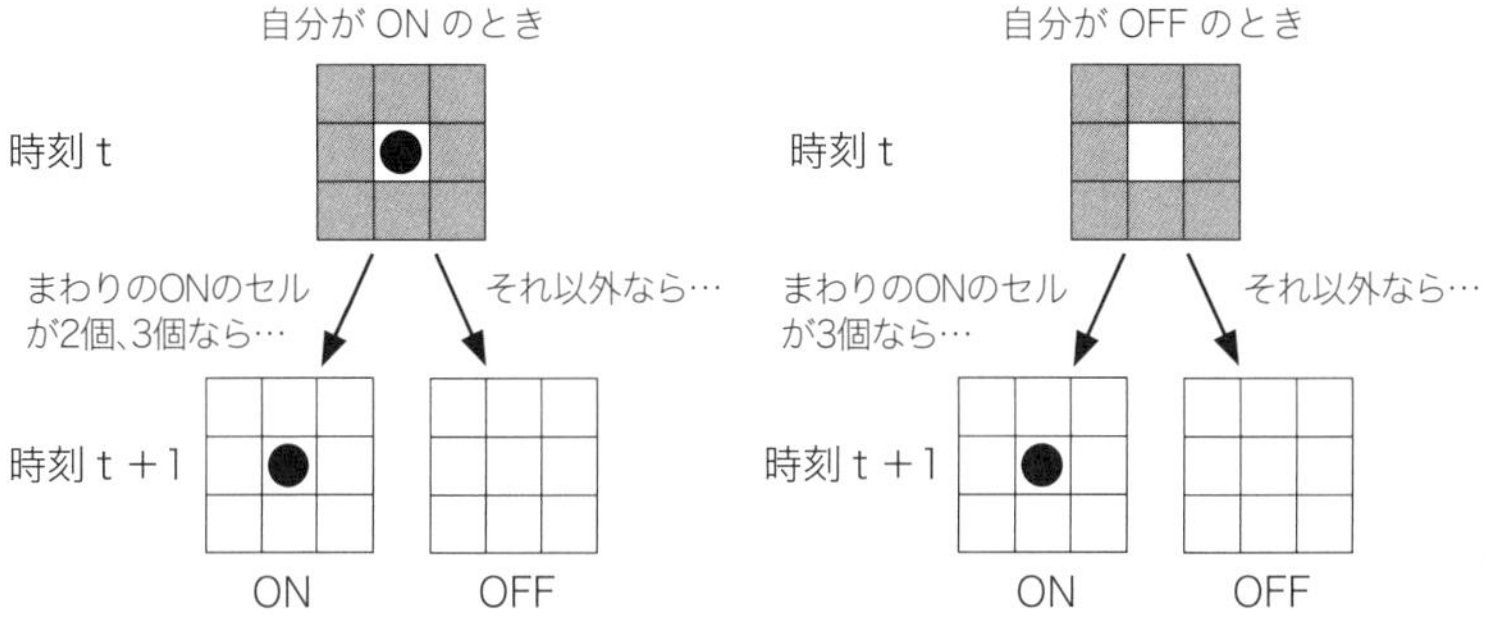

このような規則にしたがって、各セルが同時に変化してゆくが、「ブロック」と呼ばれるパターンは、一度そのパターンになると変化しなくなる。「ブリンカー」と呼ばれる周期的なパターンは、2つの状態を交互に繰り返してゆく。「グライダー」は、３つのかたちを経て、時刻t+4で元のかたちに戻るもので、このときの場所は前の場所より１つだけずれてゆくというものである。

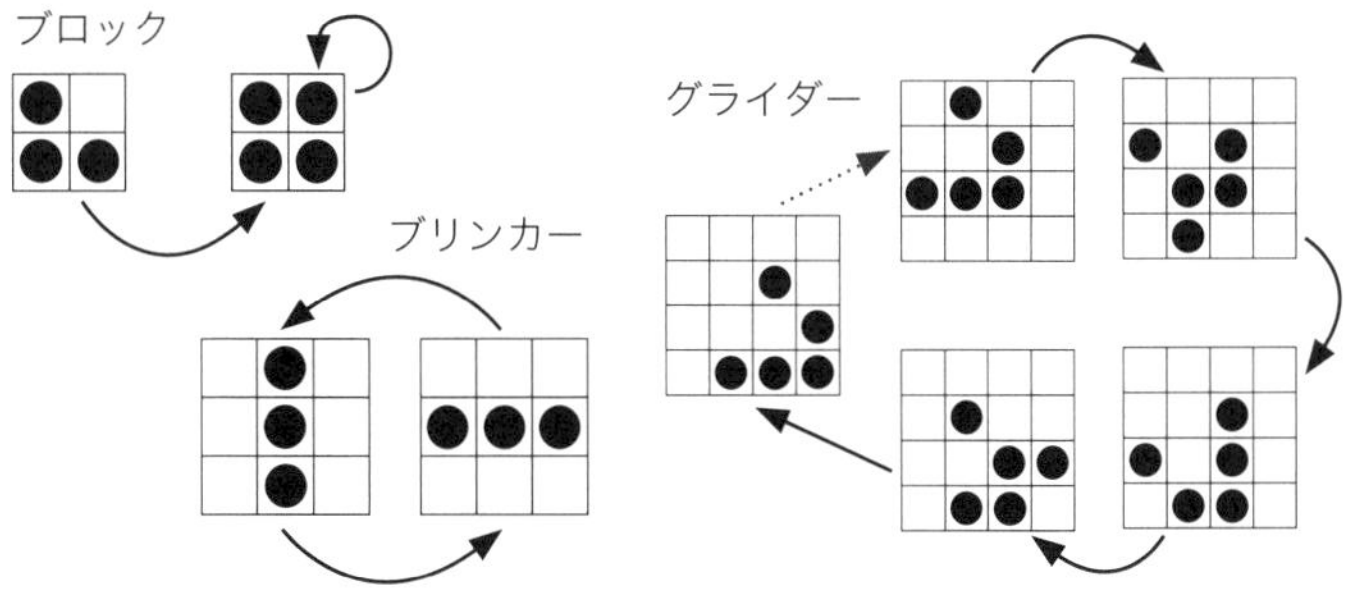

に過ぎ去ったのである」という。「グライダー」は、あたかもこうした世界の原理をもっとも原初的なかたちで示し、目に見える具体的なかたちとして提示しているとはいえまいか。

セルオートマトンは、いわば人生の振る舞いにおいて私たちのひとつの行為の選択が、どのようなファクターによって決まるかという「実験的デモンストラシオン」とみなすこともできる。森鷗外は「サフラン」で「人間のする事の動機は縦横に交錯して伸びるサフランの葉の如く容易には」分からないといったが、私たちの人生においてひとつの行為の選択がおこなわれる場合、近傍の八つのファクターに作用されるだけではないだろう。私たちの行為を決定づけるファクター数は無限大で、それ故にその動機は分からないとされるのだけれど、セルオートマトンはそのファクターを五つだとか、八つだとかに単純化したときにどのようなパターンを描くのかを検証したものだといってみることもできる。

直線上の一次元セルオートマトンを徹底的に調べたスティーブン・ウォルフラムは、セルオートマトンのパターン変化を四つのクラスに分類した。クラスⅠは白か黒一色に塗りつぶされるもの、クラスⅡはある安定した周期に落ちつくもの、クラスⅢは黒と白がバラバラにあらわれてカオス状態を示すもの、クラスⅣは秩序とカオスの境界にあって、複雑な動きを見せながら成長、分裂し、決して終わることなく自己増殖しつづけるものである。このクラスⅣは〈カオスの縁〉とよばれ、この領域においてはいろいろな貝殻や雪の結晶など、きわめて複雑でフラクタルな構造をもった模様を描きだすこともできるという。

1次元セルオートマトンのクラス分類

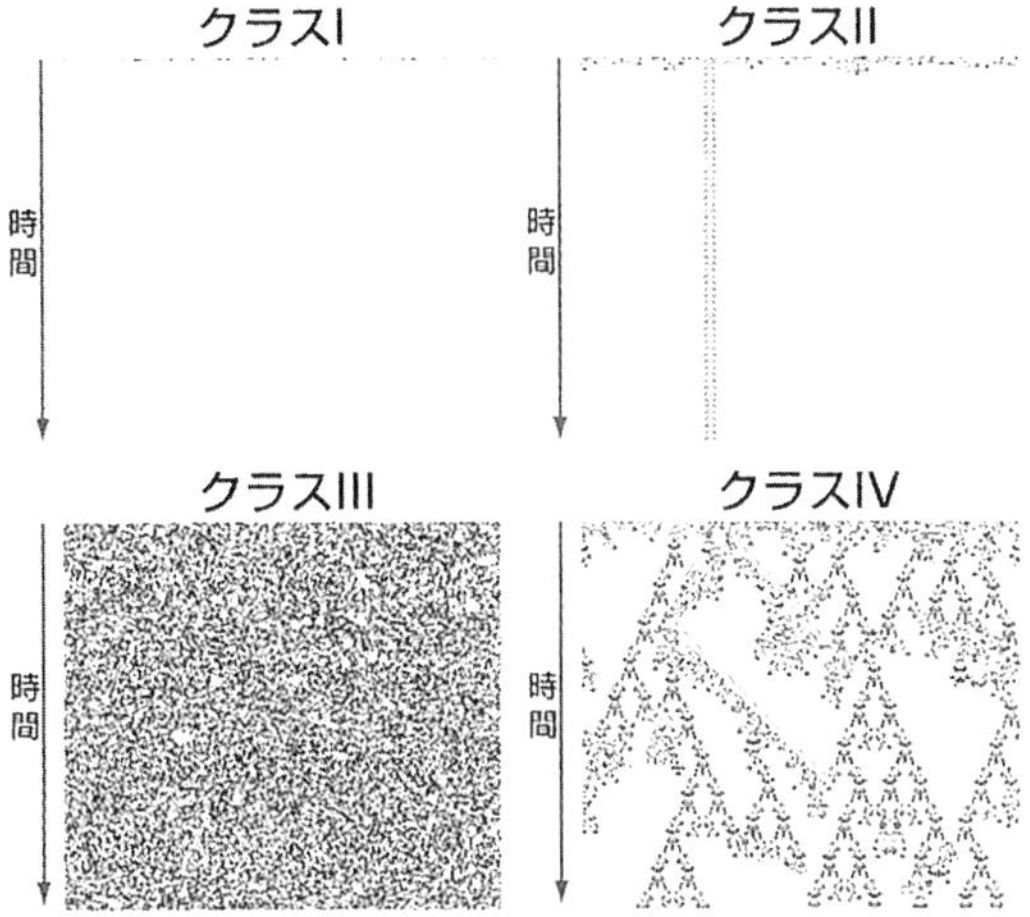

井庭崇・福原義久『複雑系入門』(NTT出版、1998年)より

クラスⅠ　……真っ黒か真っ白になってしまうケース。
クラスⅡ　……ある安定した周期に落ちつくケース。
クラスⅢ　……真っ黒がいつまでもバラバラに現れるカオス的なケース。
クラスⅣ　……以上のクラスに分類されない不思議な動きをするケースで、秩序とカオスの境界にあって、〈カオスの縁〉とよばれる。

このクラス分類を力学系と比較してみると、クラスⅠは平衡点、クラスⅡはリミットサイクル、クラスⅢはカオスとなる。なお、クリストファー・ラングトンは、以下のように〈カオスの縁〉と他の現象とのアナロジーについて言及している。

	←	カオスの縁	→
セル・オートマトン	クラスⅠとⅡ	**クラスⅣ**	クラスⅢ
力学系	秩序	**複雑性**	カオス
物　質	固体	**相転移**	流体
コンピュテーション	停止	**決定不可能**	暴走
生　命	あまりにも静	**生命・知性**	あまりにも動

寺田寅彦は「人間のごとき最高等な動物でも、それが多数の群集を成している場合について統計的の調査をする際には、それらの人間の個体各個の意志の自由などは無視して、その集団を単なる無機的物質の団体であると看做しても、少しも差支えのない場合が甚だ多い」(「物質群として見た動物群」)というが、有名な「電車の混雑について」などはその典型的な事例である。それは「大数」の要素の集団では、「個々の個性は「十分複雑に」多種多様であって、いわゆる「偶然」の条件が成立するからである」という。ならば、きわめて高度に複雑な人間の想像力によって生みだされる文学作品についても同じことがいえるのではないだろうか。

おそらく作者の想像力も〈カオスの縁〉においてこそもっとも活性化され、複雑な図柄模様を描きだして、豊かな創作力を示すことになるのだろう。この領域を外しては物語世界があまりにも決まりきったベタなものとなってしまうか、あるいは支離滅裂で解読不能な、寺田寅彦のいうところの〈狂人の文学〉となってしまうかのどちらかだろう。進化や学習といった適応のメカニズムが、生命をつねに〈カオスの縁〉へ向かわせるといわれるが、それは文学の世界においても同じようだ。文学作品のひとつの定型ができあがると、必ずそれを壊そうとする力がはたらき、文学はつねに文学についての文学とならざるを得ないのだが、これはそれを原理的に説明するものといっていいだろう。

さて、文学作品がこのようなものとしてあるならば、そこに作者の個人的な意志といったものはどのようにかかわるのだろうか。鷗外は「サフラン」の末尾近くで「どれ程疎遠な物にもたま〳〵行摩《ゆきずり》の袖が触れるやうに、サフランと私との間にも接触点がないことはない。物語のモラルは只それだけである」といっている。セルオートマトンが隣りあったセルどうしが影響をおよぼしあうように、何らかの事物（人物）と接触点をもつということは、両者が影響しあって時刻の推移とともにそこにひとつのパターン（物語）を描きだしてゆくということである。

文学作品の場合は、ことばの一語一語の選択によって、そこにおのずからひとつのパターンが織りなされることになる。その一語一語のことばの選択は、たとえそこに無意識が介在したり、作者の意識を超えた大きな規範が作用していたとしても、それはあくまでも作者の個人的な自由意志である。その動機（理由）は分からないとしても、ひとつひとつの行為の選択、一語一語のことばの選択にかかわって、それを判断し決定づけるものは、あくまでもその書き手の価値観であり、世界観であり、モラルである。あらゆる文学作品は、〈物語〉という力学と作者の〈モラル〉とが相互干渉し合う場として存在するのだということができる。

いうまでもなく行為の当事者にとっては、自己の〈モラル〉にかかわって「人間の個体各個の意志の自由」は絶対的に重要な意味をもつ。しかし、その集団となると自然現象と同じように、そのきわめて複雑な振る舞いもいたってシンプルな法則にしたがっているようなのだ。セルオートマトンの理論が教えてくれるところによれば、その影響は時間的、空間的にも局所的で、近傍するところからは大きな影響をうけるが、時間的にも空間的にも遠いところからさほどの影響をこうむることはない。「宇宙の間、これまでサフランはサフランの生存をしてゐた。

私は私の生存をしてゐた。これからも、サフランはサフランの生存をして行くであらう。私は私の生存をして行くだらう」と「サフラン」は結ばれるが、「私」とサフランとの接触点は「宇宙の間」に働く法則にまではおよぶことがない。

所詮、文学はどこまでも個人的なものである。が、作品世界のなかで作者のモラルによって選ばれたことばの一語一語は、人と人とが感化し影響し合ってフィードバックする世界では、それこそブラジルで蝶が羽ばたくとアメリカでハリケーンが起こるというバタフライ効果をもたらすかも知れない。バタフライ効果とは、カオス理論の構築に力をもった気象学者のエドワード・ローレンツが、ごく小さな初期値の差異が時間の経過とともに非常に大きな違いの結果となってあらわれることを比喩的にいったことばである。いま私は、文学の世界を複雑きわまりない自然現象を生みだすところのきわめてシンプルな法則と、私たちの意志と行動を律するモラルとの交錯する関数としてとらえることを夢想している。

文学のなかの科学　目次

第Ⅱ部　近代文学のなかの科学

序章　相似・アナロジー・フラクタル

文学と科学のあいだ

私はこの何年か、近代文学という科目の授業を「文学と科学」と題して講義している。文学と科学というと、水と油のようにまったく相容れないものと考えられる方も多い。しかし、寺田寅彦の文章を集中的に読むような機会をもち、私ひとりの結論としては、結局、寅彦がおこなった物理的な探究も、私たちがやっている文学研究もまったく異なるところはないと思うようになった。たとえば、寺田寅彦は「津浪と人間」(「鉄塔」一九三三年五月)において自然災害を大きくしてしまう「人間界の人間的自然現象」ということに言及している。また志賀直哉は「リズム」(「読売新聞」一九三一年一月一三、一四日)で芸術上――それればかりか「偉《すぐ》れた人間の仕事」においても、本当に大事なものは「リズム」だといっているが、寺田寅彦は「自然界の縞模様」(「科学」

一九三三年二月）において、当時の物理学の領域では「極めて辺鄙《へんぴ》な片田舎の一隅に押しやられて、ほとんど顧みる人もないような種類」の自然界の縞模様ということを問題としている。自然界が生みだす、リズミックな「週期的現象」たるさまざまな自然界の縞模様も、志賀のいう文学上もっとも大切な「精神のリズム」と何らかの関連をもっていることはいうまでもない。

蔵本由紀『非線形科学　同期する世界』（集英社新書、二〇一四年）によれば、東南アジアに棲息するある種のホタルがマングローブの木にびっしりとまりながら完璧に歩調をそろえて発光を繰り返すのも、二〇〇〇年六月にロンドンのミレニアム・ブリッジの開通日に数多くの人が同じ歩調で歩いたために同期し、つり橋全体が大きく揺れたという物理現象と同じである。おそらく流行という文化現象も、同じ壁に掛けられたふたつの振り子時計の振り子がまったく同じ周期で振れるという同期現象――一七世紀後半にクリスチアーン・ホイヘンスによって発見された「ホイヘンスの原理」と無縁ではないのだろう。

自然界の同じ物理的な現象でも、私たちには予測可能なものとそれが非常に難しいものとがある。二〇一二年五月二〇日に東京では金環日蝕を観測することができた。その日は前日まで天候が定まらず、実際に東京で観測できるかどうかその直前まで分からなかったけれど、幸いなことに雲の合間からかろうじて金環日蝕を見ることができた。それにひきかえて二〇〇九年七月二二日には、日本で四六年ぶりに皆既日蝕が観測できるということで、六分間をこえる最大時間の観測ができるトカラ列島の悪石島という小さな島には多くの人々が押し寄せたが、当日はあいにく雨で観測することができなかった。

次回、日本で観測できる金環日蝕は二〇三〇年六月一日の北海道だそうだが、東京での観測ということになると、二三一二年四月八日のことで、実に二四世紀の話になってしまう。果たしてこの時期までホモサピエンスが存続し得るかどうかさえあやしい話だが、その日の東京が晴れるかどうかということは、それこそ神のみぞ知るの領域である。同じ自然現象であっても、日蝕のように何百年も前から予知することができるものと、天気予報のように一週間先どころか、いまだ翌日の天候さえもピタリといい当てることができないものもある。これはどうしたことなのだろうか。

簡単にいえば、宇宙空間は真空であって天体の動きもニュートンの万有引力の法則によって計算できるが（もちろんポアンカレの提示した三天体の問題は残るけれど）、地上は大気に覆われて、空気抵抗やさまざまな摩擦などのフィードバック現象が起こり、偶然に左右されることも多く、その計算式がきわめて複雑で、とても計測できないからである。人文科学も、社会科学も「科学」であるかぎり、何らかの法則化を求めていることは疑いないけれど、人文科学や社会科学ではニュートン力学のようにひとつの解を導きだすことは不可能で、その解答はあくまでも統計的確率的なものとならざるを得ない。

あらゆる学問は因数分解が基礎となっているのだろう。多くのファクターが複雑に絡み合って、混沌としている現実をとらえるためには、いくつかの共通項で現実の事象をくくり、整理してやることが必要である。中学・高校時代にさんざん因数分解の訓練をさせられたけれど、そのときには何の役に立つものかさっぱり分からなかった。しかし、このことに気づかされてからは、文系の学問も理系の学問も、結局は同じことをやっており、その方向性を異にしているだけと考えるようになった。この現実をトータルに把握するためには、文系、理系といった枠組みを取りはらわなければならないことは自明である。

しかし、因数分解における共通項はつねに自己同一性が要求される。原因と結果が一対一で対応する因果律に支配された古典力学の決定論的世界である。原因と結果が可逆的であるから、原因を求めることで結果が分かるし、結果から原因をさぐることも可能となる。したがって三〇〇年後の金環日蝕を予知できるわけなのだが、近代における思考法はこうした因果律に支配される枠内に囲い込まれてしまったといえる。それは文学においても例外でない。E・A・ポオは「構成の原理」（一八四六年）において文学作品はその最終形態（結果）を考えるところから書きはじめられるのだと喝破し、またその逆にゾラの自然主義は、生物としての人間を決定づける最大原因として遺伝と環境を表看板とした。

が、私たちの生きている現実が、原因と結果が一対一で対応する古典力学的世界だとはとても考えられない。きのう読んだ本に感動して自分の人生を考え直したり、今日はじめて出会った人物から生涯を左右されるほど決定的な影響を受けたりと、私たちの人生の歩みは真空のなかにある天体の運動よりも、瞬間々々目まぐるしく変化する気象の動きに似ている。私たちの人生には、つねにフィードバック現象が起こり、将来のことを完璧に予知することはできないけれど、天気予報のように統計的確率的にならば、ある範囲内で予測することもできないわけではない（近年、ＮＨＫでは天気予報とはいわずに気象情報といって、一九八〇年以降には降水確率が導入された）。

寺田寅彦は、当時の物理学会で統計的研究に従事するものは「統計屋」といって軽く扱われたといっている。寅彦が関心を抱いた地球物理学や、金平糖の結晶やガラスの割れ目だとかいった領域は、当時の物理学会からはまったく無視された領域だった。「物理学圏外の物理的現象」（「理学界」一九三二年一月）においてハイゼンベルクのマトリックスに触れながら、「原子の場合にわれわれは個々の原子の状態を確定する代りに、ただその確率を知ると同様に、例えば割れ目の場合でも精密な形を記載することは出来なくても、その統計的特徴を把握することが出来る」といい、「新物理学の考え方が色々な点で古典的物理学の常識に融合しないように感ずるのは、畢竟《ひっきょう》古典的物理学がただ自然界の半面だけを特殊な視野の限定された眼鏡で見ていたために過ぎない」といっている。

また「量的と質的と統計的と」（「科学」一九三二年一〇月）で寅彦は、「近代物理学では実際統計的現象の領土は次第次第に拡張されて来た。そうして古い意味での deterministic な考え方は一つの仮りの方便としてしか意味をもたなくなって来た」と指摘する。量子力学の急速な進展によって「物理学概念の根本的な革命」が引きおこされて、ちょうど古典力学の決定論的世界の絶対性がゆらぎはじめた時期にあたる。「今まではなるべくなら避けたく思った統計的不定の渾沌《こんとん》の闇の中に、統計的にのみ再現的な事実と方則とを求めるように余儀なくされた」といい、こうした時代には「従来とはよほどちがった方面をちがった眼で見るような実験的研究が望ましい」と主張する。

寅彦は原子の内部というミクロ世界において確立されつつあった量子力学の法則を、複雑きわまりないマクロの自然現象にも適用させようと目論んだといえる。このときに寅彦がとった方法が、似ているもの、共通しているものを徹底的にカッコにくるという方法だった。法則という言葉は、一見一致しないように思われるもののうちに相似を認め、それがしばしば繰返されるところに与えられるものである。寅彦は、いわば〈方法としてのアナロジー〉を武器にあらゆる事象に切り込んで、自然現象ばかりか人間社会のさまざまな現象をも論じつづけたのである。「量的と質的と統計的と」で次のようにいっている。

この眼前の生きた自然における現実の統計的物理現象の実証的研究によって、およそ自然界に如何に多様なる統計的現象が如何なる形において統計的に起っているかを、出来るならば片端から虱潰《しらみつぶ》しに調べて行って、そうしてそれらの現象の中に共通なる何物かを求めることが望ましく思われる。そういう共通なものが果してあるかという疑いに対しては、従来の物理学から見てまるで異なる方面の現象と思われるものの間に、少なくも formal な肖似《しょうじ》の著しいもののあることは多くの人の認めるところであろう。少なくも肖似していると多数の人に思わせるような何物かがあることだけは確かである。この何物かは何であるか。それを説明すべき方則はまだ何人も知らないのである。しかしともかくも何かしら一種の方則なしに、どうして一体そういう事が起り得るであろうか。

自然界の多様な物理現象のなかで統計的に繰り返しおこる「共通なる何物か」を探りだすこと、あるいは「formal な肖似の著しいもの」をまるで違った方面の現象同士の間に探りだして、そこに「何かしら一種の方則」を見出すこと。形が相似しているもの、類似しているものには、必ずそこに同一の原理が働いている。たとえば、「月の表面の穴と爆弾の跡」(『ローマ字世界』一九二一年一〇月)では、月のクレーターとアメリカ陸軍が飛行機から落とした爆弾の跡を空から写したものとふたつの写真を並べ、その穴の形の相似から天体衝突説の可能性を論じている。当時の学問的常識では月のクレーターの成因として火山説が有力だったけれど、寅彦は形の類似ということから天体衝突が物理的には爆発と同じであることを推論する。また「茶碗の湯」(『赤い鳥』一九二二年五月)では、一杯の茶碗の湯から観察できる物理現象が地球上の大気の動きとまったく同じことを、子ども向けにやさしく説明している。

寅彦は、こうした自然現象の背後には「未知の統計的自然方則」があるはずだと指摘したが、そのひとつが間違いなく一九七〇年代になってブノワ・マンデルブロによって構築されたフラクタル幾何学だったといえる。寅彦の時代にはコンピュータがなかったので、あまりに複雑で膨大な計算を処理することは不可能だったが、フラクタルやカオスなど偶然を取りこんだ自然科学の研究は、二〇世紀後半になってコンピュータが出現してはじめて可能となった。マンデルブロは、フラクタル幾何学によって「我々の身のまわりの不規則で断片的な形の多くが記述でき」るようになり、「最も有用なフラクタルは偶然性を含み、その規則性と不規則性は統計学的である」（『フラクタル幾何学』）といっている。

フラクタルとはマンデルブロの造語で、自己相似性のことである。マンデルブロがコンピュータで描いたマンデルブロ集合の図形は、非常に複雑で入り組んだ構造になっているが、どの部分を拡大しても無限に自己相似性をもった図形が現れてくる。それはちょうど大きな木の枝をひとつ切って大地に差せば、その木のミニチュアができあがり、同じことを何度も繰り返せば次第に小さなミニチュアとなって、やがては葉脈の分枝にまで及ぶように、「大」が「小」の相似形を幾重にも含むような入れ子構造のことをいう。

夏目漱石は「吾輩は猫である」で寅彦をモデルに水島寒月を描いたが、その寒月は「団栗のスタビリチーを論じて併せて天体の運行に及ぶと云ふ論文を書いた事」（傍点原文）になっている。この論文は題名からしてフラクタルだけれど、漱石は「文学論」を「凡そ文学的内容の形式は（F＋f）なることを要す。Fは焦点的印象又は観念を意味し、fはこれに附着する情緒を意味す」と書き起こした。そして、時々刻々と変化する意識をひとつの波形としてとらえ、「斯の如く波形の頂点即ち焦点は意識の最も明確なる部分にして、其部分は前後に所謂識末なる部分を具有するものなり。而して吾人の意識的経験と称するものは常に此心的波形の連続ならざるべからず」と指摘した。

そして漱石は「凡そ意識の一刻にFある如く、十刻、二十刻、さては一時間の意識の流にも同じくFと称し得べきもの」があり、「今吾人が趣味ある詩歌を誦すること一時間なりと仮定せんに、其間吾人の意識が絶えずaなる言葉よりbなる言葉に移り、更にcに及ぶこと以上の理により明らかなれども、かく順次に消え順次に現はるゝ幾多小波形を一時間の後に於て追想するときは其集合せる小F個々のものをはなれて、此一時間内に一種焦点的意義（前後各一時間の意識に対し）現然として存在するにはあらざるか。半日にも亦如此Fあり、一日にも亦然り、更にこれを以て推せば一年十年に渡るFもあり得べく、時に終生一個のFを中心とすることも少なからざるべし」といい、「一個人を竪に通じてFある如く一世一代にも同様一個のFあること亦自明の事実」ともいっている。

ここに語り出されているのは、まぎれもなくフラクタルの世界そのものである。漱石は「一刻の意識に於けるF」を、一篇の詩を読む一時間から、半日、一日、人の一生、ひとつの時代まで自己相似性をもつものとして描き出し、瞬間における意識の波形を私たちの意識によって捕捉されるあらゆる事象に適用させた。ひとつひとつの言葉から構築される一篇の小説といえども、一篇の詩と同じく、aという一語に焦点化された意識がb、c、d……と順に推移してゆくとき、a以下の語は順次に識末の方へと押しやられながら記憶として止まり、一篇の小説の読後にはそれらの集合のなかから抽出された一篇のF（「焦点的意義」）が現然することになる。たとえば、谷崎潤一郎の「刺青」。「其れはまだ人々が「愚」と云ふ貴い徳を持つて居て、世の中が今のやうに激しく軋み合はない時分であつた」という冒頭の一文で、読者の意識のなかには「愚」と云ふ貴い徳」というFが、この短い小説を読んでいるあいだ中、頭の片隅（識末）に残りつづける。そして、その直ぐ後に「すべて美しい者は強者であり、醜い者は弱者であつた」という新たなFがそれに被せられることになるが、私たち読者の意識のなかでこのふたつのFに齟齬しないかぎりは、この後に展開される物語中のどのような記述、エピソードも許容される。

あらゆる小説はフラクタルな構造に仕上がっているといってもいい。もしそうでないとしたならば、それは失敗作である。「刺青」の場合、一篇のFは主人公が娘に示す二本の画幅のうちに集約的に表現されるが、それは「古の暴君紂王《ちうわう》の寵妃《ちようひ》、末喜《ばつき》を描いた絵」であり、若い女が桜の幹へ身を倚せた「肥料」と題された絵である。刺青をほどこされた女が最後に「お前さんは真先に私の肥料《こやし》になつたんだねえ」というように、「刺青」一篇はその「肥料」と題された絵をなぞるかたちの入れ子構造となっている。そして「末喜を描いた絵」は女のその後を示唆するもので、それは「痴人の愛」「春琴抄」「瘋癲老人日記」へと展開されるその後の谷崎文学の歩みをも暗示するものとなっている。

なぜ文学研究なぞという時代遅れのことをやっているのかと学生から問われたとき、私は、この世の中がどんな風に成り立っているのか、またそのなかで私たちはどのように生きていったらいいのかということを、小説という鏡に自分の人生を映しだしながら考えてゆきたいと思っているから、と答えることにしている。作品の解釈などは、どんな小さなエピソードでもいいから、作中でかたちの似ているものを探しだし（このとき意外性があればあるほどよく、一般に気づき難いものであればあるほどよい）、そこに共通して働いている原理を考えだせばよいと教えれば、いまの学生たちは結構小器用にそれなりの論をまとめあげてくる。また実際に小説はさまざまなコードをもちこめば、読者が読みたいようにどのようにも読むこともできるものである。

しかし、小説をとおしてこの世の中がどんな風に成り立っているのかを説得的に語ることは絶望的に難しい（いうまでもないが、これはひとつの文学作品がどのように成り立っているのかという問いとフラクタルである）。物理学がどこまでいっても自然現象を解き明かし尽くすことができないように、私たちもその解答を絶対に手にすることはできない。ほんの少しばかりでも納得のゆく答えに近づくためには、森羅万象あらゆることに目配りをしなければならず、小説の構造自体が物理的な現象と無縁でないのならば、そうした方面も無視することはできない。また、この世界がどんな風に成り立っているか皆目わからないとしても、ともかくも私たちはそのなかに生きつづけてゆかなければならないことも確かなのだ。

森鷗外は「サフラン」（「番紅花」一九一四年三月）において「これはサフランと云ふ草と私との歴史である。（中略）どれ程疎遠な物にもたま〳〵行摩《ゆきずり》の袖が触れるやうに、サフランと私との間にも接触点がないことはない。物語のモラルは只それだけである」といっている。異質なもの同士が出会えば、必ずそこには物語が立ちあがる。「刺青」は清吉が駕籠の簾からこぼれる娘の素足に出会うところから物語がはじまるが、どのような物語になるかはその「モラル」にかかわる。私の人生という物語も私自身のモラルによって織りあげられているのである。

二〇世紀の後半に確立したカオス理論によって、フィードバックする現象はどんなに小さな初期値の違いだったとしても、時間の経過とともに非常な大きな変化をきたすことが明らかにされた。気象学者ロバート・ローレンツは、ブラジルで蝶が羽ばたくとアメリカでハリケーンが起こると、それを比喩的に表現し、「バタフライ効果」と呼んだが、まさに鷗外の「雁」における「一本の釘《くぎ》」のエピソードと同じである。「雁」の末尾には「一本の釘から大事件が生ずるやうに、鯖《さば》魚の煮肴が上条の夕食の饌《せん》に上つたために、岡田とお玉とは永遠に相見ることを得ずにしまつた」とあるが、「一本の釘」とは、グリム童話のなかの馬の蹄鉄の釘が一本抜けていたために大変な難儀にあうという話に基づいている（「雁」で鷗外は車輪の釘と間違えているが）。

グリムの時代から人生の真実として直観的にとらえられてきた事柄が、その理論的根拠を与えられたわけだが、私の人生という物語、強いては人類の今後の物語に「一本の釘」がどれほど重要な役割をはたすかは計り知れない。それはまた本当にささいな問題でもあるけれど、そうした「一本の釘」を左右するのは、間違いなく私のモラル（価値観）なのである。文学研究はこの世界を動かす原理を見極めようとする要求と、こうしたモラルとの交錯するところに立ちあがるものなのだろう。

方法としてのアナロジー

寺田寅彦を読んですぐに気づかされるのは、その思考の根底に類似と照応を巧みにとりこみながら一種のアナロジー的な発想が棒のごとくに貫かれていることである。それは文章家としての寅彦の出発点となった「団栗」においても、すでに明確に読みとることができる。子どもをひとり残して若くして亡くなった妻の、その思い出として鮮烈に記憶された小石川植物園での団栗を無邪気に拾うその姿は、数年後に「忘れ形見のみつ坊」によってそのまま繰り返される。息をはずませて無邪気に興奮したその顔には、「争われぬ母の面影」がうかがわれ、「うすれかかった昔の記憶を呼び返す」のだ。

このみつ坊のモデルとなった寅彦の長女の森貞子は、そうした体験は実際にはなかったと証言している(「「団栗」の頃」)。また一九〇二(明治三五)年に須崎で病気療養中に執筆されたと推定される「断片十二」には、「若き妻肺を病みて衰え行く中に春を迎えて余寒去りやらぬ植物園に遊べり。妻はしばし病を忘れて常磐《ときわ》の木立に団栗を拾いぬ。年経て後この可憐の妻が忘れ形見なるちごの手を引きて再びここに遊びつつ無心の小児と昔ながらの木の実拾いぬ」とある。この年の一一月に寅彦の最初の妻夏子が亡くなっており、夏子との忘れ形見の貞子が生まれたのは前年の五月のことだった。

「団栗」の妻の喀血から植物園での団栗拾いまでは寅彦の体験によって書かれたと考えられるが、

「忘れ形見のみつ坊」のエピソードはフィクションである。亡妻の無邪気な行為が、みつ坊によってそのまま繰り返されるけれど、ひとつのことがらをそれ以前におこなわれたことに類比させて提示することは、おのおののエピソードが共鳴して次元の異なる表現空間にいっそうのリアリティをもって定着させられる。亡妻の姿と重ねあわされたみつ坊のそれは、記憶に残る鮮烈な亡妻の思い出からの類推《アナロジー》によって想像世界に描きだされた幻影のひとコマである。寅彦の「子猫」における言葉を借りながら、それをもじっていえば、人間の精神の世界がN元《ディメンジョン》のものとすれば、「記憶」によって増幅された筆者の想像世界は(N+1)元《ディメンジョン》なのだといえる。

「団栗」は一九〇五(明治三八)年四月発行の「ホトトギス」百号に発表された。この記念号には巻末の附録に夏目漱石の「幻影の盾」が掲載されているが、巻頭も漱石の「吾輩は猫である」(三)である。「吾輩は猫である」(三)では寺田寅彦をモデルにした水島寒月についての話題が取りあげられ、寒月は「首縊りの力学」を理学協会で演説したことになっており、また「先達て団栗のスタビリチーを論じて併せて天体の運行に及ぶと云ふ論文を書いた事」(傍点原文)にもなっている。「団栗」は「吾輩は猫である」(三)の次につづくかたちで掲載されたが、目次には「「団栗」(小説)……寺田寅彦」(傍点引用者)とある。

「団栗」をはじめ『藪柑子集』に収録された小品は、いずれも随筆というよりも小説である。「自序」にも記されたように、高浜虚子によってこれらの作品をまとめることが企図されたようで、寅彦の日記の一九〇八(明治四一)年一〇月二二日にも「虚子「寅彦小説集」編纂の計画の由なり」の一行を見出すことができる。翌一〇月二三日付の虚子宛の漱石書簡に、「寺田に聞いて見ました処小説集に名前を出す事はひらに御免蒙りたいのださうであります。序の事は本人は知らないらしかつた。然し厭でもないのでせう黙つてゐました。一遍集めたものを読み直した上の事に致したいと存じます」とあり、虚子はこの件に関して漱石にも相談をし、漱石に序文を依頼したようである。

寅彦は一九〇四（明治三七）年九月より東京帝国大学理科大学講師となっており、この一九〇八（明治四一）年一〇月には理学博士の学位を授与されている。翌一九〇九年一月には東京帝国大学助教授に任ぜられ、三月には宇宙物理学研究のためにドイツおよびイギリスへの留学の途についた。物理学界のポープとしてゆくゆくは日本の物理学を牽引してゆくことを嘱望されていた若きエリートは、研究者仲間から小説を書くことをあまり快く思われていなかったのだろう。一九〇八年一月の「ホトトギス」に発表した「障子の落書」から藪柑子のペンネームを使用するようになり、本名での小説集の刊行をためらわせたようである。そんなこともあってか、このときの出版の計画は実現しなかった。

二年間のヨーロッパ留学を機に寅彦は、いったん文学的な活動から離れることになる。寅彦がふたたび筆を執って名随筆家として生まれかわり、縦横無尽に活躍するようになるのは、一九一九（大正八）年一二月五日に大学研究室で胃潰瘍のために倒れて、大量に吐血したという出来事があったからである。東京帝大医学部附属病院にただちに入院したが、「病院の夜明けの物音」をはじめとする随筆の筆がその「病間病余」（『冬彦集』「自序」）に執られた。寅彦は自分が師の漱石と同じ病を患い、同じ病に苦しめられることに少なからぬ因縁を感じたが、これらの文章も多分に漱石からの影響を受けたものだった。

一九一〇（明治四三）年に修善寺の大患で三〇分間の死を体験した漱石は、「思ひ出す事など」でそのときの体験をこと細かに記し、生と死とのはざまにあった自己の肉体と精神とを分析的に丁寧に語りだしている。寅彦も同様に、自己の病気を見つめ、そこから回復してゆく自分の心持ちを身のまわりのものに託しながら丹念に描きだしてゆく。随筆家として再生する契機となった病中体験記に、漱石の影を見ることはさほど難しくないが、ここでも寅彦は自分の病気と幾重にも折れ曲がった管をとおる蒸気暖房器の物音を、「前兆、破裂、静穏」の三つの相の周期的な繰り返しとしてアナロジカルにとらえていることには注意しておきたい（病院で聞こえる気味のわるい、不安な音というモチーフは、漱石の「変な音」からいっそう直接的に影響を受けている）。

病後二年間、大学を休むことになった寅彦は、時間的にも精神的にも余裕ができて油絵をはじめた。病気して以来、床の中で読書ばかりして、内側へ内側へと向いていた心の眼が、「冬の眠りからさめて一時に活気づいた自然界」の方へ向けられ、手近な静物や庭の風景など手当たり次第に描いたが、やがて自画像に取りかかる。その折の体験を記したのが「自画像」である。鏡に映る自己と向き合い、自画像を描きつづけることは、いうまでもなく自己を見つめ、自己の内面を外側にさらけだす営為である。しかも、自画像を描く自己を文章をもって深く分析しながらえぐりだすことは、自己をトコトン徹底的に見透すことになるばかりか、外界に対するゆるぎない強固な自己の殻を形成することにもなる。これは寅彦随筆のなかでも特筆大書される貴重な、きわめて味わいの深い一篇である。

「小さな出来事」を発表するとき、吉村冬彦の筆名を用いたが、それ以来もっぱらこのペンネームが使用されることになる。病後に書き出された随筆をまとめた書名も『冬彦集』『続冬彦集』であるが、「寺田の祖先は吉村氏と云つて居た、家系が断へた時に寺田氏から幼年の人を迎へて嗣としたが火災に会ひ系図なども焼した。其後何故か寺田氏を名乗つて今日に至つたものである（別役姉上の話）」（「ローマ字懐中日記（大正一五年・昭和元年）」巻末余白に）とあるように、吉村の姓は寺田家の祖先につながるもので、冬彦は冬に生まれたからというのが一般的な説である。これに対して弟子の宇田道隆は、「藪柑子から冬彦の生れた因縁」を夏子の死との対比において考えている（『寅彦先生閑話』）。

『冬彦集』の「自序」において、ここに収めた文章は「弱い蘆の葉」の「かすかな葉擦れの音」のようなものといっている。吉村冬彦という筆名がはじめて使われたのが、「小さな出来事」というタイトルだったことからすれば、「冬彦」という名前には、本来の活動（本業）からそれた、冬籠もりのか弱くもかすかな、取るにもたりない活動といったような意味もこめられていたのではなかろうか。これは大木の蔭に隠れて、ひっそりと冬に赤い実をつける藪柑子のイメージにも似ている。また吉村という姓が祖先につながるということは、「自画像」のなかの「自分が毎日筆のさきで色々さまざまの顔を出現させているうちには自分の見た事のない祖先の誰やそれの顔が時々そこから覗いているのではないかという気がし出した」という一節とも照応する。

寅彦はラフカディオ・ハーンの説を引いて、祖先を千年前にさかのぼると、現在の自分は二〇〇〇万人の血を受け継いでいる勘定になるといっている。ハーンの『心』の「旅日記から」には、「一世紀に三世代の割として、血族結婚がなかったとすれば、今日のフランス人は、その一人一人が、いずれも紀元一千年代の二百万人の血を血管のなかにもっていると、あるフランスの数学者は計算している。これを西暦の紀元元年から通算すると、今日の一人の人間の先祖は一八、〇〇〇、〇〇〇、〇〇〇、〇〇〇、〇〇〇、〇〇〇という総数になる」(平井呈一訳)とある。どうやら寅彦は桁数をひとつ間違えたようだが、「過去」の経験を数えきれぬ祖先から受け継いでいるという考えは漱石の「趣味の遺伝」にも通じるもので、寅彦の記憶に強烈なインパクトを与えたようである。

が、それ以上にこうした思考法は、寅彦の関心を「自分」というものの成り立ちやその存立の根拠といったことへ向けさせ、「なんだか独立な自分というものは微塵に崩壊してしまって、ただ無数の過去の精霊が五体の細胞と血球の中にうごめいているという事になりそうであった」と記している。似ておりながら少しずつ違う何枚もの自画像を描きつづけるということは、自分が何世代にもわたる先祖の血を受け継いでいるという時間軸を、表情の変化という空間軸に置き換えることでもある。微妙に異なる何枚もの自画像を描きつづけてゆけば、どれが本当の自分なのかと考えざるを得ないことにもなる。

微妙に少しずつ違った自画像を何枚も重ね合わせ、それらに共通しているところに「自分」というものが存在するのだろうか。が、そうした「自分」は、自画像が本当の意味で仕上がることが決してないように、どこまでいっても見つけることは不可能である。寅彦は「仕上がるという事のない自然の対象を捕えて仕上げるという事が出来るとすれば、そこには何か手品の種がありそうである」という。考えてみれば、自然科学にしても社会科学、人文科学にしても、あらゆる学問はこの「手品」の種明かしに終始しているわけで、寅彦随筆の魅力も日常的に私たちがとらわれて気づかずにいるさまざまな「手品」の在りかを指し示し、その種明かしを披露してくれるところにある。

たとえば、私たちが人の顔を見ているときに頭のなかに結ぶ像は、「相似」を決定するための少数の主要な項目の組み合わせであって、それだけが具備すれば残りの排列はどうでもいい。それは満天の星空に星を適当な線で結びながらいろいろな星座をつくって、星の位置を覚えることに似ている。「顔の相似」という不思議な現象を追いかけて、結局、寅彦は「色々の「学」と名のつく学問、殊に精神的方面に関したもので、事物の真を探究するとは云うものの、よく考えてみると物の本来の面目はやはり分らないで、つまりは一種の人相書か鳥羽絵を描いている場合も多いように思われるが、そのような不完全な「像」が非常に人間に役に立って今日の文明を築き上げた」のだと、ひとつの見事な手品の種明かしをおこなっている。

「相似」――似ているものを対比すること、類似したものを共通項としてカッコでくくることで、私たちは混沌として見透しのきかない現実を少しでも整理することができ、さまざまにバラバラに生起する現象をわずかにでも秩序立てて見ることができる。寅彦の随筆はこうした相似を次々と列挙するところからはじまるが、これは寅彦の随筆に通底しているどころか、あらゆる学問の要諦でもあろう。法則とよばれるものも、一見一致しないように思われるもののうちに相似を認め、しばしば繰り返される事実についていったものである。寅彦はそれを自覚的、意識的に駆使し、いわば方法としてのアナロジー（類推）をひとつの思考の武器としてそれらの厖大な随筆群を書きあげていったといえる。

「厄年とetc.」は、今日ならばビッグデータの対象として扱われるような問題を、コンピュータもなしに考えようとした試みである。胃潰瘍で入院したのが、ちょうど四二歳の厄年ということもあって、この文章が書かれたのだろうけれど、「厄年」の意味を知るためには、自分の過去の一切のものを「現在の鍋」にぶち込まなければならないという。これは現在の「自分」が何世代にもわたる数知れない先祖の血を受け継いだ存在だという「自画像」で語られた思考と同工異曲である。紙屑籠の紙片が製紙場の釜で混ぜられて、そこから新しいものが生みだされるという「浅草紙」にしても同様で、それは「人間の精神界の製作品にもそれに類似した過程のある事を聯想させせない訳にはゆかな」いのである。

正体が分からないということでは「化物」と「電気」も同じで（「化物の進化」）、「一見なんらの関係もないような事象の間に密接な連絡を見出し、箇々別々の事実を一つの系に纏《まと》めるような仕事」に想像力が必要なことは「科学者」でも「芸術家」でも変わりない（「科学者と芸術家」）。「流言蜚語の伝播の状況」は「燃焼の伝播の状況」と、「形式の上から見て幾分か類似した点があ」り（「流言蜚語」）、「手首」の問題」ではバイオリンなどの楽器をひくには「手首の関節が完全に柔らかく自由な屈撓《くっとう》性《せい》を備え」ることが必要条件とされるが、それは球突きでも、ゴルフでも、乗馬でも同じで、「どうも世の中の事が何でも彼でもみんな手首の問題になって来るような気がする」という次第である。

これらはすべてフラクタル（自己相似性）な構造をもち、今日ならば、一九七〇年代にブノワ・マンデルブロによって構築されたフラクタル幾何学に理論的な根拠を求めて、カオス理論において論ずることも可能だろう。書物にしても例外ではなく、「「六国史」を読んでいると現代に起っていると全く同じことがただ少しばかりちがった名前の着物を着て古い昔に起っていたことを知」るといい、「古い事ほど新しく、一番古いことが結局一番新しいような気がして来る」といっている（「読書の今昔」）。寅彦の思考の根底には、故《ふる》きを温《たず》ねて新しきを知るという温故知新の考えが横たわっており、温故知新ということは思考上のフラクタルといっても差し支えない。

寅彦の文章はどれひとつとってみても、今日なお新鮮で、示唆に富んでいる。この世界をどのように見、どのように考えたらいいのかというヒントが満載である。寅彦の文章に触れることで、自然を見る眼が大きく変えられるし、ぼんやりした視野がとても見晴らしのよいものとなる。これまで曖昧なままに投げ出していた問題にも、非常にクリアなかたちを与えることができる。かつて寅彦随筆は必ず国語の教科書に採択されていたけれど、近年の若い人々は寺田寅彦の名前を知らないものも多い。しかし、二〇一一年の東日本大震災の折には新聞、雑誌、テレビなどのメディアに、「天災は忘れた頃にやって来る」「正しく恐れる」など寅彦の言葉があふれたことは記憶に新しく、まさに温故知新をそのままに体したといえる。

寅彦は物理学者として自然科学を深く学び、その眼をもって森羅万象みずからの言葉で語りだしている。時に科学的な専門用語が用いられたとしても決して難しいことはなく、平易な言葉で言い直されて誰にでも分かりやすく丁寧に解説されている。したがって、自然科学の知識がなければ読めないということもない。二〇世紀の後半にはコンピュータの発明により、自然科学の進展にはめざましいものがあった。多くの科学者の文章は、自然科学の発展とともに古臭いものとなったが、寅彦の文章はちっとも古びていない。それは寅彦が関心を寄せた領域が、コンピュータの進化とともに切り拓かれた分野と重なるもので、寅彦がそのすぐれた直観力でとらえたことの正しさがいよいよ実証され、寅彦の先見性がいよいよ輝きを増しているからである。

寅彦の時代には同じ自然科学でも物理学と生物学は結びつくものではなかった。「もし物理学上の統計的異同の研究が今後次第に進歩して行けばこの方面から意外の鍵が授けられて物質と生命との間に橋を架ける日が到着するかもしれないという空想が起る」（「備忘録」）といっているが、今日ではそれはもはや「空想」ではなく、両者の協力なくして何ひとつ新しい研究分野を切り拓くことができなくなっている。それは心理学などでも同様のことが起こっており、一見もっともかけ離れていると見なされる文学の分野でも同じメカニズムが働いていることが了解されつつある。ようやく時代が寺田寅彦に追いついてきたような感がある。

第I部　カオス・フラクタル・アナロジー

物語の自己組織化

村上春樹『風の歌を聴け』

最近ではそうでもないが、ひところはパラダイム・シフトとか、パラダイム・チェンジとかといった言葉をよく目にしたり、耳にしたりした。パラダイムとは、辞書的にはモデル、模範といったような意味だけれど、この場合は「思考の枠組み」といった意味合いで使われている。パラダイムという言葉をこうした概念で最初に使用したのはトーマス・クーンの『科学革命の構造』で、原著は一九六二年に出版されているが、日本語版が刊行されたのは一九七一年である。(1)パラダイムという語が一般的に使われだしたのは、いずれ日本においては七〇年代以降のことだった。

クーンによれば、古いパラダイムが新しいパラダイムに取って代わられたとき、まさに「科学革命」と呼ばれるほどの劇的な変化を遂げて、科学は進歩するのだという。たとえば、コペルニクスによってこれまでの天動説が地動説に転換されたようにである。パラダイムと呼ばれるには、次のふたつの性格をもたなければならない。ひとつは、対立競争する他の科学研究活動を棄てて、それを支持しようとする熱心なグループを集めるほど前例のないユニークさをもつこと、それからその業績を中心として再構築された研究グループに解決すべきあらゆる種類の問題を提示することである。

科学史は必ずしも直線的、累進的に発展するものではない。コペルニクス以前にはプトレマイオスの天文学がおこなわれていたが、プトレマイオスの体系では恒星や惑星の位置の変化についての予測はうまくいったものの、春分点の歳差がどうしてもうまく合わなかった。当時の天文学者たちはプトレマイオスの体系に補正をくわえ、その食い違いをできるだけ少なくしようと努めたあげく、時間が経つにつれて天文学はおそろしく複雑になったという。コペルニクスの地動説もこうした天文学上の危機から生まれたもので、科学の専門家集団はまず古いパラダイムの視野と精度を可能なかぎり精査して、それでも乗りこえられないときに新しいパラダイムが発生するのだという。

ニュートンの万有引力の法則にしても、アインシュタインの相対性理論、ボーアの量子力学にしてもみな同じだという。そしてクーンは「科学史家は、パラダイム変革が起こる時は世界自体もそれと共に変革を受ける、と主張したくなるものである。新しいパラダイムに導かれて、科学者は新しい装置を採用し、新しい土地を発見する。さらに重要なことは、革命によって科学者たちは、これまでの装置で今まで見なれてきた場所を見ながら、新しい全く違ったものを見るということである。それはあたかも科学者の社会が急に他の惑星に移住させられて、見なれた対象が異なった光の下で見なれぬものに見えるごとくである」といっている。

クーンはパラダイムという語をあくまでも自然科学の分野に限って使用しているが、それは基本的に自然科学の法則は立証可能で、そこでは対立する学派が存在しないからである。今日、自然科学者は誰しもアインシュタインの相対性理論やボーアの量子力学を受けいれたうえで自己の研究をすすめている。しかし、レオナルド・ダヴィンチのモナリザとピカソの絵を比べて、それらの歴史的意味を跡づけることは可能であろうが、芸術的にどちらがより優れているとか、どちらがより進化しているということはできない。芸術や文化の進歩や価値といったものは、自然現象に照らしてその理論を立証し得る自然科学のように一元的なものさしではかることが決してできないからである。

しかし、今日このパラダイムという語は自然科学の領域をこえて広く使われる場合が多い。たしかに一九七〇年代から八〇年代の二〇世紀後半には、芸術にしても文化にしてもその存在を支えてきた基盤——価値観や世界観といった、まさにパラダイムとしかいいようがない思考の枠組みそのものが、大きくゆらぎ、変化のきざしを示しはじめたのだといっていい。さまざまな学派が対立し、さまざまな価値観と世界観によって構築される社会科学や人文科学の領域でも、さかんにパラダイムという言葉が用いられたのには、やはりこの時期にとてつもない地殻変動が起こったという認識があってのことだろう。

「近代」を切り開いたルネサンスの三大発明は、火薬、羅針盤、活版印刷術である。この三つの技術は二〇世紀後半まで有効に機能し、ルネサンス期にもったと同じ力で私たちの社会へ作用を及ぼしつづけてきた。グーテンベルクによって発明された活版印刷術は、それまで支配者や僧侶など一部の階級によって独占されていた知識と情報を一般民衆にまで解放して、この社会システムを劇的に変更させた。小説という文学形態も活版印刷術の出現をまってはじめて可能となったものだが、それが二〇世紀の後半にはコンピュータにとってかわられることになった。

コンピュータの出現によって、私たちの住むこの世界の景色はガラリと変わってしまった。クーンがいうように、日常生活は常のごとくつづいておりながら、「急に他の惑星に移住させられて、見なれた対象が異なった光の下で見なれぬものに見え」てくるようだ。寺田寅彦は気象や地震、金平糖の結晶やガラスの割れ目といった私たちの日常の身のまわりにある物理的現象に関心をよせ、今日ならばカオス理論やフラクタル幾何学の領域にかかわる研究をつづけたが、寅彦がどんなに天才であっても、当時の技術ではそれらの理論にたどりつくことはできなかった。カオス理論の構築に大きく貢献した気象学者エドワード・ローレンツにしろ、まったく自力でフラクタル理論を完成させたブノワ・マンデルブロにしろ、コンピュータの出現によってその偉業も可能になったのである。

ルネサンス期以降の自然科学は、この世界を構成する最小単位を見きわめて、そこにはたらく法則を探ることから、この世界の動きを予測しようとする還元主義的な決定論的思考にとらわれつづけてきた。が、カオス理論はこの活きて動いている自然を相手にその予測の不可能性を証してしまったのだ。これまでの自然科学の方向性を一八〇度転換させてしまったといってもいい。クーンの著書の刊行は一九六二年だからまだカオス理論についての言及はないけれど、これが二〇世紀後半の大きなパラダイム変革であったことは間違いない。これほど大きなパラダイム変革がおきて、私たちの価値観や世界観に何らの変化を及ぼさないとは、まず考えられないことである。

羅針盤の発見は遠洋航海を可能にし、コロンブスによるアメリカ大陸の発見となり、火薬の発見とも結びついて、帝国主義的な侵略を可能とし、地球上の空間的拡大をもたらした。そればかりではない。このアジアをも捲きこみながら、近代をとおして絶えることのない権力支配による地球規模的な地図の書き換えをうながした。が、その羅針盤も二〇世紀後半に人工衛星が打ち上げられたことによって無用となった。今日では地上を走る一台一台の車も目的地を入力しておけば、「一〇〇メートルの先を右折して下さい」といった音声案内をしてくれるカーナビが備えられ、羅針盤はGPSに取って代わられた。

また大望遠鏡も人工衛星の軌道に乗せ、私たちは大気圏外から宇宙を観測することが可能になった。一九九〇年にハッブル宇宙望遠鏡が打ち上げられ、これまで以上に精密な宇宙の観測が可能となり、宇宙の年齢も一三八億年程度であることが明らかになった。一九二九年、エドウィン・P・ハッブルが宇宙の膨張を観測し、一九四七年にジョージ・ガモフによってビックバン宇宙論が提示されて、二〇世紀後半には誰しも、私たち人間に誕生と死があるように、宇宙にも誕生があり死があることを疑わないようになった。これまで宇宙は無限で、永久不変なものとして考えられてきたけれど、ルネサンス期から二〇世紀後半まで誰が宇宙の誕生と死を想像し得たであろうか。

それでは火薬はどうか。これだけはいまだに使いつづけられているものの、これも到り着くところ原子爆弾となり、使えない兵器となった。不幸なことに、いまだ地球上いたるところで火薬を使った局地戦は絶えることがないが、核兵器を使った全面戦争がひと度おこれば人類の絶滅にいたることは誰の目にも明らかである。私たちの現代文明は、まさに薄氷のうえに乗った危ういものなのだけれど、「近代」を用意したルネサンスの三大発明が、奇しくも二〇世紀の後半になってその使用期限がすべて切れたことに気づかされる。二〇世紀後半に「近代」という時代が終焉を迎えたことは間違いないようだ。

一九七〇年代から八〇年代にかけて自然科学ばかりか社会科学や人文科学の方面でも思考の枠組みが見直されて、近代において体系づけられた学問も再編を迫られるようになった。かつて永久不変の無限と見なされた宇宙空間も有限であるように、地球も限りあることが誰の目にも明らかとなった。「近代」の論理をこのまま追いかけていては、環境、エネルギー、人口、食糧などあらゆる問題でゆきづまることは、もはや共通認識となったといっていい。新しい時代の思考の枠組みが見えてくるまでには、まだ何十年も、あるいは数世代もかかるかも知れないけれど、二〇世紀後半から二一世紀初頭にかけて私たちの生きているこの現代が、数世紀に一度あるかないかの大きな時代の分岐点にあるということだけは間違いないようだ。

こうした時代の変革期に文学も変質せざるを得ないのは当然である。活版印刷術とともに誕生した小説という文学形態がコンピュータ時代を迎えてどう変わるかは、現在までのところまだ誰にもよく見えていないようだ。が、二葉亭四迷の『浮雲』から出発した日本近代文学は、一九七〇（昭和四五）年の三島由紀夫の自死によって、確実にひとつのサイクルを閉じたのではないかと私には思われる。和歌の世界が『万葉集』から『古今和歌集』、『古今和歌集』から『新古今和歌集』へと変遷していったように、小説も二〇世紀の後半にその根底からパラダイム変革を迫られたのだとはいえまいか。私はその転換のきざしを村上春樹のデビューに見ることができると考えている。

村上春樹は一九七九年度の「群像」新人賞によってデビューしたが、丸谷才一の選評から言葉を借りれば、その登場は「一つの事件」だった。『風の歌を聴け』は「群像」一九七九年六月号に掲載されたが、さほど長くもないこの小説は四〇ものチャプターから構成され、しかもそれぞれのチャプターは多く一行アキや☆印、あるいはON／OFFなどで区切られて、さらに断片化されている。のちの回想によれば、当時ジャズ喫茶を経営していた村上が仕事が終わったあとのわずかな時間に、台所のテーブルで毎日少しずつ書いたので、文章とチャプターが断片的になってしまったという(2)。だが、断片を重ねあわせて構成されたこの小説は、混沌とした現実のカオス的状況をカオスのままに描いたようなリアリティをもっている。

この作品は二九歳となった語り手が、二一歳だった「1970年の8月8日に始まり、18日後、つまり同じ年の8月26日に終わる」話を回想する形式で描かれる。のちのインタビューで村上は、「自分の言いたいことをチャプター1という最初の数ページの中に殆んど全部書いちゃった」といい、「だからチャプター2からあとはメッセージというものがまったくといっていいくらいなくなってしまった」と語っている(3)。またこれは「自己確認」のために「百パーセント自分のために書いた小説」とも述べている。ならば、私たちはやはりチャプター「1」をていねいに読むところからはじめなければならないだろう。

「完璧な文章などといったものは存在しない。完璧な絶望が存在しないようにね。」

僕が大学生のころ偶然に知り合ったある作家は僕に向ってそう言った。僕がその本当の意味を理解できたのはずっと後のことだったが、少くともそれをある種の慰めとしてとることも可能であった。完璧な文章なんて存在しない、と。

しかし、それでもやはり何かを書くという段になると、いつも絶望的な気分に襲われることになった。僕に書くことのできる領域はあまりにも限られたものだったからだ。例えば象について何かが書けたとしても、象使いについては何も書けないかもしれない。そういうことだ。

8年間、僕はそうしたジレンマを抱き続けた。──8年間。長い歳月だ。

『風の歌を聴け』はこのように書き出されるが、ここにはひとつの断念がある。芥川龍之介がめざした芸術的完成への断念である。モーパッサンによれば、フローベールは生涯、表現と思想の完全な一致を追い求め、その「完璧さ」のとらえがたい追究に苦しんだという。フローベールは唯一無二の文体の存在を信じ、「ある事柄を表現するには、ただ一つの言い方しかない。それを言い表わすには一つの語しかない。それを形容するには一つの形容詞、それを動かすには一つの動詞しかない」(「ギュスターヴ・フローベール」)という堅い信念にとりつかれていた。(4)「芸術至上主義の極致はフロオベルである」(「澄江堂雑記」)という芥川が、範としたのもそうしたフローベールの文学観だった。

『風の歌を聴け』では、芥川をはじめ近代の多くの作家たちを呪縛してきた「完璧さ」へのこだわりが見事に取りはらわれている。芥川は「芸術その他」(「新潮」一九一九年一一月)で主張したように、作品の冒頭から末尾の一語にいたるまで「必然の方則」によって、完璧な技巧で自立完結した芸術的小宇宙をつくりあげなければならないとした。が、「偶然に」知り合った作家の一言で「僕」の文章観が変容したように、この現実は「偶然」に満ちあふれている。近代小説の論理をこえて、この「偶然」に満ちた現実を小説の世界にまるごと取りこむには、描くべき対象の事物ばかりではなく、その事物と世界との関係をもトータルなかたちで把握しなければならない。だが、「象について何かが書けたとしても、象使いについては何も書けないかもしれない」のだ。

「何かを書く」ということは、絶望的に困難である。そこには「完璧な絶望が存在しないように」、やはりひとつの断念が強いられることになる。そうしたジレンマを抱きつづけたまま、「僕」は「8年間」を過ごした。この「8年間」は、「僕」が文章についてその「殆んど全部」を学んだというデレク・ハートフィールドが作家として活躍した期間と正確に見合っている。ハートフィールドは「8年と2ヵ月、彼はその不毛な闘いを続けてそして死んだ」とされる。一九三八年六月のある晴れた日曜日の朝、エンパイア・ステート・ビルの屋上から飛び下りたのである。「19」には「僕は21歳になる。／まだ充分に若くはあるが、以前ほど若くはない。もしそれが気にいらなければ、日曜の朝にエンパイア・ステート・ビルの屋上から飛び下りる以外に手はない」とあり、この架空の作家ハートフィールドが、こうしたジレンマをかかえた八年間における「僕」の可能態としての肖像だったかも知れないことを示唆している。

ハートフィールドについて「32」と最終章「40」でも取りあげられる。ハートフィールドはヘミングウェイやフィツジェラルドなどとともに活躍した三〇年代の作家ということになっているが、ハートフィールドはなぜ三〇年代の作家として設定されなければならなかったか。アメリカの三〇年代文学は第一次世界大戦後の失われた世代《ロスト・ジェネレーション》のあとを受けて、大恐慌後の不況と混乱のなかにあらゆる基本的価値が疑問視され、ヨーロッパのダダイズム、シュールレアリズム、表現主義などと呼応しながら、「個」を統合する理性とか、合理性とかいったものへの懐疑から、「個」が寸分もなくずたずたに引き裂かれた時代である。またフィードラーによれば、多くの作家がハリウッドの映画産業との結びつきを強めて、文学が大衆文化の支配下に消費財となっていった時代でもある(5)。

アメリカやヨーロッパほど第一次世界大戦からの衝撃をうけることのなかった日本も、三〇年代には文学が大きく変革した。一九二七(昭和二)年七月の芥川龍之介の自殺によって既成の文学への懐疑的な反省が加えられる一方、改造社などから刊行された円本の爆発的な売れゆきによって文学の大衆化現象がひきおこされ、文学も商品として消費されるようになる。また日本でも大戦後のヨーロッパにおける新しい文学的動向からの影響もあって大きな変化を遂げていった。いってみれば、七〇年代から八〇年代へかけてのパラダイム変革の源流は、悲惨をきわめた第一次世界大戦と大恐慌によって既成の価値観が根底からくつがえされた三〇年代にあったともいえるわけで、『風の歌を聴け』の語り手「僕」は少なくも自分がこれから書こうとする小説の根拠を三〇年代の作家ハートフィールドのなかに見出している。

「32」にはハートフィールドの次のような言葉が引用される。「私はこの部屋にある最も神聖な書物、すなわちアルファベット順電話帳に誓って真実のみを述べる。人生は空っぽである、と。しかし、もちろん救いはある。というのは、そもそもの始まりにおいては、それはまるっきりの空っぽではなかったからだ。私たちは実に苦労に苦労を重ね、一生懸命努力してそれをすり減らし、空っぽにしてしまったのだ」、と。これは「1」の「文章を書くという作業は、とりもなおさず自分と自分をとりまく事物との距離を確認することである。必要なものは感性ではなく、ものさしだ」（傍点原文）というハートフィールドの言葉をうけた、次のような箇所と対応している。

僕がものさしを片手に恐る恐るまわりを眺め始めたのは確かケネディー大統領の死んだ年で、それからもう15年にもなる。15年かけて僕は実にいろいろなものを放り出してきた。まるでエンジンの故障した飛行機が重量を減らすために荷物を放り出し、座席を放り出し、そして最後にはあわれなスチュワードを放り出すように、15年の間僕はありとあらゆるものを放り出し、そのかわりに殆んど何も身につけなかった。

それが果たして正しかったのかどうか、僕には確信は持てない。楽になったことは確かだとしても、年老いて死を迎えようとした時に一体僕に何が残っているのだろうと考えるとひどく怖い。僕を焼いた後には骨ひとつ残りはすまい。

これにつづけて「僕」は、「暗い心を持つものは暗い夢しか見ない。もっと暗い心は夢さえも見ない」といっていた祖母が死んだあとに、「彼女が79間抱き続けた夢はまるで舗道に落ちた夏の通り雨のように静かに消え去り、後には何ひとつ残らなかった」といっている。「生きていたことと同様、死んだこともたいした話題にはならなかった」ハートフィールドの死や、この祖母の死など、「1」には実に多くの死への言及がある。中学三年生のときハートフィールドの本を最初にくれた叔父は、その三年後に腸の癌で苦しみ抜いて死んだし、もうひとりの叔父も上海の郊外で終戦の二日後に自分の埋めた地雷を踏んで死んだ。「死」へ通じる「空っぽ」の人生。たとえそこにどんな言葉を残し、どのような夢を描いたとしても、はかなく消え去るばかりだ。

「32」に「火星の井戸」というハートフィールドの作品について言及される。宇宙をさまようひとりの青年が火星の地表に掘られた井戸に潜った話である。一キロメートルばかり下降してから横穴をみつけてひたすら歩きつづけると、別の井戸に通じてふたたび地上に出たが、何かが違っていた。太陽は中空にありながら、オレンジ色の巨大な塊りと化し、「あと25万年で太陽は爆発するよ。パチン……ＯＦＦさ」と風がいう。「君が井戸を抜ける間に約15億年という歳月が流れた。君たちの諺にあるように、光陰矢の如しさ。君の抜けてきた井戸は時の歪みに沿って掘られているんだ。つまり我々は時の間を彷徨っているわけさ。宇宙の創生から死までをね」と風が青年に向かっていう。永遠の静寂がふたたび火星の地表を被ったとき、若者はポケットから拳銃を取りだして引き金を引いた。

まさに『風の歌を聴け』というタイトルそのものにかかわるエピソードだが、あたかも熱力学の第二法則のエントロピーをそのままイメージ化したようである。いかに巨大なエネルギーを蔵した太陽といえども、永遠に燃えつづけることはできない。現在の科学では太陽の寿命はあと約五〇億年といわれるけれど、「約15億年」という数字はどこからきたのだろうか。

一九三六（昭和一一）年に脱稿された中島敦の「狼疾記」には、小学四年のとき、肺病やみのように痩せた担任の教師から「如何にして地球が冷却し、人類が絶滅するか」を意地の悪い執拗さをもって聞かされたとある。地球が冷却し、人類が滅びるのはまだしも我慢できたが、太陽までも消えてしまい、真っ暗な空間を誰にも見られずにただ黒く冷たい星がぐるぐる廻っていることを想像するのはたまらなく怖かったという。

中島敦はこのエピソードに注を付して、「世界も、人間の営みも、この少年の望む程、しかく確乎たるものではない。それは小学校の先生に聞かされた世界滅亡説を熱力学の第二法則といふ言葉に置換へて見ても同じことだ」といっている。一九三〇年代にはエントロピーの概念が小学校教師の宇宙観にも影響を及ぼしていたことが知れるが、人間が誕生して死んでゆくように宇宙にも誕生があり死がある。死んでしまえば、祖母の夢やハートフィールドの言葉がそうであったように、「舗道に落ちた夏の通り雨のように静かに消え去」るばかりだ。が、ハートフィールドが「全ての意味で不毛な作家」であり、「文章は読み辛く、ストーリーは出鱈目であり、テーマは稚拙だった」としても、「僕」を表現に駆り立てるだけの力をもっていたことは疑い得ない。

そして二〇代最後の年を迎えて、「今、僕は語ろうと思う」のだ。「昼の光に、夜の闇の深さがわかるものか」というのは、この作品の末尾に記されたハートフィールドの遺言によってその墓碑に刻まれたニーチェの言葉だという。「完璧な絶望」と「死」にも通じる「夜の闇の深さ」

を視座として、いま、「僕」は「昼の光」のなかに語ろうとする。しかし「正直に語ることはひどくむずかしい。僕が正直になろうとすればするほど、正確な言葉は闇の奥深くへと沈みこんでいく」。しかし、「僕」はそれにもかかわらず、奥深い「夜の闇の深さ」に抗して語りはじめる。「ものさし」を手に入れて、いろいろなものを放り出してしまう以前の「僕」に出会うためにである。

「ジョン・F・ケネディー」もそうだが、篇中において特徴的な言葉が何度か繰り返して使用されている。「パチン……OFF」もそのひとつである。「僕」は小さいころひどく無口で、それを心配した両親は知り合いの精神科医のところへ連れていった。医者は「文明とは伝達である」といい、「もし何かを表現できないなら、それは存在しないのも同じだ。いいかい、ゼロだ」と教えられた。それを受けて「僕」は、「医者の言ったことは正しい。文明とは伝達である。表現し、伝達すべきことが失くなった時、文明は終る。パチン……OFF」という。「文明とは伝達である」とは、清水良典が指摘するように「冷酷なくらいまともすぎる」言葉で、単に「無口」な性格にすぎなかった「僕」を、「存在しない」「ゼロ」にまで追いやる強迫観念として立ちはだかったのかも知れない。(6)

一四歳になった「僕」は、まるで堰を切ったように突然しゃべりはじめる。「14年間のブランクを埋め合わせるかのように僕は三ヵ月かけてしゃべりまくり、7月の半ばにしゃべり終えると40度の熱を出して三日間学校を休んだ。熱が引いた後、僕は結局のところ無口でもおしゃべりでもない平凡な少年になっていた」というが、この一四歳の夏休みに「僕」は叔父からハートフィールドの本をはじめてもらった。ハートフィールドに出会って、「ものさし」を手に入れ、次々といろいろなものを放り出していったのも一四歳からである。

「ものさし」とはハートフィールドがいうように、「自分と自分をとりまく事物との距離を確認する」ためのもので、実際のものさしが現実のすべてを数値化させずにはおかないように、世界そのものを平準化させずにはおかない、精神科医が「僕」にその使用を強要したところの言葉だといって差し支えないだろう。「僕」はそうした言葉をしゃべることで、「僕」に固有の安らぎにみちた内的世界を失わざるを得ない。精神科医によって刻印された「ゼロ」の傷は、一時の熱狂からさめてみれば、自分自身の言葉で語ることがいかに困難かということを自覚させて、「落とし穴」の奥深い闇へと引きずり込まずにはおかないのである。

僕にとって文章を書くのはひどく苦痛な作業である。一ヵ月かけて一行も書けないこともあれば、三日三晩書き続けた挙句それがみんな見当違いといったこともある。

それにもかかわらず、文章を書くことは楽しい作業である。生きることの困難さに比べ、それに意味をつけるのはあまりにも簡単だからだ。

十代の頃だろうか、僕はその事実に気がついて一週間ばかり口もきけないほど驚いたことがある。少し気を利かしさえすれば世界は僕の意のままになり、あらゆる価値は転換し、時の流れを変える……そんな気がした。

それが落とし穴だと気づいたのは、不幸なことにずっと後だった。僕はノートのまん中に一本の線を引き、左側にその間に得たものを書き出し、右側に失ったものを書いたもの、踏みにじったもの、とっくに見捨ててしまったもの、犠牲にしたもの、裏切ったもの……僕はそれらを最後まで書き通すことはできなかった。

僕たちが認識しようと努めるものと、実際に認識するものの間には深い淵が横たわっている。どんな長いものさしをもってしてもその深さを測りきることはできない。僕がここに書きしめすことができるのは、ただのリストだ。小説でも文学でもなければ、芸術でもない。まん中に線が1本だけ引かれた一冊のただのノートだ。教訓なら少しはあるかもしれない。

『風の歌を聴け』はたしかに真ん中に一本の線が引かれたノートの一方に「得たもの」（たとえば、Tシャツやミシュレの『魔女』の一節など）が記され、もう一方には「失ったもの、踏みにじったもの、とっくに見捨ててしまったもの、犠牲にしたもの、裏切ったもの」が次々に書きこまれたリストのようだ。「パチン……OFF」という発想とも重なるのだけれど、この作品にはこうした二分法がいたるところに張りめぐらされている。その典型がラジオのリクエスト番組に描かれるDJの「ON」と「OFF」との使い分けである。またここに散りばめられた断片を点検してみれば、この小説が基本的に物語の現在時点においてストーリーの進展をうながす部分と、「僕」の回想や感想やムダグチを挿入した物語の進行を妨げている部分とに大きく二分されることにも気づかされるだろう。

ここで生物の個体数の変化をあらわす、一九七〇年代に数理生態学者のロバート・メイによって提唱されたロジスティック写像が想い起こされる。この理論はふたつの因子の組み合わせから成り立っている。個体数が増えれば増えるほど次世代の数をますます増やす方向へはたらく引き伸ばしの因子と、個体数が増えれば当然それにともなって天敵も増えたり、餌が減少したりするわけだから、それに応じて次世代の数を減らす方向へはたらく折り畳みの因子とである。フィードバックしてカオスを生みだす現象は、必ずこの「引き伸ばし」と「折り畳み」という過程がみられるが、それはちょうどパイの生地をつくるために材料を引き伸ばしては折り畳むという操作を何度も繰り返しおこなうのに似ているところからパイこね変換とよばれる。パイこね変換はカオス生成のための基本原理であるけれど、「引き伸ばし」が予測不能な誤差の拡大を生みだし、「折り畳み」はそれをある秩序立った有限の範疇におさめるようなはたらきをしている。

とするならば、『風の歌を聴け』の断章は、物語の進展をうながす引き伸ばしの部分と、回想や感想を記したどちらかといえば物語の進行を妨げる折り畳みの部分とが組み合わされ、それらをたくみにシャッフルしているところに、この作品のカオス的世界が現出しているといえよう。都会的なセンスのあふれたしゃれた会話と軽妙洒脱な言い回しによって綴られた断章の集成からなるこの小説にとって、実はストーリーなどはどうでもよかったのかも知れない。それらの会話のやりとりや断章の片々に、表面的には何の屈託もないように日常をおくる「僕」や登場人物たちの内面にわだかまる喪失感や不毛感や虚無感や絶望感がにじみだし、それこそ「昼の光」に「夜の闇」をのぞき見るようにそれらが透けてみえるならば、それでよかったのかも知れない。

　カオス現象にみられる「引き伸ばし」と「折り畳み」は、ある種の化学反応系にもみられるものである。自己増殖的な活性化因子を含む物質と抑制作用をもつ抑制因子を含む物質が互いに接触すると、活性化物質と抑制物質との拡散の速さの違いによって、不安定状態となってチューリング・パターンとよばれる濃淡の縞模様を生みだしてゆく。これは一九五二年に数学者アラン・チューリングによって数学的な理論として提示されたが、一九九〇年になってフランスの研究グループが実験室ではじめて実現させることに成功した。理化学研究所の近藤滋は一九九五年に熱帯魚の縞模様を使ってチューリング機構を立証したが、近藤によれば「チューリングの方程式を二次元の平面に展開しコンピューターで計算させると、ほとんどすべての動物の模様（キリン、シマウマ、豹など）を式の値をわずかに変えるだけで、簡単に作ることができる」という。[7]

　また化学反応系では溶液の色が周期的変動を示したり、波動パターンを自己組織化する現象としてベルーソフ－ジャボチンスキー反応というものが知られている。チューリング・パターンは静止したパターンだが、ベルーソフ－ジャボチンスキー反応によるパターンは時間とともに伝播する。ロシアの生化学者ベルーソフは一九五〇年に、クエン酸サイクルという呼吸に関係する生化学反応を無機化学反応で実現しようとして、クエン酸を酸化する触媒としてセリウムイオンを用いたところ、溶液の色が周期的に変動する現象を発見した。それを追跡実験したジャボチンスキーは物質濃度の濃淡が波動パターンとして自己組織化してゆく現象をも見出した。一九六八年にプラハの国際会議で発表されると、西側諸国の科学者の強い関心をよぶようになったという。

自然界に見られるこうしたパターンを生みだす自己組織化の現象は、寺田寅彦が生涯にわたりことのほか強い関心を示したものだが、村上春樹の創作過程を考えてゆくうえでもきわめて興味深いものだ。活性化因子と抑制因子というふたつの因子を含んだ物質の相互作用で作り出されるチューリング・パターンは、『風の歌を聴け』の物語パターンの生成をそのまま説明するばかりか、村上文学に特徴的なパラレルワールドについてのヒントも与えてくれる。またベルーソフ－ジャボチンスキー反応における触媒は、潜在意識を自己触媒としながら物語を生成してゆく村上の創作方法を連想させる。村上自身が多くのインタビューで語っているところによれば、あらかじめストーリーを決めずに集中力を高めて、ほとんど「自動筆記」のように書くという。いわば物語の自己組織化とでもいったものに身をゆだねているのだといえる。

夏目漱石は『それから』の執筆に際して綿密に構成をねり、かなり緻密な創作メモを残していた。また芥川龍之介は、谷崎潤一郎が「雪後庵夜話」で伝えているところによれば、作品の途中の章からでも書き出すことができたという。その意味では村上春樹の執筆方法はこれまでの近代の作家たちとまるで違うようだ。もちろんこれまでも物語の自己組織化にゆだねて執筆されたと思われる作品も少なくないが、谷崎も『蓼喰ふ虫』を「はっきりしたプランの持ち合はせ」（「私の貧乏物語」）もないまま筆を執り、書き出したら筋が自然に展開したといっていた。いずれ小説にはこうした物語の自己組織化といったものが要請されているのだろうが、ただ村上の場合、意識的な統合よりも潜在意識にゆだねて執筆する部分が多いようで、作中に張りめぐらした伏線も解消されないままに終わることが多い。作品に多くの謎を残し、謎解き本が多く出版されるゆえんである。

それはともかく、『風の歌を聴け』の場合、真ん中に一本の線を引かれて「得たもの」と「失ったもの」とのリストを記したノート、「ON」と「OFF」、物語の進展をうながす引き伸ばし部分と、回想や感想を記した物語の進行を妨げる折り畳み部分とが、さながら相互干渉をおこす化学反応のようにある種のパターンを生成し、物語を生みだしているといえる。「僕」と「僕が三番目に寝た女の子」で自殺してしまった仏文科の女子大生との物語は、恋人との関係に思い悩む鼠とジェイズ・バーの洗面所で酔いつぶれ、妊娠中絶の手術をうける「小指のない女の子」の物語にそのまま重なる（平野芳信に鼠の恋人を「小指のない女の子」とする卓抜な論がある）。また田中実が指摘するように、女子大生が自殺したのが四月四日で、その倍数である八月八日に「僕」は「小指のない女の子」に出会っているなど、このふたつの物語は自己相似性をもつことが示唆される。(8)

一方、ラジオのリクエスト番組でビーチ・ボーイズの「カリフォルニア・ガールズ」をプレゼントされた「僕」は、五年前にこのレコードを借りたままになっているクラスメイトの女の子のことを思い出す。ビーチ・ボーイズの「カリフォルニア・ガールズ」によって喚起される、五年という時を超えてよみがえる特別の時空。「僕」はその女の子の行方を捜したものの、彼女はこの春に大学へ病気療養との理由で退学届けを出し、その行き先は知れなかった。末尾に近い「37」にそのラジオ番組のなかで紹介される三年間寝たきりで、起きあがることも寝返りを打つことさえできない一七歳の女の子からの手紙に、「この手紙は私にずっと付き添ってくれているお姉さんに書いてもらっています。彼女は私を看病するために大学を止めました」とあり、五年前に「カリフォルニア・ガールズ」のレコードを借りたままの女の子がその「お姉さん」だということが分かる。

手紙は次のようにつづく。「私がこの三年間にベットの上で学んだことは、どんなに惨めなことからでも人は何かを学べるし、だからこそ少しずつでも生き続けることができるのだということです。／私の病気は脊椎の神経の病気なのだそうです。ひどく厄介な病気なのですが、もちろん回復の可能性はあります。3％ばかりだけど……。これはお医者様（素敵な人です）が教えてくれた同じような病気の回復例の数字です。彼の説によると、この数字は新人投手がジャイアンツを相手にノーヒット・ノーランをやるよりは簡単だけど、完封するよりは少し難しい程度のものなのだそうです」。

回復例が「3％」の可能性とは、何やらシュレディンガーのネコを思い起こさせるエピソードである。シュレディンガーは、放射性粒子を検出するガイガーカウンターと連動した機械が、五〇パーセントの確率で作動して、毒ガスのはいったビンを叩き割るように仕組まれた箱にネコを入れた場合を想定した。量子力学ではネコが生きている状態も死んだ状態もどちらも解であり、半分生きて半分死んでいるという状態も解であり得るが、実際にはネコは死んでいるか生きているかのどちらかひとつの状態でしかあり得ない。一七歳の女の子にしても「3％」の可能性といっても、三パーセント生きて九七パーセント死んでいるという状態はあり得ないので、実際の彼女には生きるか死ぬか、つまりONかOFFでしかあり得ない。

だが、私たちの現代社会ではあらゆるものが数値化されて、「僕」が「人間の存在理由《レーゾン・デートゥル》をテーマにした」小説を書こうとしたとき数字にとらわれてしまったように、数字のみがひとり歩きしはじめる。「僕が三番目に寝た女の子は、僕のペニスのことを「あなたのレーゾン・デートゥル」と呼んだ」とあるが、『浮雲』の内海文三以来、近代小説の主人公たち誰もが求めつづけてきた「存在理由《レーゾン・デートゥル》」は、いまや生物の解剖学的な一部分――生殖器のみに限定され、それをとおしてしか他者とのつながりをもち得なくなってしまった。「僕」は「人間は皆同じさ」というが、「ものさし」としての平準化した言葉によってコミュニケートする世界では、誰しも「僕」と同様に「空っぽ」の人生を抱えるしかない。

ちょうどこの時期あたりからアイデンティティという言葉が一般化しはじめるが（E・H・エ

リクソンが『アイデンティティ』を刊行したのが一九六八年で、その翌年に邦訳が刊行されている）、そうした言葉が流通するほどに「自己」というものが見失われてしまったのだ。やがてこの延長上に、間もなく「自分探し」とか、「癒し」とかいった言葉も使われはじめるだろう。夏目漱石『明暗』の主人公の津田はポアンカレの「偶然」説を聞いて、「自分の力」を見失わせる「暗い不可思議な力」の圧迫をおそれたけれど、いまやこの「暗い不可思議な力」が世界の隅々にまでゆきわたってしまった。おそらく「三番目に寝た女の子」は、相手のペニスにしか「存在理由《レーゾン・デートゥル》」を見出し得ないむなしさに堪えられず、「僕」の嘘に傷つきながら死んでいったのだろう。

　末尾近くに置かれたこの一七歳の女の子の手紙は、「1」に記された語り手「僕」のメッセージと見事な照応関係にある。「僕」は「あらゆるものから何かを学び取ろうとする姿勢を持ち続ける限り、年老いることはそれほどの苦痛ではない。これは一般論だ」というが、ここには「一般論」ではない、「どんなに惨めなことからでも人は何かを学べる」という特殊事例が語りだされている。「文章を書くことは楽しい作業である。生きることの困難さに比べ、それに意味をつけるのはあまりにも簡単だからだ」と「僕」はいうが、いってみれば『風の歌を聴け』は、この冒頭の「僕」のメッセージと末尾に置かれた女の子の手紙とが合わせ鏡になり、この一篇のモチーフを鮮明にしながら、作品にかぎりない奥行きをもたらしているのだろう。

　その証拠には何よりも「文章を書くこと」に、「僕」が「自己療養」という言葉を用いていることである。「結局のところ、文章を書くことは自己療養の手段ではなく、自己療養へのさささやかな試みにしか過ぎない」と「僕」はいうが、「僕」自身も「自己療養」を必要とするほどに病んでおり、そこからの回復を希求していることが暗示されている。「僕」の内面に穿たれたうつろで大きな空虚――「空っぽ」の人生。それを少しでも埋めるために、「僕」は語らなければならないのだ。「もちろん問題は何ひとつ解決してはいないし、語り終えた時点でもあるいは事態は全く同じということになるかもしれない」けれど、女の子と同じように「3%」の可能性にかけて語らなければならないのである。

病院のベットに身動きもできずに寝たきりの女の子は、手紙に次のように書く。「病院の窓からは港が見えます。毎朝私はベットから起き上って港まで歩き、海の香りを胸いっぱいに吸いこめたら……と想像します。もし、たった一度でもいいからそうすることができたとしたら、世の中が何故こんな風に成り立っているのかわかるかもしれない。そんな気がします。そしてほんの少しでもそれが理解できたとしたら、ベットの上で一生を終えたとしても耐えることができるかもしれない」、と。「僕」の「自己療養」の治癒率も「3%」の可能性でしかないのかも知れないし、それはまた「世の中が何故こんな風に成り立っているのか」という女の子からの問い掛けに対する「3%」の解答の可能性への賭けだったでもあろう。

弁解するつもりはない。少くともここに語られていることは現在の僕におけるベストだ。つけ加えることは何もない。それでも僕はこんな風にも考えている。うまくいけばずっと先に、何年か何十年か先に、救済された自分を発見することができるかもしれない、と。そしてその時、象は平原に還り僕はより美しい言葉で世界を語り始めるだろう。

おそらく『風の歌を聴け』のメッセージも、もし「教訓」があるとするならばその「教訓」も、この三年前から寝たきりの一七歳の女の子の手紙のなかにあるのだろう。その手紙を読むDJの軽薄な語りは、「僕」の軽妙洒脱な語りと自己相似性をもっており、それゆえ「僕」から「犬の漫才師」の異名が与えられるのだが、そのDJから「**僕は・君たちが・好きだ**」（ゴチック体原文）という言葉を引き出すほどの力をもつ手紙なのである。しかし、この手紙を作者から読者へのメッセージとして直截に語りだすことは、あまりに臆面なく、センチメンタルで鼻もちならないものとなる。『風の歌を聴け』の複雑な構成は、それを単なるセンチメンタリズムにおちいらせることなく、巧妙に読者へ伝える手法でもあった。

それにしても世界認識のための道具として使われはじめた小説は、やがて「自己確認」のための手段として用いられはじめたが、七〇年代末には「自己療養」のための目的をもって書きすすめられるようになる。村上文学は次作の『1973年のピンボール』以降、次第に物語性を強めてゆくことになるけれど、基本的な構造はまったく変わらない。その根底には予測の不可能性と物語の自己組織化ということがあり、都会風なしゃれた会話と軽妙な文体で、ふたつの因子の相互干渉から生成されるパターンを追いかけながら、「僕」の意識の井戸を深く掘りすすむ。そして、いつか「象は平原に還り僕はより美しい言葉で世界を語り始める」ことを夢み、「3％」の可能性を求める「自己療養」として、「救済された自分を発見することができる」まで書きつづけるのだろう。それが「僕」にとって生きるということにほかならないからである。

注

（1）トーマス・クーン、中山茂訳『科学革命の構造』（みすず書房、一九七一年）
（2）村上春樹「「自作を語る」台所のテーブルから生まれた小説」（『村上春樹全作品1979〜1989』1付録、講談社、一九九〇年）
（3）村上春樹インタビュー「「物語」のための冒険」（「文学界」一九八五年八月）
（4）モーパッサン、宮原信訳「ギュスターヴ・フローベール」（『フローベール全集 10』附録、筑摩書房、一九七〇年）
（5）レスリー・A・フィードラー、井上謙治・徳永暢三訳『終りを待ちながら――アメリカ文学の原型Ⅱ』（新潮社、一九八九年）
（6）清水良典『村上春樹はくせになる』（朝日新書、二〇〇六年）
（7）近藤滋「解説――キリンの斑問題のその後」（平田森三『キリンのまだら』ハヤカワ文庫、二〇〇三年）、なおこの問題に関しては、近藤滋『波紋と螺旋とフィボナッチ　数理の眼鏡でみえてくる生命の形の神秘』（秀潤社、二〇一三年）も参照のこと。
（8）平野芳信『村上春樹と《最初の夫の死ぬ物語》』（翰林書房、二〇〇一年）、田中実「数値のなかのアイデンティティ――『風の歌を聴け』」（「日本の文学　第七集」一九九〇年六月）

column

〈色彩を持たない多崎つくる〉の物語法則

また多崎つくる一人を別にして、他の四人はささやかな偶然の共通点を持っていた。名前に色が含まれていたことだ。二人の男子は姓は赤松と青海《おうみ》で、二人の女子の姓は白根《しらね》と黒埜《くろの》だった。多崎だけが色とは無縁だ。そのことでつくるは最初から微妙な疎外感を感じることになった。もちろん名前に色がついているかいないかなんて、人格とは何の関係もない問題だ。それはよくわかる。しかし彼はそのことを残念に思ったし、自分でも驚いたことに、少なからず傷つきさえした。他のみんなは当然のことのようにすぐ、お互いを色で呼び合うようになった。「アカ」「アオ」「シロ」「クロ」というように。彼はただそのまま「つくる」と呼ばれた。もし自分が色のついた姓を持っていたらどんなによかっただろうと、つくるは何度も真剣に思ったものだ。そうすればすべては完璧だったのに。

村上春樹の『色彩を持たない多崎つくると、彼の巡礼の年』の冒頭近くに語りだされた作品のもっとも根底にある基本的な設定事項である。この五人は高校時代に「乱れなく調和する共同体」を形成していたけれど、多崎つくるひとりが東京の大学に進学し、残りの四人は地元の名古屋にある大学へそれぞれ進むことになった。大学二年の夏、突然、つくるは何の理由も告げられることなく、四人から絶交を言い渡される。それから五ヶ月間、つくるは死の淵をさ迷うほど苦しんだが、現在、三六歳になる独身男性である。

赤、青、白、黒という四色は、朱雀、青龍、白虎、玄武という世界の四方を守護する古代中国以来の世界観を喚起させる。いうなれば、つくるはその完璧なミクロコスモスから放擲されたのだ。名前に色彩をもつ四人の仲間と〈色彩を持たない多崎つくる〉。つくるは東京の大学の工学部を卒業して、新宿に本社のある鉄道会社の駅舎を設計管理する部署に勤務している。のちに登場する年少の友人灰田文紹《ふみあき》は同じ大学の物理学科である。これは理系青年の物語で、作中でビックバンやニューエージについて言及されたりもするが、彼らの美しい共同体も「幸運な化学的融合」と形容される。では、カラフルな四人と色を欠いたつくるとのあいだにはどのような化学反応が作用しているのだろうか。

たとえば「吾輩は猫である」と書き出せば、そこに「吾輩」と吾輩ならざるもの、「猫」と猫ならざるものとの対立葛藤が生じる。あらゆる物語というものはこの相対立するふたつのものの接触から立ちあがるものなのだろう。森鷗外は「サフラン」に「どれ程疎遠な物にもたま〳〵行摩《ゆきずり》の袖が触れるやうに、サフランと私との間にも接触点がないことはない。物語のモラルは只それだけである」と記した。異質なもの同士が接触すれば、そこに必ず物語が立ちあがるが、それが色を持つものと持たないものとの対比となれば、物語の輪郭もクッキリと鮮明に際立ったものとして立ちあがることになる。

似ているといえば、この作品は漱石や鷗外よりも、近代文学の出発点となった『浮雲』に似ているかも知れない。まず両者ともあえて古い手法たる名詮自性を採用しており、また主人公が共同体から放りだされるところからはじまる。内海文三は叔母のお政から「二十三にも成ツて親を養す《すご》所《どこ》か自分の居所立所《ねどたちど》にさへ迷惑《まごつい》てるんだ、なんぼ何だツて愛想《あいそ》が尽きらア」と嫌味をいわれる。つくるは自分の身を養うことに不自由は感じていないが、「自分の居所立所」を見失っていることでは文三と同じだ。みずからの「居所立所」を見いだすべく、つくるは二歳年上の女友達の木元沙羅に背中を押されるかたちで巡礼の旅に出る（沙羅は梵語サーラの音訳で、日陰をつくる大樹の意、その木の下で釈迦が入滅している）。つくるは色をめぐる「ささやかな偶然」に決着をつけなければならないのだ。

　ところで物語という高度に複雑な人間の想像力によって生みだされる生産物も、この自然界の物質の動きを制御している自然科学の法則からまぬがれるものではないだろう。たとえば、自己増殖的な活性化因子を含む物質と、抑制作用をもつ抑制因子を含む物質とが接触すると、活性化物質と抑制物質との拡散の速さの違いによってチューリング・パターンとよばれる濃淡の縞模様を生みだす化学反応が生じる。一九五二年にアラン・チューリングによって数学的な理論として提示され、一九九〇年にフランスの研究グループが実験室ではじめて実現させることに成功した。一九九五年に理化学研究所の近藤滋が熱帯魚を使って立証したが、近藤によればチューリングの方程式の値をわずかに変えるだけで、キリンやシマウマなどの動物の模様をコンピュータ上でつくることができるという。

　本来、つくるが四人から拒絶されたのは、名前に色を持つか持たないかということにはまったく関係ないが、物語はあたかもそれがひとつの対立軸であるかのように語りだされる。しかも灰田、緑川といった人物も登場し、その緑川が「人間にはみんなそれぞれに色がついているんだが、そのことは知っていたかい？」というに及んで、色彩を活性化する因子とそれを抑制する因子とが、物語を駆動させるかのように錯覚させる。「ささやかな偶然」は「ささやか」以上の意味がもたされることになる。また沙羅との関係においてもそれを積極的に押しすすめようとする因子と、過去に経験した人間関係のトラブルから一直線には進めずにそれを抑制させようとする因子とがつくるの内部に作動し、そうしたことからもこの作品の縞模様が織りなされることになる。

また化学反応系では溶液の色が周期的に変動したり、波動パターンを自己組織化する現象としてベルーソフ－ジャボチンスキー反応が知られている。チューリング・パターンは静止したものだが、この反応によるパターンは時間とともに変化する。ロシアの生化学者ベルーソフは一九五〇年に、呼吸に関する生化学反応を無機化学反応で実現しようとして、クエン酸を酸化する触媒としてセリウムイオンを用いたところ、溶液の色が周期的に変動する現象を発見した。それを追跡実験したジャボチンスキーは物質濃度の濃淡が波動パターンとして自己組織化してゆく現象をも見いだし、一九六八年にプラハの国際会議で発表すると、西側諸国の科学者の強い関心を呼ぶようになったという。

現在ではベルーソフ－ジャボチンスキー反応を起こすいろいろな物質も知られ、ネット上では高等学校の理科室でおこなわれた実験結果の報告を見ることもできる。自然界に見られるこうしたパターンを生みだす自己組織化の現象は、物語の生成ということに関して、ことのほか興味深いヒントを与える。蔵本由紀によれば、ベルーソフ－ジャボチンスキー反応は振動現象と興奮現象をともに示す散逸力学系に属するというが(『非線形科学』)、つくるは四人の絶交から「ほとんど死ぬことだけを考えて生き」るほどの興奮を引き起こされる。つくるは自己の内面に閉じこもり、死の強迫観念に取り憑かれるが、それはやがて夢のなかの「嫉妬の感情」から呼び起こされた「焼けつくような生の感情」によって相殺される。つまり、振動による揺りもどし現象であるが、その後も灰田の話や巡礼中に知ったシロの死など、死の想念は何度も繰り返して立ちあらわれることになる。

物語の生成について考えるとき、そのモデルとしてもっとも面白く、生彩に富むものはセルオートマトンの〈カオスの縁〉であろう。セルオートマトンについては「はじめに〈カオスの縁〉の方へ」で簡単な説明をしておいたので、そちらを参照していただきたい。平面上の二次元セルオートマトンの二状態八近傍はライフゲームと呼ばれるが、生きるか死ぬかという二状態が、前後左右斜めの八つの近傍によって決まるというものだ。私たちの人生においてひとつの行為の選択がおこなわれる場合、近傍の八つのファクターに作用されるだけでは決してないだろう。もっと多くのさまざまな要因に左右されるものだと思われるが、作者が物語を創作するときにその一語を選択し、登場人物を動かす場合も同じだろう。まさに「サフラン」で鷗外がいうように、「人間のする事の動機は縦横に交錯して伸びるサフランの葉の如く容易には」分からないのである。

　エリ（クロ）を訪ねてフィンランドへ行ったつくるは、ユズ（シロ）の死に思いをめぐらせる。「ユズの中にもおそらくユズの内なる濃密な闇があったに違いな」く、「その闇はどこかで、地下のずっと深いところで、つくる自身の闇と通じあっていたのかもしれない」という認識に達する。そして、象徴的な意味で「僕はユズを殺したかもしれない」というのだが、エリも「ある意味においては、私もユズを殺した」と答える。現実的にシロを殺したのが誰かは判らずじまいだが、シロの死の意味をつくるもエリもそれぞれ自己の問題として理解する。ライフゲームのように八つの近傍からの影響ばかりか、つくるもエリもこれまでの過去の全体、自己の存在のすべてとのかかわりにおいて納得したのだといえる。その意味では「ささやかな偶然」もそれにかかわっていないということはない。

　色のつく名前という「ささやかな偶然」は、巡礼の旅の終わりで「私のことをもうクロって呼ばないで」というエリの言葉によって解消される。彼らの意識の根底においてそれは一六年間にわたって作用しつづけたのであり、いま「当然のことのように」「お互いを色で呼び合」った世界から卒業し、つくるは独立した人格としての固有名を生きることになる。それにしても、この世界はいかに「ささやかな偶然」に動かされることの多いことか。色彩を持つカラフルな四人と〈色彩を持たない多崎つくる〉との対比は、ある種の化学反応のように物語そのものの自己組織化を促しつづける。この物語は最後に「名前に色がついているかいないかなんて、人格とは何の関係もない問題だ」という至極真っ当な認識にいたるが、いわばこれはそこに至るまでの過程を物語化した作品なのだといえよう。

この作品は名詮自性の世界だといったが、それでは〈多崎つくる〉にはどのような意味が込められているのだろうか。つくるは小さい頃から駅が好きで、「電車が通過し、あるいは徐々に速度を落としてプラットフォームにぴたりと停止するのを見る」のが好きだったという。いまでは子供のころからの希望どおり鉄道会社で駅舎の設計、管理する仕事をしている。他社の路線とも相互乗り入れする駅と駅とが結ばれる鉄道のネットワークという連想から、私には脳内のニューラルネットワークのなかのニューロンのイメージが喚起されるけれど、いかがだろうか。もちろん駅舎が細胞体で、鉄道線路が軸索をあらわし、信号を受けとめるいくつもの触手を伸ばした樹状突起こそ「多崎」ということになる。

「記憶に蓋をすることはできる。でも歴史を隠すことはできない」と、つくるは沙羅に教えられた言葉をエリにそのまま伝える。また沙羅はつくるに「あなたは何かしらの問題を心に抱えている。それは自分で考えているより、もっと根の深いものかもしれない。でもあなたがその気になりさえすれば、きっと解決できる問題だと思うの。不具合が見つかった駅を修理するのと同じように」ともいう。どうしたら記憶の蓋を外し、心に抱える問題を修理して、自己を解放することができるか。樹状突起が他のニューロンに接合するところをシナプスというが、記憶はシナプスの結合の強さを変化させることで蓄積される。記憶の蓋を外すべく、つくるはシナプスの強さの変更をもとめる巡礼の旅に出たのである。

ニューロン間のシナプス結合の強さのことを「重み」というが、重みは正の値にも負の値にもなる。正のときは興奮性、負のときは抑制性という。その機構はベルーソフ－ジャボチンスキー反応と同じで、またカウフマンによれば、ネットワークの振る舞いのパターンが天文学的な数であっても、実際に自己組織化されるとごく少数のパターンに落ちつき、一般に〈カオスの縁〉と呼ばれる秩序とカオスのあいだの状態に落ちつくという。私たちはこの領域においてこそ、ゆらぎや流動性といったものを保持し、環境の変化にも柔軟に適応することができる。村上春樹の作品はこうした自然科学の法則にも実によく適応するが、そこから溢れでるきわめて自然な流露感もそうしたことに無関係ではないのだろう。

なぜ飛行機は「僕」の頭の上を通ったのか

……………芥川龍之介『歯車』

芥川龍之介の遺稿『歯車』に描かれた世界はさまざまな偶然に充ちている。たとえば、「僕」は青山墓地に近い「或精神病院」（斎藤茂吉が経営していた青山脳病院のこと）へ行こうとしてタクシーに乗るが、今日にかぎってなぜか病院へ曲がる横町がわからず、「僕」はタクシーを降りて歩くことにする。が、病院とは別なところ、一〇年前に漱石の告別式が行われた青山斎場へ出てしまう。そして「僕は砂利を敷いた門の中を眺め、「漱石山房」の芭蕉を思ひ出しながら、何か僕の一生も一段落のついたことを感じない訣《わけ》には行かなかつた。のみならずこの墓地の前へ十年目に僕をつれて来た何ものかを感じない訣にも行かなかつた」という。

また「自動車のタイアアに翼のある商標」の看板を見て、「人工の翼を手《た》よりに」空中へ舞い上がった揚げ句、太陽の光に翼を焼かれ、とうとう海に溺死した「古代の希臘人」を思い起こした「僕」は、「人工の翼」を連想させるものに「不安」を感じて忌避するが、ホテルで巻煙草を注文すれば「エエア・シツプ」しか置いておらず、妻の実家では「翼を黄いろに塗つた、珍らしい単葉の飛行機」が「僕」の頭上を通る。「なぜあの飛行機はほかへ行かずに僕の頭の上を通つたのであらう？　なぜ又あのホテルは巻煙草のエエア・シツプばかり売つてゐたのであらう？」という疑問に「僕」は苦しめられる。

私たちは一般にこうした事象を偶然と解釈し、普段あまり気にもとめないけれど、『歯車』の「僕」は、そうしたことの裏にあって「僕」を支配し、「僕」に悪意をもって近づく不吉なものの存在をつねに意識しつづける。「或聖書会社の屋根裏にたつた一人小使ひをしながら、祈禱や読書に精進してゐる」「屋根裏の隠者」から借りてきた「罪と罰」を読もうとして、「偶然開いた頁は「カラマゾフ兄弟」の一節」で、「悪魔に苦しめられるイヴァンを描いた」箇所であり、「僕」はこの製本屋の綴じ違えにも「運命の指の動いてゐるのを感じ」ざるを得ない。

また地下室のレストランに入ってウィスキイを注文すれば、そこにあるのは死を連想させる「Black and White」ばかりである。避暑地に戻った「僕」は半面だけ黒い犬が四度も側を通ってゆくのに出合い、擦れ違った被害妄想狂のスウェーデン人の締めているネクタイも黒と白で、「僕にはどうしても偶然であるとは考へられな」い。さらに妻の実家へ行けば、「庭の隅の金網の中には白いレグホオン種の鶏が何羽も静かに歩」き、「僕の足もとには黒犬も一匹横になつて」おり、「僕」は強迫観念にでも駆られたように、その「誰にもわからない疑問を解かうとあせ」るのである。

基本的に『歯車』は同心円を描くように、偶然によって引きおこされるチグハグに食い違う現実世界のなかに「僕」がさまざまな暗合を見出し、そこから喚起された連想に駆られるようにして「僕」自身の「地獄」を見つづけるという構造になっている。繰り返し繰り返し類似したエピソードが何度も断片的につなぎあわされ、暗合と連想が織りなすアラベスクとしてフラクタルな構造をもった作品空間に仕上がっている。そこには、当然、自己相似性から何度も繰り返しながら変奏されるひとつのモチーフが貫かれることになる。そして、そのモチーフのもっとも凝縮した表現こそ「なぜあの飛行機はほかへ行かずに僕の頭の上を通つたのであらう？　なぜ又あのホテルは巻煙草のエエア・シツプばかり売つてゐたのであらう？」という疑問なのである。

作家としてデビューする以前、芥川はすでにこうした「偶然」に翻弄されざるを得ない人間存在への不安と絶望を表明していた。一九一四（大正三）年三月一九日付の井川恭宛書簡には次のようにある。

時々又自分は一つも思つた事が出来た事のないやうな気もする　いくら何をしやうと思つても「偶然」の方が遙に大きな力でぐいぐい外の方へつれ行つてしまふ　全体自分の意志にどれだけ力があるものか疑はしい　成程手や足をうごかすのは意志だがその意志の上の意志が　自分の意志に働きかけてゐる以上　自分の意志は殆意志の名のつけられない程貧弱なものになる　其上己の意志以上の意志が国家の意志とか社会の意志とか云ふものより

更に大きな意志らしい気がする（中略）事によると自由と云ふものは絶対の「他力」によらないと得られないものかもしれない

自己の意志によって主体的に行動しているようでありながら、自己の意志を超えた何ものかに動かされているのではないかという感覚は、コンピュータの支配するネット社会になっていっそう如実に実感されるようになった。たとえば、アマゾンで本を購入すると、この本を買った方はこういう本も読んでおりますとか、アマゾンで購入した書籍のデータが蓄積してくると、こうした本をお薦めしますといったメッセージが送られてくるようになる。はなはだ煩わしいのだけれど、たしかにそこには私自身それまで気づいていなかったが、読みたいと思うものも含まれており、つい購入してしまうこともある。何か自分の関心領域もコンピュータに管理されて、私は主体的に選択しているようでありながら、「己の意志以上の意志」によって与えられたデータから単にチョイスしているだけなのかもしれないという感覚にとらわれる。

夏目漱石もその二年後に、『明暗』で同じようなことを主人公に語らせている。その冒頭近くの「二」に、あたかも問題設定のごとくに、ポアンカレの「偶然」の説を引きながら、「自分の力」といったものへの懐疑にとりつかれた主人公の姿を次のように描きだしている。

彼の頭は彼の乗つてゐる電車のやうに、自分自身の軌道《レール》の上を走つて前へ進む丈であつた。彼は二三日前ある友達から聞いたポアンカレーの話を思ひ出した。彼の為に「偶然」の意味を説明して呉れた其友達は彼に向つて斯う云つた。

「だから君、普通世間で偶然だ偶然だといふ、所謂偶然の出来事といふのは、ポアンカレーの説によると、原因があまりに複雑過ぎて一寸見当が付かない時に云ふのだね。ナポレオンが生れるためには或特別の卵と或特別の精虫の配合が必要で、其必要な配合が出来得るためには、又何んな条件が必要であつたかと考へて見ると、殆んど想像が付かないだらう」

彼は友達の言葉を、単に与へられた新らしい知識の断片として聞き流す訳に行かなかつた。彼はそれをぴたりと自分の身の上に当て嵌めて考へた。すると暗い不可思議な力が右に行くべき彼を左に押し遣つたり、前に進むべき彼を後ろに引き戻したりするやうに思へた。しかも彼はついぞ今迄自分の行動に就いて他から牽制を受けた覚がなかつた。為《す》る事はみんな自分の力で為《し》、言ふ事は悉く自分の力で言つたに相違なかつた。

「何うして彼《あ》の女は彼所《あすこ》へ嫁に行つたのだらう。それは自分で行かうと思つたから行つたに違ない。然し何うしても彼所へ嫁に行く筈ではなかつたのに。さうして此己は又何うして彼の女と結婚したのだらう。それも己が貰はうと思つたからこそ結婚が成立したに違ない。然し己は未だ嘗て彼の女を貰はうとは思つてゐなかつたのに。偶然？　ポアンカレーの所謂複雑の極致？　何だか解らない」

ここに主人公の「友達」として登場するモデルは寺田寅彦である。寅彦は一九一五（大正四）年二月の「東洋学藝雑誌」にポアンカレの『科学と方法』から第一篇第一章「事実の選択」、同年七月および八月の同誌へ第一篇第四章「偶然」を翻訳している。ポアンカレの原著は一九〇八年に刊行されたものだが、漱石は寅彦による翻訳を読んだか、あるいは寅彦から直接その内容のあらましを聞いたのでもあろう。ポアンカレは寅彦の世界観に決定的な影響を及ぼしたが、『寺田寅彦全集』に収録された未定稿「物理学序説」の第二篇第八章「偶然」では、ポアンカレの所説に付加すべきことはないとしながら、その要点を「原因あるいは条件と考えるべき箇条が限りもなく多数で複雑でありまた原因の微少な変化によって生ずる結果の変化が有限である場合にはその結果は全く偶然である。しかし複雑さが完全に複雑であればそこに自ずから一つの方則が成立しこれによって統計的に種々の推論をする事が出来るのである」と述べている。

寺田寅彦と芥川とは同じく漱石山房に出入りし、俳句を趣味としていたが、ふたりのあいだにはそれほど深い関係があったようにも見えない。先に引いた大正三年の井川宛書簡に記された芥川の「偶然」に対する見解は、もちろん寅彦や漱石の『明暗』に影響をうけたものではなく、芥川自身の生活実感から抽出されたものだったようだ。が、ヨーロッパではこの百年の間に大きな戦争がなかったけれど、一九一四年にサラエボでの一発の銃声をキッカケに第一次世界大戦が勃発し、アインシュタインは一九〇五年の特殊相対性理論に引きつづいて一九一六年に一般相対理論を完成させた。またプランクによって切り拓かれた量子力学は、一九一三年にはニールス・ボーアの原子模型が提示されて、大正初年の一九一〇年代は、この世界をみる認識の枠組みに大きな転換がもたらされた時代でもあった。

ポアンカレによれば、原因が極めて微少か、あるいは十分に複雑であるかした場合、私たちはそれを「偶然」と呼ぶのだという。『科学と方法』に語られた例でいえば、ひとりの男が所用で街を歩いてゆき、通りかかった家の屋根のうえでは屋根師がはたらいていて、屋根師が瓦を落として、その男にあたって死ぬとする。男がどんな理由でその街をその時間に通ったかが分かり、屋根師を雇った請負人も屋根師がこれからすることをある程度まで予見することが可能だったとしても、男の死の原因にはふたつの世界があまりに複雑に交差しているので、私たちはそれを「偶然」と呼ぶことをためらわない。ルーレットや小惑星の軌道にしても同様で、こうした「偶然」は確率という統計的な推論としてしか認識できないという(1)。

この現実はあまりにも「偶然」に満ちあふれた混沌とした世界である。この混沌とした無秩序な世界をいくらかでも整理して、秩序をもたらすためにさまざまな法則が発見された。小説という文学形式も、混沌とした人生や現実をいくらかでも論理だった、秩序あるものと見なすための試みである。したがって、『明暗』の作者も、嫁に行くはずではなかったところへ彼女が嫁に行き、自分ももらうはずでなかった嫁をもらってしまったという人生の不条理の原因を探らざるを得ず、それを十全に解き明かすことでこの人生を支配している法則、私たちには見えない人間の精神世界を支配している「暗い不可思議な力」を明らかにしようとしたのだろう。

ニュートンの万有引力の法則では、初期条件——つまり初期の位置と質量と力と加速度が与えられれば、あとの運動は完全に決定できる。もちろんそれは可逆的であって、結果から原因を引き出すこともできるけれど、私たちの人生を支配している時空間は、エントロピーを生成する熱力学第二法則と同様に不可逆的である。人間の精神活動から生みだされる文学作品が、ニュートン力学の法則にしたがっているなどとはまず考えられない。しかし、一九世紀には自然界のあらゆる力と物質の状態を完全に把握することができるならば、宇宙のなかに何ひとつ不確定なものはなく、未来を完璧な正確さで予知することができるという思考がゆきわたっていた。一八一四年に刊行されたピエール＝シモン・ラプラスの『確率の哲学的試論』には、次のようにある。[2]

ある知性が、与えられた時点において、自然を動かしているすべての力と自然を構成しているすべての存在物の各々の状況を知っているとし、さらにこれらの与えられた情報を分析する能力をもっているとしたならば、この知性は、同一の方程式のもとに宇宙のなかの最も大きな物体の運動も、また最も軽い原子の運動をも包摂せしめるであろう。この知性にとって不確かなものは何一つないであろうし、その目には未来も過去と同様に現存することであろう。（中略）人間の精神は力学と幾何学とにおいて発見したものは、万有引力の発見と結合することによって、同じ解析的表現のもとで世界体系の過去と未来の状態を理解できるようにした。

一九世紀における自然科学の発展にともなって登場した自然主義文学も、またそうした決定論的な枠組みのうちにあったことはいうまでもない。エミール・ゾラは「遺伝と環境」ということを唱えたが、いうまでもなく遺伝は一八六五年にメンデルによって発見された遺伝の法則によっており、環境とは一八五九年に刊行されたダーウィンの『種の起源』における自然淘汰の説から導かれたものである。人間も生物の一種であるかぎり、こうした一九世紀の自然科学が明らかにした自然の法則から逃れられるものではなく、その法則に従わざるを得ない。

ひとりの人間の生涯は、遺伝と環境という原因によってその大部分が決定される。また逆にひとりの人間の生涯はそれらの結果でもあり、その生涯の大半は遺伝と環境に還元され得る。そうした思想的枠組みをもって小説空間に人生をシミュレーションしたものが、ルーゴン・マッカール叢書と称されたゾラの文学空間であり、自然主義の小説作品であった。それは日本における自然主義においても同様で、魚住折蘆は「自己主張の思想としての自然主義」において自然主義の文学を科学的デテルミニスティック（決定論的）でフェータリスティック（運命論的）ととらえ、石川啄木も「時代閉塞の現状」においてその枠組みをそのまま踏襲している。(3)

万有引力の法則と人間の知性が結びつき、この宇宙におけるある瞬間のすべての物質の力学的状態と力をパーフェクトに知ることができ、解析できたとしたならば、「不確かなもの」は何ひとつなくなり、「未来も過去と同様に」はっきり知ることができるという決定論的世界は、〈ラプラスの魔〉という言葉によって知られている。が、ラプラスは一方において確率論を体系化した数学者としても知られる。ラプラスは「空気や水蒸気のただ一つの分子が描く曲線も、惑星の軌道と同様正確に規制されている。われわれが無知だから二つの間には違いがあると思うにすぎない」というが、ある特定の時間の宇宙のすべての物質の力学的状態をパーフェクトに把握することなどとてもできない。そうした人間の無知と、われわれの限定された知識ゆえに確率がどうしても必要となるわけである。

ポアンカレの「偶然」も基本的には、この延長線上にあるといえるが、もはやラプラスのように無条件に決定論的な世界像を信じきるわけにはいかない。『明暗』の主人公がポアンカレの「偶然」の説を知って驚き、これまでついぞ疑ってみたこともない「自分の力」を疑ったように、両者のあいだには大きな世界観の転換がある。ポアンカレは、太陽と地球のようにふたつの天体のあいだではニュートン力学によって完全にその運動を予測できるが、太陽と地球と月のように、三つ以上の天体のあいだではその軌道がおそろしく複雑になって決定できない、いわゆる三体問題を提示して最初にカオスを発見した人物としても知られる。この問題はコンピュータのない時代にどう扱ってよいか分からず、一九六〇年代から七〇年代にカオス理論が登場するまでまったく手つかずのままにおかれていたのだという。

＊

芥川は第三短篇集を『傀儡師』と題し、その刊行とほぼ同時期の一九一九（大正八）年一月四日付の薄田泣菫宛書簡に「世の中は箱に入れたり傀儡師」の一句を詠んでいる。芥川作品に描かれた多くの登場人物は作者ないし語り手による傀儡である。そのことは芥川自身も十分意識していたわけだが、みずから作り上げた人形に魂を吹き込んで、あたかも生きた人間としか思えないような人物を描きあげるところに芸術家としての自負もあったはずである。誰にも真似ることのできない典雅な文体に支えられた芥川作品は、いうなれば天地創造にも似た芸術的ミクロコスモスの創造だったともいえる。「芸術その他」（「新潮」一九一九年一一月）に次のような一節がある。

芸術家は何よりも作品の完成を期せねばならぬ。さもなければ、芸術に奉仕する事が無意味になつてしまふだらう。たとひ人道的感激にしても、それだけを求めるなら、単に説経を聞く事からも得られる筈だ。芸術に奉仕する以上、僕等の作品の与へるものは、何よりもまづ芸術的感激でなければならぬ。それには唯僕等が作品の完成を期するより外に途はないのだ。

この芸術的完成を期する世界では、直観だとか偶然だとかといったような要素はすべて排除されなければならない。「芸術活動はどんな天才でも、意識的なもの」で、「芸術的感激を齎すべき或必然の方則を捉へる」ためにはどんな労苦もいとってはならず、「この必然の方則を活用する事が、即謂ふ所の技巧なのだ」という。作品の冒頭から末尾の一語にいたるまで「必然の方則」に則って、自立完結した独自の芸術的小宇宙を完璧な技巧によって作りあげようとする「芸術のための芸術」、すなわち芸術至上主義である。完成された芸術作品は、偶然によってつねに生成流転する不安定な現実世界に抗すべく、芸術家によって創造された必然のミクロコスモスでなければならない。

自立完結した独自な芸術的小宇宙の創造に駆られるということは、逆にいえば、この現実世界における自己の位置を見定めることができず、どこにでも任意に座標軸をとることができるという不安のあらわれでもあろう。無限に広がる時空の宇宙において、自己の存在は任意で、偶然でしかあり得ない。芥川文学に描きだされる作中人物は、風に吹かれる木の葉のように偶然に翻弄される人物が多いが、それを描きだす芥川の手法は自立完結した芸術的小宇宙における「必然の方則」によっている。

芥川は芸術的ミクロコスモスを構築することによってのみ自己の存立の必然的な基盤を確認することができ、自己をこの現実につなぎとめることもできたのだろう。したがって、芥川のような芸術家にとってもっとも恐ろしいのは「停滞」である。「芸術その他」では「いや、芸術の境に停滞と云ふ事はない。進歩しなければ必退歩するのだ。芸術家が退歩する時、常に一種の自動作用が始まる。と云ふ意味は、同じやうな作品ばかり書く事だ。自動作用が始まつたら、それは芸術家としての死に瀕したものと思はなければならぬ」といっている。

芥川自身、「戯作三昧」「地獄変」「奉教人の死」「枯野抄」などを書いた大正六、七年以降、絶えずこの「停滞」、マンネリズムにおびえつづけることになる。そればかりではない。マンネリズムから逃れるために作中人物たちは往々にして語り手の掌中から脱して、ひとりの自立自存する生きた人間として作品のなかに立ちあらわれようとする。中期以降の芥川文学はこうしたベクトルを異にするふたつの力に引き裂かれることになるが、いわば作者は作品内論理の「必然の方則」によって作中人物を動かそうとするのだけれど、作中人物はそれに反して偶然に支配された現実感覚によって動きだそうとする。

ところで藤井貴志は『芥川龍之介〈不安〉の諸相と美学イデオロギー』において、その第一章を「芥川龍之介とL・A・ブランキ『天体による永遠』――〈政治の美学化〉あるいは〈監獄と詩〉をめぐって」と題して、『侏儒の言葉』の「Blanqui の夢」をテコに晩年の芥川の世界観を考察している。(4) 非常に示唆に富むすぐれた論考で、私もそこから多くのことを学んだが、ここでは『侏儒の言葉』中の「Blanqui の夢」を藤井氏が問題としたコンテキストとは別なところから取りあげてみたい。(5)

Blanqui の夢

宇宙の大は無限である。が、宇宙を造るものは六十幾つかの元素である。是等の元素の結合は如何に多数を極めたとしても、畢竟有限を脱することは出来ない。すると是等の元素から無限大の宇宙を造る為には、あらゆる結合を試みる外にも、その又あらゆる結合を無限に反覆して行かなければならぬ。して見れば我我の棲息する地球も、――是等の結合の一つたる地球も太陽系中の一惑星に限らず、無限に存在してゐる筈である。この地球上のナポレオンはマレンゴオの戦に大勝を博した。が、茫々たる太虚に浮んだ他の地球上のナポレオンはマレンゴオの戦に大敗を蒙つてゐるかも知れない。……

これは六十七歳のブランキの夢みた宇宙観である。議論の是非は問ふ所ではない。唯ブランキは牢獄の中にかう云ふ夢をペンにした時、あらゆる革命に絶望してゐた。このことだけは今日もなほ何か我我の心の底へ滲み渡る寂しさを蓄へてゐる。夢は既に地上から去つた。我我も慰めを求める為には何万億哩の天上へ、――宇宙の夜に懸つた第二の地球へ輝かしい夢を移さなければならぬ。

ここに語られたフランスの革命家ルイ・オーギュスト・ブランキ（一八〇五～八一年）の宇宙観は、ブランキがトーロー城塞に監禁されたときに執筆した『天体による永遠』という晩年の著作によっている。(6) 藤井氏はそのことをはじめて明らかにしたが、芥川がこの著書をどのようにして知ったか、またどんなテキストで読んだかは分からないといっている。が、芥川から十数年後にヨーロッパではヴァルター・ベンヤミンがこの本と衝撃的な出会いをはたしている。一九三八年一月六日付のマクス・ホルクハイマー宛書簡に次のようにある。少々長いが、煩をいとわずに引用してみたい。(7)

数週間まえにぼくは、めったにないみつけものをしたが、これはこの仕事(引用者注…「「ボードレール論」への予備的な仕事」)に決定的な影響をあたえるだろう。ぼくは、ブランキがかれの最後の牢獄となったトーロー要塞で、かれの最後の著作として書きつづった書物に、行きあたったのだ。これは宇宙論的な思弁で、『星辰の永遠』と題されており、ぼくの知る限りでは、こんにちまでほとんど注目されたことがない(ギュスターヴ・ジェフロワは、すぐれたブランキ伝『幽閉者《ランフエルメ》』のなかでこの書物に言及しているが、どう扱ってよいかわからずにいる)。一見したところではたしかにこの書物は無味であり、平凡だけれども、分量からいって大半を占める独学者の不器用な思索は、この偉大な革命家以下の者からはけっして期待できないような宇宙論への、準備にほかならない。地獄が神学の対象だとすれば、この思弁は神学的だといえる。ここでブランキが素描する世界観は、そのデータを機械論的な自然科学から取ってはいるが、じっさいに地獄のものである——と同時に、自然の秩序のかたちでここに現われるものは、ブランキがその生涯の終りに自己にたいする勝利者と認めざるをえなかった社会秩序を補完する、いわば補秩序なのだ。衝撃的なことには、この素描にはなんのアイロニーもない。そこには無条件の屈伏がある。しかしその屈伏は、同時に、宇宙のこういうイメージを自身の射影として天に投射する社会にたいする、おそろしいかぎりの告発でもある。この作品は永劫回帰というその主題において、ニーチェとの極めて注目すべき関連をもっており、またボードレールとはいっそう潜在的な、根深い関連をもっている。そのすばらしい個所などは、ほとんどそのままボードレールの筆に成ったかのようだ。この後者の関連に、ぼくは努めて光をあてるだろう。

また同年四月一六日付のホルクハイマー宛書簡においても、自身のボードレール論の構想を語りながら、その「第三部は、〈新しくて不変のもの〉という固定観念によって『悪の華』が、ブランキの『星辰の永遠』や『権力への意志』(永劫回帰)とともに踏み入る歴史的位置を、問題にする」と、ブランキの著書『星辰の永遠』(『天体による永遠』のこと)に言及している。

ブランキの『天体による永遠』との出会いは、膨大なメモと引用資料からなる『パサージュ論』の構想にも決定的な影響を与えたようである。一九三五年五月に脱稿した「パリ――一九世紀の首都(ドイツ語草稿)」ではブランキについてまったく言及されていないが、一九三九年三月に脱稿された「パリ――一九世紀の首都(フランス語草稿)」では、その「序章」においてブランキの著書に触れ、「人類が新しいものとして期待できるすべてのものは、常に存在した現実であったことがあばかれる。さらにその新しいものは、新しい流行が社会を刷新できないのと同様、人類にたいして解放に向かう解決策を与えることができない。ブランキの天体的思索は、ファンタスマゴリーが一つの場を持つかぎり、人類は神話的不安にさいなまれるという教えを含んでいる」と語られる(8)。

一八世紀末に発明され、一九世紀のヨーロッパで流行した、幻想的な魔術的世界を幻灯機によって映写する「ファンタスマゴリー」という言葉が、ここではキー・ワードとして使用されている。ベンヤミンは、鉄骨で構築されたパリのパサージュも、商品という物神への巡礼たる万国博覧会も、オースマンによって改造されたパリの大都市も、すべては「ファンタスマゴリー」の一種としてとらえている。そして、「パリ――一九世紀の首都（フランス語草稿）」の「結論」は、「パリ・コミューンの間、ブランキはトロー城塞に監禁されていた。『天体による永遠』はそこで著された。この本は、一九世紀のもろもろのファンタスマゴリーの星座に、宇宙的性格をそなえた最終のファンタスマゴリーを加えて完結させているが、これは他のすべてのファンタスマゴリーに向けられたもっとも辛辣な批判を暗に含んでいる」と書きはじめられ、『天体による永遠』から長々と引用しながら、ほとんどブランキの思索をもって自己の結論としているかのようである。

ブランキはこの『天体による永遠』の「エピローグ」において、「私は決して自分自身の楽しみを求めた」のではなく、「真理を求めた」のだといい、「ここにあるのは啓示でも予言でもない。単にスペクトル分析とラプラスの宇宙生成論から演繹された結論にすぎない」といっている。スペクトル分析とラプラスの宇宙生成論から演繹された宇宙論がどのようなものかといえば、その核心は芥川によってみごとに要約されているが、ブランキ自身の言葉をもう少し聞いてみよう。

すべての天体は、オリジナルなまたは原型の化合物の、反復体である。新しい原型が形成される可能性はないであろう。その数は、事物の始源の瞬間から、必然的に底をつく――もっとも、事物は未だかつて始源の時を持ったことはないのだが。このことは、定まった数のオリジナルな化合物が永遠に存続して、もはや物質と同じように、増加もしなければ減少もしないことを意味する。それは始まることも終わることもできない事物の終焉の日まで、今と同じようであるし、あるだろう。過去も未来も不変の、現在の原型の永遠性。時間的、空間的に原型の無限の繰り返しでないような天体は一つもないのだ。これが現実である。

我々の地球も他の天体同様、絶えず同じ自己を生み出し、何十億という自己の写し星と共に存在する、原初の化合物の反復体なのだ。それぞれの写しは、それぞれに生まれ、生き、そして死ぬ。過ぎ去ってゆく一瞬ごとに、何十億という写しが生まれ、そして死ぬ。一つ一つの写しには、すべての事物、すべての生物が、同じ順序で、同じ場所、同じ時間に次々と登場する。それらは、瓜二つの別の地球上でも継起する。その結果、我々の星がこれまでになしとげ、また死滅するまでになしとげるであろうすべての出来事は、そっくりそのまま、何十億というその同類の天体上でも遂行されるわけである。そして、これはすべての恒星系においても同じ事情であるから、宇宙全体が、常時更新され常時同一性を保つ物質や人間の、終りのない、永遠の再生産の場となる。
（傍点は原文）

現在、天文学の方面では太陽系以外の天体における惑星探しが熱心におこなわれているようである。すでに相当数の惑星が発見されているというが、そのなかに地球と同じような知的生命体の棲息するものがあったとしてもいっこう不思議はないだろう。が、ブランキが語ったようなことが実際にありうることなのであろうか。この地上の出来事がラプラスが考えたように全面的にニュートンの万有引力の法則に支配された物理的孤立系として作用しているならば、そうしたこともあり得るかも知れないけれど、私たちの生きている現実は、決してそのように成り立ってはいない。

たとえば、一〇〇年後に皆既日食がいつどこで観測することができるかということは、現在では予測可能である。それはニュートン力学のお蔭であるが、その日の天候がどうであるかまでは分からない。一〇〇年後の天気が分からないばかりか、私たちはいまだに明日の天気でさえピタリと言いあてることができない。それは宇宙空間が真空の物理的孤立系であるのに対して、この地球は大気につつまれているからである。

アポロ一五号の飛行士が月面で鳥の羽毛とハンマーを同時に手放して、それらが同時に着地するかどうかというガリレオの落体の法則の実験をした。現在、その映像はYouTubeにおいて誰もが見ることができるが、月面ではみごとにハンマーと鳥の羽毛とが同時に着地する。が、この地上ではそうはゆかない。質量の大きいハンマーは地球の重力に牽引されて、空気抵抗をものともせずにストンと地上に落下するが、鳥の羽毛はこの地上をつつみ込む大気の影響を受け、空気抵抗による摩擦が生じて、あちらこちらにユラユラとしながらゆっくりと落ちてくる。

カオス理論を提示した気象学者のエドワード・ローレンツは、一九七二年の講演においてブラジルで蝶々が羽ばたくとアメリカでハリケーンがおこるというバタフライ効果ということをいったが、それは気象がいかに初期値に鋭敏であるかという比喩である。この比喩によって天候の長期予報の不可能性を証することにもなった。つまり、この地上での大気の動きはつねにフィードバックするので、どのように小さな原因でも非常に大きな結果を生ずることになり、しかもその原因が十分に複雑なために確定的な予報は不可能であり、明日の天気も降水確率としてしか予報し得ない。フィードバックする現象はつねにカオスを現出するが、カオス理論によればカオスはストレンジアトラクタという軌道を描き、その軌道は永遠に同じ点を通ることはない。

それと同様に、生命の誕生から現在にいたるまでフィードバックを繰り返してきた生命体も二度と同じ軌道を通過するということはあり得ない。ブランキの考えた宇宙観は、芥川もいうようにどこまでもひとつの「夢」でしかあり得ないのだが、一九世紀を支配した世界観がニュートンの万有引力の法則に裏づけられたラプラス的世界だったとしてみれば、これはベンヤミンがいうように「一九世紀のもろもろのファンタスマゴリーの星座に、宇宙的性格をそなえた最終のファンタスマゴリーを加えて完結させ」たばかりか、「他のすべてのファンタスマゴリーへの「辛辣な批判を暗に含んでいる」ということの重大性に気づかされる。

ブランキの「宇宙的性格をそなえた最終のファンタスマゴリー」は、ベンヤミンがいうように、ニーチェの「永劫回帰」と同様、地上のすべての人間的な営みを永遠の繰り返し、反復でしかないとの結論へ導き、それに対する辛辣な批判とならざるを得ない。芥川文学の基盤もこうした一九世紀的なラプラス的世界観に裏づけられたものであったことはいうまでもない。ラプラスの宇宙生成論から演繹された「Blanqui の夢」は、まさに芥川がどんなに「芸術的感激」を追い求めても、それが永遠の反復、マンネリズムへと陥らざるを得ないことの危機を暗に示唆していたものといえる。

では、ニュートン力学の決定論的な因果律の法則をのがれて、芥川が自己の文学の無限性を希求して、直観と偶然にゆだねることは可能だったろうか。それは若き日の芥川が、それこそ直観的に洞察したように、「自分の意志」の喪失へと通じる。ちょうど『明暗』の主人公がポアンカレの「偶然」説を知って、これまでついぞ疑ってみたこともない「自分の力」というものを懐疑せざるを得なかったと同じようにである。晩年の芥川を待ちかまえていた陥穽とは、こうした二律背反だったといっていい。

なぜ飛行機はほかへ行かずに「僕」の頭のうえを通ったのであろうか。それはポアンカレが例示した、通りを歩いていて、屋根瓦にあたって死んだ男の場合と同様に、その原因はふたつの世界があまりに複雑に交差しているので、もはや「偶然」としかいいようがない。ポアンカレによれば、「概して互に縁のない二つの世界が互に作用し合うときは、その作用の法則は必ず非常に複雑なものにかぎる」ので、「その二つの世界が最初の状況がきわめてわずか変化しさえすれば、この作用は起こらないでも済んだ」という。ちょうど男が一秒遅れて通るか、屋根師が一秒早く瓦を落とすかするには、「いずれにしてもきわめて些細な事情で充分」だったわけで、「僕」の頭のうえを飛行機が飛んだのもきわめて微小な原因が複雑に絡まってのこととしかいいようがない。その背後に隠された原因をことごとく明示することは、ちょうどみずからの自殺の原因を「ぼんやりした不安」（「或旧友へ送る手記」）としか語れなかったと同様に不可能である。

　では、そうした偶然に導かれて一〇年前に漱石の告別式がおこなわれた青山斎場の前に出てしまった「僕」が、なぜ「何か僕の一生も一段落のついたことを感じない訣には行かなかった」と感じ、「この墓地の前へ十年目に僕をつれて来た何ものかを感じない訣にも行かなかった」と考えたのだろうか。これは一考するに価値ある問題だと思われる。すでに神田由美子に「「それから」結末の、何処にも己の居場所を失い、家族、友人、社会への逃れられない罪悪感と断絶感を抱えて東京をさまよう代助の姿は、そのまま、「歯車」の〈僕〉の、あの不安と恐怖に満ちた東京〈彷徨〉に繋がっていく」という指摘がある。[9] たしかに『歯車』はある意味で、漱石が明治四二年に執筆した『それから』の代助の末路を描いた作品と読むこともできる。「点心」(『新潮』一九二一年二、三月)の「長井代助」に示唆されているように、芥川は『それから』の代助に圧倒的な感化をうけて出発したといってもいい。「我々と前後した年齢の人々には、漱石先生の「それから」に動かされたものが多いらしい」といい、「その人々の中には惚れこんだ所か、自ら代助を気取つた人も、少なくなかつた事と思ふ」と述べている。おそらく当時、誰よりも「代助の性格に惚れこ」み、「自ら代助を気取つた」のがほかならぬ芥川自身だったろう。「論理において尤も強い代りに、心臓の作用において尤も弱い男」とされる代助は、まさしく芥川そのひとを髣髴させる。代助は「自分の神経は、自分に特有なる細緻な思索力と、鋭敏な感応性に対して払ふ租税」であり、「高尚な教育の彼岸に起る反響の苦痛」で、「天爵的に貴族となつた報に受る不文の刑罰」だというが、『歯車』に描かれた「僕」の神経は、まさにその「細緻な思索力」と「鋭敏な感応性」によって、「高尚な教育の彼岸に起る反響の苦痛」に悩まされ、苛まれているといっていい。

『それから』の代助も『歯車』の「僕」も、作品の末尾で意識的に狂気の方へ歩みを進めるが、代助と「僕」とではその狂気の向かうベクトルが逆になっていることには注意したい。代助は三千代への愛を告白したあと、父に佐川の娘との縁談を正式に断り、「凡てが進むべき方向に進んだとしか考へ得なかつた」といい、「自己が自己に自然な因果を発展させながら、其因果の重みを背中に負つて、高い絶壁の端迄押し出された様な心持であつた」と語る。『それから』

む」むの代助は「自己が自己に自然な因果」を発展させることにより「凡てが進むべき方向に進」むようにして必然的に狂気にいたるが、『歯車』の「僕」の場合、「自己が自己に自然な因果」を発展させた結果、すべてはチグハグに食い違ってしまう偶然に行きあたり、その内面世界は分裂病的症状を呈せざるを得ないような状況にいたってしまう。

芥川は漱石から「自己が自己に自然な因果」を発展させることを学び、代助と同様に自分の「小さな世界の中心」に立って、「凡てが進むべき方向に進」むべく芸術至上主義の世界を構築したのだといえる。しかし、ビーカーに入れた水を下から熱しつづければ、やがて熱対流がおこり、さらには突然に沸騰したカオス状況が現出するように、近代小説のパラメータを連続的に高めていったとき、一〇年目して突然に熱対流からカオス的状況へというような分岐現象があらわれたのだ。ちょうど「僕」が精神病院へ行こうとして青山斎場へと導かれてしまったように、この現実は因果律の「必然」の法則によって支配されているのではなく、「原因あるいは条件と考えるべき箇条が限りもなく多数で複雑でありまた原因の微少な変化によって生ずる結果の変化が有限である」、つまり「偶然」に左右されるカオス的なものであることを気づかされたのでないだろうか。

夏目漱石は「私の個人主義」（『輔仁会雑誌』一九一五年三月）においてイギリス留学中に「自己本位といふ言葉を自分の手に握つてから大変強くな」ったというが、『明暗』の主人公はポアンカレの「偶然」説を知って、「自分の力」をそのままに信ずることができなくなった。主人公の津田は「右に行くべき彼を左に押し遣つたり、前に進むべき彼を後ろに引き戻したりする」ような「暗い不可思議な力」を感じざるを得ず、津田もまた「自己が自己に自然な因果」を発展させた結果、嫁に行くはずではなかったところへ彼女が嫁に行き、もらうはずでなかった嫁を自分がもらってしまったというチグハグに食い違う地点に立ってしまう。『歯車』の「僕」も「自己が自己に自然な因果」を発展させた結果、もはや「偶然」にしか行きつくことがないとしたならば、若き日の井川恭宛の書簡に表明されていたように「自分の意志」というものに対して懐疑的にならざるを得ず、ひいては「僕」の存在そのものの否定にもつながりかねない不安をよびおこすのも無理からぬことである。

漱石は『明暗』においてポアンカレの「偶然」説を寺田寅彦から教えられて、その主人公が「自分の力」への懐疑を語り、「個」の喪失の危機に直面したように、一九二〇年代後半から三〇年代にかけてはこのポアンカレ的「偶然」にどう対処するかということが無自覚的なままに大きな問題となる。それはやがて増幅され、「偶然」に翻弄される自己を見つめるもうひとりの自己——自意識という怪物を生みださざるを得ないことになる。理想という必然の論理から生みだされた自己と現実において偶然に翻弄される自己、——このギャップから自分について考えるもうひとりの自分が肥大化してゆくことになるが、これは自己のフィードバック現象である。『歯車』にはこうした自意識の生みだされるメカニズムが存分に語られているが、「十年目に僕」がつれて来られた場所とは、こうした近代小説から現代小説へと分岐する地点であり、「何か僕の一生も一段落のついたことを感じない訣には行かなかつた」というのは、芥川の文学をも含む近代小説を支えてきた一九世紀的な文学観がここでひとつのサイクルを完全に閉じたということなのだろう。

注

（1）ポアンカレ、吉田洋一訳『科学と方法』（岩波文庫、一九五三年）
（2）ラプラス、内井惣七訳『確率の哲学的試論』（岩波文庫、一九九七年）
（3）魚住折廬「自己主張としての自然主義」（「東京朝日新聞」一九一〇年八月二二、二三日）、石川啄木「時代閉塞の現状」（一九一〇年八月に執筆されたが、没後の一九一三年五月に刊行された『啄木遺稿』にはじめて収められた）
（4）藤井貴志『芥川龍之介〈不安〉の諸相と美学イデオロギー』（笠間書院、二〇一〇年）
（5）『侏儒の言葉』は一九二三（大正一二）年一月から一九二五（大正一四）年一一月まで三〇回にわたって「文藝春秋」に掲載されたものだが、「Blanqui の夢」が掲載されたのは一九二四（大正一三）年一〇月である。
（6）A・ブランキ、浜本正文訳『天体による永遠』（雁思社、一九八五年、のち岩波文庫、二〇一二年）。原著の初版は一八七二年。
（7）野村修・高木久雄・山田稔訳『ヴァルター・ベンヤミン著作集15　書簡II　1929-1940』（晶文社、一九七二年）
（8）ヴァルター・ベンヤミン、今村仁司他訳『パサージュ論I　パリの原風景』（岩波書店、一九九三年）
（9）神田由美子『芥川龍之介と江戸・東京』（双文社出版、二〇〇四年）

震災・カンディード・芥川龍之介

二〇一一年三月一一日にマグニチュード九・〇という一〇〇〇年に一度ともいわれるとんでもない大地震に東日本は襲われ、三陸地方を中心に太平洋沿岸部は津波による甚大な被害を受けた。死者・行方不明者数は、約二万人。福島第一原子力発電所は、津波によってすべての電源が失われて、一号機から三号機まですべての原子炉内でメルトダウンがおこり、四号機は点検のために発電は止めていたとはいえ、核燃料棒を冷却保管するプールへ水が送れなくなるという、ソ連時代のチェルノブイリにも匹敵する大惨事が起こった。

東日本大震災に遭遇し、テレビの画面で流された、ド迫力に充ちた津波に襲われた太平洋沿岸の各地の影像を見ながら、誰しも立ちすくまざるを得なかったろう。津波に呑み込まれたところとまぬがれたところは何によって決定されたのか、また津波に呑み込まれながら助かった人と無念にもその犠牲となってしまった人とのあいだにはどんなファクターが働いていたのか。

意識化しないまでも誰もが心の奥深くのどこかでそんなことを考えざるを得なかった。単に偶然といってしまっては、それはあまりに重すぎるし、また運命といって済ましてしまうには、あまりにも過酷でどうにも納得のゆきかねるものだった。

芥川龍之介の生きていた時代にも、死者・行方不明者一〇万人を超えるという日本における災害史上、最大級の関東大震災が起きている。サイデンステッカーは明治以降の東京を論じて、関東大震災を区切りにその前半と後半と東京の歴史を二分しているが、たしかに関東大震災は首都を襲った直下型の地震だったために、日本の近代史においてもそれ以前とそれ以後とに分けられるほどの決定的なメルクマールとなっている。短い生涯だった芥川にも関東大震災はその晩年、決定的に大きな影響を及ぼしたと思われるが、東日本大震災における原発事故による放射能汚染は、今後の歴史にそれ以上の大きな区切り目として認識されつづけるものと思われる。

ところで一八世紀半ばのヨーロッパの思想界に大きな衝撃をあたえた地震に、一七五五年一一月一日にポルトガルの首都リスボンを襲った大震災がある。この日はちょうど諸聖人の日(All Saints Day)であったが、午前九時三〇分にマグニチュード八・五の巨大地震が襲った。多くのリスボン市民は教会に集まり、あるいはこれから教会へゆこうとしているところだった。多くの教会は崩壊し、敬虔な多くのキリスト教信者たちがその崩壊した瓦礫のなかに生き埋めとなった。リスボンの市街には津波が押しよせ、火災も発生して被害を大きくした。死者は一万人とも、三万人とも伝えられているが、遠くドイツの地にいたカントもそれに大きな衝撃を受けて、三つの地震論を書いている。

また当時ジュネーブにいたヴォルテールは、このリスボン地震に大きく動かされて「リスボンの災厄に寄せる詩」を書いた。永田英一「リスボンの震災について――ルソーとヴォルテール」（『九州大学文学部創立四十周年記念論文集』九州大学文学部、一九六六年）によれば、ヴォルテールがリスボンの地震に最初に言及したのは、一七五五年一一月二四日付の在リオンの銀行家ジャン・ロベール・トロンシャン宛の手紙だったといい、それは「拝啓、これはまことに残酷な物理学です。〝可能な世界の中でもっとも善き世界〟において、運動の法則が、どうしてかくも恐しい災害を引起すのか、判断に苦しまざるをえません」と書きだされているという。

「可能な世界の中でもっとも善き世界」とは、「可能なあらゆる世界の中でももっとも善きものにおいてすべては最善」であるというライプニッツの『摂理弁明論』のなかに語られた言葉を踏まえている。当時のヨーロッパの思想界では、ライプニッツやポープによって唱えられたオプティミスム（最善説あるいは楽天主義説）がひろく信奉されていたけれど、それはこの世界は全知全能の神によって創造され、万物は神の摂理によって整備統制されているとする考え方である。オプティミスムは一般的に楽天主義と訳されるが、現在の日本語で楽天主義といってしまうとちょっと意味が違ってしまうので、気をつけなければならない。たとえば、ポープの『人間論』の次のような一節にはその典型を見ることができるだろう。

やめるがよい、秩序を不完全呼ばはりすることを。
（中略）
生れる時も、死ぬ時も、完全に、
唯一の摂理の神の手の中にあるのだ。
自然全体は汝の知らぬ技術で、
すべての偶然は汝には見えない掟なのだ。
一切の不調和は汝の理解を超えた調和で、
部分的な悪は悉く全体的な善なのだ。
思ひあがりや、誤りやすい判断にもかかはらず、
一つの真理は明白だ。――すべてあるものは正しいのだ。
（上田勤訳）

ヴォルテールの「リスボンの災厄に寄せる詩」には「または《すべては善なり》という公理の検討」という副題がついており、こうしたオプティミスムへの真っ向からの反論を展開している。ヴォルテールもそれまでオプティミスムを信奉していたが、リスボン大震災の惨劇に衝撃をうけて、それへの強い疑問を抱くようになった。保苅瑞穂『ヴォルテールの世紀　精神の自由への軌跡』（岩波書店、二〇〇九年）に訳出されている、「リスボンの災厄に寄せる詩」の冒頭箇所を紹介すれば、次のとおりである。

「すべては善なり」と叫ぶ、誤まれる哲学者たちよ、
駆けつけて、眺めるがいい、この恐るべき廃墟を、
この残骸を、この瓦礫を、この痛ましい燃え殻を、
互いに重なり合ったこの女たち、この子供たちを、
あの砕けた大理石の下に散らばるあの手足を。
不幸に見舞われた一〇万の人間が大地に呑み込まれ、
血にまみれ、引き裂かれ、まだ動いているものは
屋根の下に埋もれて、救いもなく、苦しみの恐怖のなかで、
みじめだったかれらの日々を終えようとしている！

（中略）

あなたがたは、この累々たる犠牲者たちを見て、こういう気なのか、
「神が天罰を下したのだ、かれらの死は罪の報いなのだ」と。
いかなる罪を、いかなる過ちをこの子たちは犯したというのか、
押しつぶされ、血まみれになった母の乳房にすがるこの子たちは。
姿を消したリスボンは、歓楽に浸るロンドンやパリよりも
多くの悪徳に耽っただろうか。
リスボンは壊滅した、そしてパリでは人はダンスを踊っている。

ヴォルテールならずとも、なぜ地震がよりによって諸聖人の日のちょうどミサがはじまる時間に起こり、教会の瓦礫の下に多くのキリスト信徒を埋めてしまったのか、神がほんとうに存在するならば、なぜ私たちにこうした惨たらしく、耐えがたい苦難を与えるのだろうか、と考えざるを得ない。大きな天災に見舞われたときには、また必ずといってもいいほど、天罰論といったものが現出するが、東日本大震災の折にも、それは当時の石原慎太郎都知事からの言葉として飛びだした。

芥川は「大震に際せる感想」（「改造」一九二三年一〇月）において、関東大震災のときに渋沢栄一から唱えられた天譴論をいち早く否定しており、今回もこの芥川の説を引くかたちで石原慎太郎の発言が批判され、その天罰論はすぐに引っ込められるかたちとなった。たしかに地震が奢れる文明への天罰であるというならば、その地震によって不幸や苦痛をもたらされる被災地の人々は、どのような罰せられるべき悪をおこなったというのだろうか、とは直感的に想起される疑問である。

が、ヴォルテールは自然のなかには人々に苦痛をもたらし不幸のどん底へと突きおとす地震のような「悪」が存在することはたしかだという。完全無欠な存在から、混沌と悪は生まれるはずもないだろうから、これは何によってもたらされるのだろうか。この目をも覆いたくなるような惨状を見ても、美しい予定調和の世界を信じ、果たして「すべては善なり」といい切ることができるのだろうか。ヴォルテールはこの詩の最後に、今日すべてが善であるというのは

「幻想」にすぎず、いつの日かすべては善となるだろうということが私たちの「希望」なのだといっている。

ヴォルテールの「リスボンの災厄に寄せる詩」を読んだルソーは、一七五六年八月一八日付でヴォルテールへの長い手紙を書いている。私信の形式をとっているものの、公開を前提として書かれたもので、ルソーはヴォルテールの詩篇へかなりストレートな不満を述べている。「あなたは、ポープとライプニッツがすべては善であると主張しながら、私たちの災難を侮辱していると言って非難し、また私たちの不幸の光景を誇張するあまり、感情を悪化させています。私が期待していた慰めのかわりに、私を深く悲しませるばかりです」（『ルソー全集　第五巻』浜名優美訳）といい、次のようにいっている。

ポープの詩篇は私の不幸を和らげて辛抱させるのですが、あなたの詩篇は苦しみをかきたて、私を不平にかりたてて、希望をくじいてしまううえに、私からすべてを奪い取って、私を絶望に追いこんでしまいます。あなたの明らかにしていることと私の体験していることとのあいだには奇妙な対立がわだかまっていますが、私の心をかき乱す当惑を鎮めてください。そして、いったいだれが感情もしくは理性を濫用しているのかを教えてください。《人間よ、辛抱したまえ》とポープとライプニッツは言っています。《汝の不幸は、汝の本性およびこの宇宙の構成の必然的な結果である。汝を支配している慈悲深い永遠の存在は、なんとかして汝を不幸から守ろうとしたのだ。永遠の存在は考えられうるかぎりの世界の仕組のなかから、最小の悪と最大の善とを結び合わせる世界の仕組を選択したのだ。（後略）》

リスボンに関するあなたの主題から離れずに言えば、たとえば、自然のほうからすれば、なにもそこに六階や七階建の家を二万軒も集合させることはまったくなかったことを考えてみてください。そしてこの大都会の住民がじっさいにそうであったよりも平均して散らばって、いっそう身軽に住んでいたとしたら、損害ははるかに少なかったであろうし、まったくなかったかもしれないことも考えてみてください。第一回めの地震のときに全住民が逃げだしていたら、翌日にはそこから二十里のところで、なにも起こらなかったときとまったく同じく陽気な人々の姿が見られたことでしょう。しかし、人は居残り、茅屋にしがみつき、新たな振動に身をさらします。なぜなら残してあるもののほうが持ちだすことのできるものよりも価値があるからです。この大震災で、ある者は服を、他の者は書類を、別の者は金を、持ちだしたいがために、どれほど多くの人々が不幸にも命を失ったことでしょうか。

ルソーの『人間不平等起源論』を送られたヴォルテールは、「人類に歯むかうあなたの新しい本を拝受しました。（中略）われわれをもとの動物に戻すことに人間の精神がこれほど使われた例は、かつてなかつたことです。あなたの本を読んでいると、わたしは四つんばいになつて歩きたくなります」（保苅瑞穂訳）という礼状を書き送った。これは必ずしもルソーを糾弾するものではなく、ふたりの思想の違いを半ば冗談のように表現したものといわれるけれど、ヴォルテールとルソーには、やはりどうもピッタリとなじむことのできない気質的な違いというものがあったようだ。

ヴォルテールとルソーのふたりは一八世紀のヨーロッパの思想状況を語るときには、いつも対として取りあげられることになる。「リスボンの災厄に寄せる詩」に対するルソーの批判は、相手の論旨をねじ曲げるなどあまり公正とはいえないような一面もあるが、悪はつねに人為的な所産であって、文明の退廃の結果であるというルソー特有の思想に根差している。したがって、地震という自然界の悪と見えるものも、被害を大きくしてしまう大都会といったものをつくった人間の側の問題であり、個々の存在にとっての不運不幸というよりも、宇宙全体が善であるかどうかということが問題なのだという。

ここでちょっと横道にそれるけれど、寺田寅彦も地震などの自然災害に対して物理学的見地からルソーと同じようなことをいっていることが興味深い。「天災と国防」（『経済往来』一九三四年一一月）で、「文明が進むほど天災による損害の程度も累進する傾向があるという事実」は忘れがちだが、重要なことだと指摘している。「人類がまだ草昧《そうまい》の時代を脱しなかった頃、岩丈《がんじょう》な岩山の洞窟の中に住まっていたとすれば、大抵の地震や暴風でも平気であったろうし、これらの天変によって破壊さるべき何らの造営物をも持ち合わせなかったのである。もう少し文化が進んで小屋を作るようになっても、テントか掘立小屋のようなものであってみれば、地震には却って絶対安全であり、またたとえ風に飛ばされてしまっても復旧は甚だ容易である」といっている。

地震、津波、台風といった自然災害を、単なる物理的な自然現象としてのみ見るのではなく、「人間界の人間的自然現象」（「津浪と人間」）と見たところに、時代を超えた寅彦のなみなみならぬ洞察力の深さがあったといえる。地震の予知ということに関しても、関東大震災以前に書かれた「地震の予報はできるか」（「ローマ字世界」一九二三年九月）において寅彦は「地震のように原因の複雑なそしていわゆる〝偶然〟の支配を免《まぬが》れがたい現象を、たとえば日蝕や月蝕などのような種類の現象と同じような心持ちで論じてはいけない」といい、また「僅かな偏《かたよ》った一つの方面の事実から地震の予報ができると論じる人があってもその説を信じる前にはよくよく考えてみなければならない」と警告する。

自然を私たち人間が自在にコントロールするといったようなことは絶対に不可能であり、科学的根拠に裏づけられない言説はいっさい無効である。しかし、それはともかくも、井上堯裕は『ルソーとヴォルテール』（世界書院、一九九五年）で「摂理の問題をめぐっての純粋に神学的な議論として検討するならば、ヴォルテールとルソーの間にはほとんど理論的な対立はない」といっている。だが、それにもかかわらず、「ここには、二人の思想の根底的な対立と、やがて決裂に至る両者のあいだの無理解、対立がはっきりと現われている」といって、「ヴォルテールにとって、悪は人間の本来的な条件に根ざすものであるのに対し、ルソーにとっては、それは社会に由来するものである」と指摘している。

芥川を論じようとしながら、大変に遠回りをしてしまったけれど、私がこの論をどの方向へ導こうとしているのかは、もはや明らかだろう。いうまでもなく、遺稿として残された「或阿呆の一生」のなかの「十九　人工の翼」と題された一章である。あえて引用するまでもないほどよく知られたものだが、念のためにその全文を掲げておこう。

彼はアナトオル・フランスから十八世紀の哲学者たちに移つて行つた。が、ルツソオには近づかなかつた。それは或《あるひ》は彼自身の一面、――情熱に駆られ易い一面のルツソオに近い為かも知れなかつた。彼は彼自身の他の一面、――冷かな理智に富んだ一面に近い「カンディイド」の哲学者に近づいて行つた。

人生は二十九歳の彼にはもう少しも明るくはなかつた。が、ヴォルテエルはかう云ふ彼に人工の翼を供給した。

彼はこの人工の翼をひろげ、易《やす》やすと空へ舞ひ上つた。同時に又理智の光を浴びた人生の歓びや悲しみは彼の目の下へ沈んで行つた。

彼は見すぼらしい町々の上へ反語や微笑を落しながら、遮るもののない空中をまつ直に太陽へ登つて行つた。丁度かう云ふ人工の翼を太陽の光りに焼かれた為にとうとう海へ落ちて死んだ昔の希臘人も忘れたやうに。……

『カンディード』はその副題に「またはオプティミスム（最善説）」とあるように、「リスボンの災厄に寄せる詩」につづいてライプニッツやポープのオプティミスムへの強い批判をこめて書かれたものである。一七五九年に刊行されたが、これはまたルソーの批判にも答えるかたちのものとなっている。

カンディードはドイツのウェストファリアのツンダー・テン・トロンク男爵の城館に男爵の令妹の私生児として生まれ育った。父は「近隣のれっきとした貴人」だったけれど、「相手の系図が七十一代までしか」遡れないということで結婚が拒まれたからである。candideとは、純真な、無邪気なという意味だが、カンディードは言葉どおり、「気性も至極さっぱりしている上に、分別もなかなかしっかりし」た若者だった。そのカンディードが男爵の美しいキュネゴンド嬢と屏風のかげで接吻しているのを男爵に見つけられて、尻を厭というほど蹴飛ばされ、城館を追い出されるところから物語がはじまる。

この物語の冒頭に記されるカンディードの出自と芥川の生い立ちはどこか共通するところがあるようだ。芥川は、生家の新原《にいはら》家に出入りしていた吉田弥生との結婚を望んだが、母の実家である芥川家の養父母と伯母フキの強い反対にあい、断念せざるを得なかった。反対の理由はすでに弥生に結婚話があったこと、また相手が士族でなかったことなどがあげられているが、ともかく芥川はカンディードと同様、女性問題でつまずき、これまで庇護されていた家族という城砦から追放され、自己確立の道をひとりあゆまなければならなくなる。おそらく芥川はこうしたカンディードの境遇を自己のそれと重ね合わせ、その主人公にシンパシーをいだいたことは間違いないようである。

無一文で城館を追い出された主人公は、騙されてブルガリア連隊に編入されて戦場に駆りだされたり、そこから脱出してリスボンで地震にあったり、新大陸に渡って原住民から殺されそうになったり、エルドラドー（黄金郷）で巨万の富を得て帰還したりとかなり激しい浮き沈みを体験しながら、数々の艱難辛苦に立ち向かう。『カンディード』は主人公のそうした波瀾万丈の冒険物語であるが、ここにその内容を要約することはなかなか難い。それは次から次へ起こる事件や出来事が継起的にまったく脈絡もなく起こり、そこに何らの因果関係も結べないからである。したがって、物語の表面的な展開だけを追えば、これほど荒唐無稽な物語も少ないといえるかも知れない。

描かれるエピソードに因果関係がなく、事件や出来事が継起的に惹起されるということは、ここに描かれた世界が何らの統一した原理によっては動かされていないということである。つまり、「すべては善なり」とするオプティミスムの世界観にあっては、原因と結果の無限のつらなりから究極的には神の摂理にまでいたらざるを得ないが、ここには意図的にまったくそれと正反対な世界が提示されている。作中でオプティミスムを体現するのは、男爵の城館で家庭教師をつとめるパングロスという哲学者で、カンディードはその後パングロスと再会して、しばしば議論を戦わせる。が、『カンディード』は構造それ自体が反パングロス的で、オプティミスムを徹底的に批判、愚弄する。

描かれる事件や出来事は、まさにリスボン大地震と同じように偶然に、神の摂理とはかかわりなく唐突に生起する。ヴォルテールは理神論の立場から神そのものの存在を否定しているわけではないが、この世界をすべて予定調和的に神の摂理と説くオプティミスムは、リスボン大震災によってもはや信じることができなくなった。「リスボンの災厄に寄せる詩」に詠われたように、「いつの日かすべては善になる」という「希望」は語られるが、この現実において次々に惹起する思いもよらない偶発的な困難に対しては、みずからの理智によって乗りこえてゆかなければならないのだ。

城館からの追放ということは、また中世的な秩序世界からの脱出でもある。カンディードはその前にたちはだかる難局を、もちまえの純真さとすぐれた判断力でもって、いとも軽やかに乗りこえてゆく。そうした数々の経験が主人公を次第に鍛えて、この世界をたくましく生き抜いてゆく人物へと成長させる。主人公は最後にコンスタンチノープルに農地を手に入れ、「何はともあれ、わたしたちの畑を耕さねばなりません」という。カンディードのこの最後の言葉について、水林章は「神が最終的に遠ざかり、人間は今や大地の上にひとりぼっちで立っているという認識」が語られて、「世界という畑、あるいは畑という世界を耕すこと、すなわち労働が新たな価値として浮上している」（『カンディード』〈戦争〉を前にした青年』みすず書房、二〇〇五年）と指摘する。畑を耕すとは「リスボンの災厄に寄せる詩」の最後に語られた「希望」の具体化なのでもあろう。

芥川はヴォルテールをいつ読んだのだろうか。「手帳1」には、一月二〇日に「鼻」を書き上げた三日後の一月二三日に「Voltaire を買ふ」とあり、これは一九一六（大正五）年のことである。この年の二月に「新思潮」（第四次）創刊号へ「鼻」を載せ、芥川は漱石の推挽を得て華々しく文壇へデビューしている。日本近代文学館の芥川龍之介文庫にはヴォルテールの英訳本が二冊所蔵されているが、ひとつは一八九二年にシカゴで刊行された "Famous romances" で、もう一冊は一九一八年にニューヨークで刊行された "Candide" である。おそらくこのとき購入したのは前者だったと思われる。

一九一八（大正七）年五月の「帝国文学」に芥川はヴォルテールの「ババベツクと婆羅門行者」を翻訳しており、芥川がその翻訳に使ったテキストが何だったか分からない。芥川はもっとヴォルテールの本を持っていた可能性も高いが、『カンディード』に関しては一九一八年の The Modern Library 版で読んだようである。一九一八（大正七）年八月の「中央公論」「秘密と開放号」に掲げた「開化の殺人」には、「ヴオルテエルの Candide」が小道具のひとつに使われているが、あるいはこの時期あたりにも読んだのであろうか。いずれにして「或阿呆の一生」では、「二十九歳」のときヴォルテールから「人工の翼」を供給されたといっている。

数え年で「二十九歳」というならば、一九二〇（大正九）年である。その前年の大正八年三月に、芥川は横須賀の海軍機関学校を辞めて、大阪毎日新聞社へ年に何本かの小説を書くという条件で入社、いよいよ筆一本の作家としてスタートした。「芸術家は何よりも作品の完成を期せねばならぬ」といい、「芸術家は非凡な作品を作る為に、魂を悪魔へ売渡す事も、時と場合ではやり兼ねない」、「芸術活動はどんな天才でも、意識的なもの」という芥川の芸術至上主義宣言ともいえる「芸術その他」（「新潮」一九一九年一一月）も発表、ヴォルテールから供給された「人工の翼」によって飛翔したというのも、このあたりの時期を漠然とさしていったものだったと思われる。

たしかに「地獄変」「蜘蛛の糸」「奉教人の死」「きりしとほろ上人伝」「龍」「妖婆」「素戔嗚尊」「南京の基督」「往生絵巻」等々、この時期の代表的な芥川作品は、物語の表面的な展開だけを追えば、『カンディード』にも負けず劣らずの荒唐無稽な物語ばかりである。これらの因果律によっては説明がつかず、あり得ない物語を、ヴァルテールから供給された「理智」という「人工の翼」によって、読者を納得させるようにいかにねじ伏せるかという点に作品の成否はかかっていた。それを「見すぼらしい町々の上へ反語や微笑を落しながら」、「易やすと空へ舞ひ上」るようになし遂げたと自負するのである。

たとえば、「杜子春」（「赤い鳥」一九二〇年七月）も、この時期において明らかにヴォルテールの『カンディード』の影響をこうむった作品である。これはもっぱら唐代の伝奇小説「杜子春伝」との関連で論じられてきたけれど、近代小説としてすこぶる伝奇性の強いこと、エルドラドーのエピソードの象徴されるように、一夜にして大金持ちになりながら、たちまちそれを蕩尽してしまう類似性もさることながら、仙人の鉄冠子が最後に杜子春へ語りかける言葉においてその影響は歴然としている。

「おゝ、幸、今思ひ出したが、おれは泰山の南の麓に一軒の家を持つてゐる。その家を畑ごとお前にやるから、早速行つて住まふが好い。今頃は丁度家のまはりに、桃の花が一面に咲いてゐるだらう。」

『杜子春』におけるこの言葉が、『カンディード』の「何はともあれ、わたしたちの畑を耕さねばなりません」という最後の言葉に対応していることは明らかだろう。しかし、ヴォルテールの場合は次にやってくる近代という時代への生産のための力強い一歩という印象をうけるが、芥川の描いた桃源郷のイメージをまとった農家には近代に疲弊してしまった人間のための避難所という印象が強い。ヴォルテールから「人工の翼」を供給されながら、それを太陽の光りで焼かれたという、まったく同じエピソードが『歯車』にも語られるが、この「人工の翼」の蠟を溶かしてしまったのはいったい何だったのだろうか。

もちろん、それは何かひとつの原因という風には限定できず、いろいろなことが複合的に重なってのことだったろうと思われる。だが、リスボンの大地震がヴォルテールに『カンディード』を書かせたと同じ程度において、関東大震災が芥川に決定的なダメージを与え、「人工の翼」の蠟を溶かしてしまったのだということができるようだ。「或阿呆の一生」の「三十一　大地震」と題された章は次のように書かれている。

それはどこか熟し切つた杏の匂に近いものだつた。彼は焼けあとを歩きながら、かすかにこの匂を感じ、炎天に腐つた死骸の匂も存外悪くないと思つたりした。が、死骸の重なり重《かさな》つた池の前に立つて見ると、「酸鼻」と云ふ言葉も感覚的に決して誇張でないことを発見した。殊に彼を動かしたのは十二三歳の子供の死骸だつた。彼はこの死骸を眺め、何か羨ましさに近いものを感じた。「神々に愛せらるるものは夭折す」――かう云ふ言葉などを思ひ出した。彼の姉や異母弟はいづれも家を焼かれてゐた。しかし彼の姉の夫は偽証罪を犯した為に執行猶予中の体だつた。……

「誰も彼も死んでしまへば善い。」

彼は焼け跡に佇んだまま、しみじみかう思はずにゐられなかつた。

『カンディード』の主人公はもちまえの純真さと理智でもって、次々に立ちはだかる人生の艱難を軽々と乗りこえていったが、芥川は現実的に押しよせる困難をカンディードのように、そう簡

吉原池の惨死体（関東大震災の被災状況を伝える絵葉書より）
池のほとりに多くの見物人が写っているが、そのなかに芥川、川端、今の３人もいたことになる

単に乗り切ることはできなかった。「十二三歳の子供の死骸」を眺めて、神々に愛せられる「羨ましさ」を感じたとは、いかに純真さを維持しつづけることが難しいかを逆説的に語ったものだろう。先にも触れた「大震に際せる感想」には、「自然は人間に冷淡なり。大震はブウルジョアとプロレタリアとを分たず。猛火は仁人と潑皮とを分たず。自然の眼には人間も蚤も選ぶところなしと云へるトゥルゲネフの散文詩は真実なり。のみならず人間の中なる自然も、人間の中なる人間に愛憐を有するものにあらず。大震と猛火とは東京市民に日比谷公園の池に遊べる鶴と家鴨とを食はしめたり。もし救護にして至らざりしとせば、東京市民は野獣の如く人肉を食ひしやも知るべからず」とある。

こうした感想の裏には、地震の数日後に川端康成と今東光と三人で見にいったという吉原の池の凄惨な光景がはりついていた。川端康成の「芥川龍之介氏と吉原」（『サンデー毎日』一九二九年一月二二日）によれば、「吉原遊廓の池は見た者だけが信じる恐ろしい「地獄絵」であつた。

幾十幾百の男女を泥釜で煮殺したと思へばいい。赤い布が泥水にまみれ、岸に乱れ着いてゐるのは、遊女達の死骸が多いからである。岸には香煙が立ち昇つてゐた。芥川氏はハンカチで鼻を抑へて立つてゐられた」。まさに「「酸鼻」と云ふ言葉も感覚的に決して誇張でない」」、「死骸の重なり重つた池」の光景である。地震はすべての虚飾を剝ぎ取り、裸形の現実の姿をそのままに見せつけたのである。

こうした「地獄絵」を見たあとでは、もはや「人工の翼」をひろげて、「微笑」しながら「反語」を浴びせて、「易やすと空へ舞ひ上」がるということも難しくなったことだろう。「理智の光を浴びた人生の歓びや悲しみは彼の目の下へ沈んで行つた」どころか、「人工の翼」を太陽の光りに焼かれて、墜ちたところは「酸鼻」を極めた地獄の様相を呈する世界だった。「地獄変」や「蜘蛛の糸」など、かつて皮肉な微笑を浮かべながら描きあげた地獄とは違って、生身の人間がもがき、苦しみ、惨たらしくも焼け死んでいったところの本物の地獄だったのである。

「大震に際せる感想」には、さらに「自然は人間に冷淡なり。されど人間なるが故に、人間たる事実を軽蔑すべからず。人間たる尊厳を抛棄すべからず。人肉を食はずんば生き難しとせよ。汝とともに人肉を食はん。人肉を食うて腹鼓然たらば、汝の父母妻子を始め、隣人を愛するに躊躇することなかれ。その後に尚余力あらば、風景を愛し、芸術を愛し、万般の学問を愛すべし」と記している。『カンディード』には兵糧攻めにあって、兵士のために尻の片方の肉を切り落として提供せざるを得なかった老婆の話が語られる。その傷を癒してくれ、彼女に結婚を申し込んだという外科医は、「包囲の際には何度も似たようなことがあ」り、そしてまた「それが戦争の法則であることを断言」したともいう。

しかし、「人肉を食はずんば生き難し」という場合、果たして無条件に人肉を食うことを是とすることができるだろうか。「人間の中なる自然」つまり食欲はそれを是とするだろうが、「人間の中なる人間」つまり理智、理性はなかなかそれを認めるわけにはゆかないだろう。芥川は大震災と猛火に襲われながら、私たち人間が「人間の中なる人間」すなわち理性をもって「人間の中なる自然」を超克することの絶望的な困難さを知らされた。そして「芸術」も「万般の学問」も、そうした「人間の中なる自然」のうえに構築されているものだとするならば、もはや「人間の中なる人間」たる理性を無条件に絶対視するわけにもゆかなくなる。

たとえば、「河童」（「改造」一九二七年三月）のなかで哲学者のマッグの書いた「阿呆の言葉」という箴言集のなかには次のようにある。

若し理性に終始するとすれば、我々は当然我々自身の存在を否定しなければならぬ。理性を神にしたヴォルテエルの幸福に一生を了つたのは即ち人間の河童よりも進化してゐないことを示すものである。

この一文は遺稿として残された「侏儒の言葉（遺稿）」の「理性」と題された次の一章にその

まま重なるものだろう。

わたしはヴォルテェルを軽蔑してゐる。若し理性に終始するとすれば、我我は我我の存在に満腔の呪詛を加へなければならぬ。しかし世界の賞賛に酔つたCandideの作者の幸福さは！

二九歳の芥川へ「易やすと空へ舞ひ上」る「人工の翼」を供給した『カンディード』のヴォルテールだったが、自殺する直前にはそのヴォルテールへの呪詛が語られる。『カンディード』は当時としては二万部という驚異的な部数を売りあげたが、パリについでジュネーブでも禁書となった。しかし、晩年のヴォルテールは老残の肉体にさまざまな不調をかかえはしたものの、生きているうちにすでに彫像がつくられ、パリへ帰還することも許されて、世俗的な栄光につつまれながら、「わたしは神を称え、友人たちを愛し、敵を憎まず、迷信を唾棄しながら、死んでいく。一七七八年二月　ヴォルテール」という遺書を残して、その年の五月三〇日に八三歳六ヶ月という長寿をまっとうしたのである。

震災の翌年の一九二四（大正一三）年三月の「新潮」に載せた「佐藤春夫氏」（原題「佐藤の誤解」）には、震災後に佐藤春夫と会ったとき、「銀座の回復する時分には二人とも白髪になつてゐるだらうなあ」という佐藤に対して、詩人には似合わない堂々たる体格をそなえた裸の佐藤を知っている芥川は、「到底僕は佐藤と共に天寿を全うする見込みはない。醜悪なる老年を迎へるのは当然佐藤春夫にのみ神神から下された宿命である」と記し、見事にその予言を的中させた。いまだ自殺への明確な意志をもっていたわけではないだろうが、ここには夭折への予感といったようなものがすでに表出されている。

「河童」にしてもそうだけれど、震災後の芥川作品から「反語」がなくなることはなく、いよいよ研ぎすまされてゆくが、「理智の光を浴びた人生の歓びや悲しみ」の詰まった「見すぼらしい町々の上へ」落していた「微笑」は次第々々に消えてゆく。冷徹な理智によって裁断された人生を手玉にとるような、ある種の斜に構えたそれまでの作風から、すべて理智の力では割り切れない、ある混沌とした虚しさをかかえながら、それでもこの人生に真正面から向きあい、格闘するといったような作品も書くようになる。マンネリズムに堕することへおびえながら、震災後の芥川がひとつの大きな転機にさしかかったことは間違いない。

『侏儒の言葉』に「小説」と題して、「本当らしい小説とは単に事件の発展に偶然性の少ないばかりではない。恐らくは人生に於けるよりも偶然性の少ない小説である」と記している。これは大正一四年八月の掲載分であるが、こうした小説観が大正八年の「芸術その他」の延長上にあることというまでもない。現実における偶然性をあらわにしてしまった関東大震災以降、こうした小説観の存立の基盤そのものが崩壊してしまったのである。それればかりではなく、ヨーロッパにおいても一九二〇年代は第一次世界大戦によって理性への信頼がまったく地に墜ちてしまい、ポオル・モオランの『夜ひらく』（堀口大學訳、新潮社、一九二四年）のように「理性の論理《ロジツク》」に代えるに「感覚の論理《ロジツク》」をもってする作品が紹介され、若い作家たちへ多大な感化を及ぼしてゆくようになる。

遺伝、境遇、偶然、――我我の運命を司るものは畢竟この三者である。自ら喜ぶものは喜んでも善い。しかし他を云々するのは僭越である。

これは「侏儒の言葉（遺稿）」の「運命」と題された一章であるが、遺伝と境遇とは、いうまでもなくゾラの自然主義のキャッチフレーズである。一九世紀の自然科学の進展の影響を受けて登場した自然主義の文学は、科学的決定論的必然性の文学であったが、一九二〇年代以降には、そこへ新たに「偶然」という要素をも組みこまなければならなくなった。芥川が若いころからこの「偶然」ということを忌避し、「自己の意志」もこの「偶然」に翻弄されることによって失われてしまうような不安にさいなまれた。そして、それが遺稿の『歯車』にいたるまで影響を及ぼしたことは、これまでたびたび指摘してきたところである。

ヴォルテールはリスボンの大地震に遭遇して、神の摂理を疑い、それを「理智」によって克服したけれど、芥川の時代にはもはや関東大震災のような大災害を引きおこす偶然性を「理智」の力によって超克することは不可能だった。それは今度の津波においても、ある者が巻き込まれる不幸に遇い、ある者が助かったということのあいだに何があったのかを説明し尽くすことができないかぎり、なかなか納得できないのと同一である。こうした時代の芸術には、そのための新しい表現法の創出が不可避となるが、それが「偶然性」をいっさい排除し、自立完結した独自な芸術的ミクロコスモスの創造に賭けてきた芥川にとって、なかなか受け容れがたいものだったことは推測に難くない。『歯車』というもっとも先鋭的な作品を書きながら、それより以上に前に進むことも、後に退くこともできなくなってしまったところに芥川の悲劇があったといえる。

芥川龍之介と谷崎潤一郎

——小説の筋《プロット》論争をめぐって

谷崎潤一郎と芥川龍之介とはさまざまな意味において因縁が深い。谷崎潤一郎の「芥川君と私」（「改造」一九二七年九月）によれば、ふたりは同じ東京の下町生まれで、「出身学校を同じうし、文壇に於ける境遇と党派を同じうし」ており、両家の菩提寺は「もと深川の猿江にあつて、今は染井に移転してゐる日蓮宗の慈眼寺」である。しかも芥川が自殺した七月二四日は、谷崎の誕生日である。また「当世鹿もどき」（「週刊公論」一九六一年三月六日〜七月二四日）の「芥川龍之介が結ぶの神」に語られるように、谷崎にとっては芥川と最後に会ったとき、その後の谷崎の生涯に決定的な影響を及ぼすことになった根津松子、のちの松子夫人との出会いも用意されたのである。

芥川が亡くなった一九二七（昭和二）年に、芥川の死の直前まで、ふたりは文学論争を展開していた。一般に小説の筋《プロット》論争と呼ばれるが、小説においてもっとも大事なものは「話の筋」

だという谷崎に対して、芥川は「「話」らしい話のない小説」こそがもっとも純粋な小説であると主張して、ふたりは真っ向から対立した。福田恆存は「芥川・谷崎の私小説論議」(「人間」一九四七年一〇月、のち「二十年前の私小説論議」と改題して『平衡感覚』に収録)で、この論争には「小説といふひとつのジャンルの本質と運命とにまつわる問題が暗示されてゐる」と指摘している。

論争の経過をザッと説明すれば、以下のとおりである。

谷崎は昭和二年一月に「日本に於けるクリツプン事件」を「文藝春秋」に、関東大震災に遭遇した体験記「「九月一日」前後のこと」を「改造」に発表した。「日本に於けるクリツプン事件」はひとりのマゾヒストの話で、虐められることを好むマゾヒストもあまりに長くつきあってきたパートナーに飽きて、新たに登場した理想の女性に乗り換えるために、これまでのパートナーを証拠を残さず、殺害しようと完全犯罪をくわだてるというもの。当時の谷崎の好みだった探偵小説風に仕立てられているが、これはまた谷崎流のマゾヒズムの定義が語られた作品としても知られている。谷崎が語っているところによれば、マゾヒストは「さう云ふ関係を仮りに拵へ、恰もそれを事実である如く空想して喜ぶのであつて、云ひ換へれば一種の芝居、狂言に過ぎない」という。

当時、「新潮」は前月号に発表された作品を組上にのせ、当代の論客たちが合評し合うという「新潮合評会」が呼びものだったが、同年二月号の「新潮合評会」では、谷崎のこの二作品も俎上にのせられた。その月の合評会に参加していた芥川は、「僕は谷崎氏の作品に就て言をはさみたいが、重大問題なんだが、谷崎君のを読んで何時も此頃痛切に感ずるし、僕も昔書いた「藪の中」なんかに就ても感ずるのだが話の筋と云ふものが芸術的なものかどうかと云ふ問題、純芸術的なものかどうかと云ふことが、非常に疑問だと思ふ」といい、「筋の面白さと云つても、奇怪な小説だの、探偵小説だの、講談にしても面白いと云ふやうな筋を書いて、其の面白さが作品其物の芸術的価値を強めると云ふことはないと思ふ」と問題提起した。

谷崎は同年二月号から「改造」に「饒舌録（感想）」の連載を開始したが、その第一回目の二月号掲載分において、「いつたい私は近頃悪い癖がついて、自分が創作するにしても他人のものを読むにしても、うそのことでないと面白くない。事実をそのまゝ材料にしたものや、さうでなくても写実的なものは、書く気にもならないし読む気にもならない。（中略）近年の私の趣味が、素直なものよりもヒネクレたもの、無邪気なものよりも有邪気なもの、出来るだけ細工のかゝつた入り組んだものを好くやうになつた」といい、具体例として中里介山の「大菩薩峠」をはじめ、ジョージ・ムーアやスタンダールの歴史小説をあげた。いわばここまでが論争の前段階であり、すでに両者の文学観の大きな隔たりが示唆されている。

谷崎は三月号掲載分の「饒舌録」で、前月号のつづきとして自己の文学観を開陳するに先だって、「新潮合評会」での芥川の発言を取りあげた。「筋の面白さに芸術的価値はない」という芥川に対して、谷崎は「筋の面白さは、云ひ換へれば物の組み立て方、構造の面白さ、建築的の美しさである。此れに芸術的価値がないとは云へない。（中略）凡そ文学に於いて構造的美観を最も多量に持ち得るものは小説であると私は信じる。筋の面白さを除外するのは、小説と云ふ形式が持つ特権を捨てゝしまふのである。さうして日本の小説に最も欠けてゐるところは、此の構成する力、いろ〳〵入り組んだ話の筋を幾何学的に組み立てる才能、に在ると思ふ」と主張した。

これを受けて芥川が、同じ「改造」の四月号から「文芸的な、余りに文芸的な」の連載を開始、谷崎の「筋の面白さ」に対して「「話」らしい話のない小説」を提起した。芥川は「「話」らしい話のない小説」を最上のものとは思っていないが、「通俗的興味のないと云ふ点から見れば、最も純粋な小説」であるという。芥川はその具体例としてルナアルの「フィリップ一家の家風」や志賀直哉の「焚火」以下の諸短篇をあげている。そして、構成力や小説の材料において谷崎の作品に不足はないが、問題はそれを生かすための「詩的精神の如何」「詩的精神の深浅」であるとした。

「文芸的な、余りに文芸的な」の第一回が掲げられた「改造」四月号掲載分の「一」から「三」までは、改造社の編集所に赴いた芥川が赤ペンで一気に書きあげたものといわれている。二〇〇字詰めの改造社原稿用紙に書かれたその二三枚が、五月号掲載分を除くほかの箇所の原稿とともに山梨県立文学館に所蔵され、『芥川龍之介資料集・図版1』(山梨県立文学館、一九九三年)に紹介されている。それによれば、最初の表題は「三十五歳の小説論」というもので、副題として「幷せて谷崎潤一郎氏に答ふ」とある。「一」から「三」までは章番号のみで、現行のようには章題は記されておらず、また「三」の文末に「(昭和二・二・十五)」と日付が記されている。

芥川は「改造」の三月号に「河童」を掲載しており、そんな関係で何らかの用事があって改造社の編集所を訪れ、三月号掲載分の「饒舌録」に記された谷崎の芥川への反論をその場で読んで、校正用の赤ペンを借りて一気に「一」から「三」までの駁論を書き上げたものだったろう。当時、「改造」の発売日は毎月、新聞広告が出る二三日だったと思われるが、冒頭箇所の執筆はそれより一週間も早いということになる。おそらく編集部内で校正の最終的チェックをしていたところだったと思われるが、原稿には編集者の字で「改造四月号」と書かれ、割付のあとも見られるところから、直ちに次の四月号掲載ということも決まったようだ。当代の人気作家の谷崎と芥川との文学論争ということになれば、雑誌の呼びものとなることは受け合いだった。

四月号の原稿締め切りまで、まだ余裕があるというところから、「饒舌録」の向こうを張って、芥川もみずからの「三十五歳の小説論」を書きつづけ、「四　大作家」以降の箇所を執筆していったようだ。谷崎に比べると、芥川の小説論はいささか高踏的で衒学的に過ぎるかも知れない。「十二　詩的精神」の書き出しには「僕は谷崎潤一郎氏に会ひ、僕の駁論を述べた時、「では君の詩的精神とは何を指すのか?」と云ふ質問を受けた」とあるが、それは二月一九日に歌舞伎座で改造社主催の観劇会があり、その夜に帝国ホテルで谷崎、佐藤春夫、久米正雄と夜を徹して話し合った折のことだったと思われる。

四月号掲載分の末尾には「(昭和二・二・二十六)」の日付があるが、芥川はこの原稿を仕上げてすぐに大阪に向かった。翌二七日の午後一時から大阪中ノ島公会堂において「雑誌『改造』大講演会」が開催されて、山本実彦、佐藤春夫、堀江帰一、久米正雄、阿部徳蔵、里見弴、鶴見祐輔らと登壇し、「舌頭小説」と題して講演した。『芥川龍之介全集』所載の「年譜」では、これを二八日のこととしているが、明らかな誤りである。講演会の夜、芥川は佐藤春夫夫婦とともに谷崎邸に泊まり、芥川はそれから三泊四日を谷崎と一緒に過ごし、「もうお互にくたびれる程しやべりあつた」（「芥川君の訃を聞いて」、「大阪毎日新聞」一九二七年七月二五日）という。

その間の三月一日には道頓堀の弁天座で、芥川と佐藤夫婦、谷崎夫婦の五人で文楽の「心中天網島」を観劇している。五月号掲載分の「文芸的な、余りに文芸的な」の「二十二　近松門左衛門」にそのときの感想が、「僕は谷崎潤一郎、佐藤春夫の両氏と一しよに久しぶりに人形芝居を見物した。人形は役者よりも美しい。殊に動かずにゐる時は綺麗である。が、人形を使つてゐる黒ん坊と云ふものは薄気味悪い。現にゴヤは人物の後に度たびああ云ふものをつけ加へた。僕等も或はああ云ふものに、――無気味な運命に駆られてゐるのであらう。……」と記されている。その夜、佐藤夫婦は東京に帰り、谷崎と芥川はふたりで大阪の宿に宿泊した。その折、芥川のファンだった根津松子が、宿の女将の紹介で芥川に会いにきたが、谷崎は後年の「当世鹿もどき」にその折のことを詳しく記している。翌日は松子に誘われてふたりはダンスホールに遊んだけれど、谷崎は機関車のようなダンスを踊り、芥川は終始壁の人だった（谷崎松子『倚松庵の夢』中央公論社、一九六七年）。

この三泊四日のあいだ谷崎は芥川と行動をともにして、芥川の駁論には熟知していたとしても、「文芸的な、余りに文芸的な」四月号の原稿にはいまだ目を通してはいなかった。谷崎は「饒舌録」五月号にあらためてそれを読んだ感想を記し、「構造的美観は云ひ換へれば建築的美観である。従つてその美を恣にする為めには相当に大きな空間を要し、展開を要する。俳句にも構成的美観があると云ふ芥川君は茶室にも組み立ての面白さがあると云ふだらうが、しかし其処には物が層々累々と積み上げられた感じはない。芥川君の所謂「長篇を絮々綿々《じょじょめんめん》書き上げる肉体的力量」がない。私は実に此の肉体的力量の欠乏が日本文学の著しい弱点であると信じる」といい、「失礼ながら私をして忌憚なく云はしむれば、同じ短篇作家でも芥川君と志賀君との相違は、肉体的力量の感じの有無にある」と持論を繰り返している。そして次のように、芥川の論理的な撞着を問いただしている。

私には芥川君の詩的精神云々の意味がよく分らない。芥川君は、「話」らしい話のない小説とは最も詩に近いものであり、純粋なものであり、西洋で云へばジユウル・ルナアル、日本で云へば志賀直哉氏の諸短篇のやうなものだと云ふ。さうして純粋であるか否かの一点に依つて芸術家の価値は極まると云ふ。同君は又、「『話』らしい話のない小説を最上のものとは思つてゐない。………第一僕の小説も大抵は話を持つてゐる」とも云ふ。「僕も亦今後側目《わきめ》もふらずに『話』らしい話のない小説ばかり作るつもりはない」とも云ふ。しかしながら、又、「僕はアナトオル・フランスの『ジアン・ダアク』よりも寧ろボオドレエルの一行を残したいと思つてゐる一人」でもある。さうして芥川君自身はと云へば「頗る雑駁な作家である」と云ふ。「『話』らしい話のない小説は……あらゆる小説中、最も詩に近い小説である」と云ひ、「僕の詩的精神とは最も広い意味の抒情詩で」あり、さう云ふものなら何にでもあることは否定しないが、同時に通俗的興味のないものだとも云ふ。しかしスタンダアルの諸作の中には、詩的精神が漲り渡つてゐるとも云ふ。自分自身を鞭《むちう》つと共に私を鞭つてくれると云ふ芥川君は、「僕等は誰も皆出来ることしかしない。僕の持つてゐる才能はかう云ふ小説を作ることに適してゐるかどうか疑問である。……僕の小説を作るのは小説のあらゆる文芸の形式中、最も包容力に富んでゐる為に何でもぶちこんでしまはれるからである」と云ふ。私は斯くの如く左顧右眄《さこうべん》してゐる君が、果して己れを鞭つてゐるのかどうかを疑ふ。少くとも私が鞭たれることとは矢張御免蒙りたい。畢竟するに、詮じ詰めればおの〳〵体質の相違と云うふことになりはしまいか。

これに対して芥川も翌六月号に「再び谷崎潤一郎氏に答ふ」を書いて、四項目にわたって答えているが、ここに引いた谷崎が問題としたことについては、以下のように答えている。

僕は或は谷崎氏の言ふやうに左顧右眄してゐるかも知れない。いや、恐らくはしてゐるであらう。(中略)しかし僕は谷崎氏も引用したやうに「純粋であるか否かの一点に依つて芸術家の価値は極まる」と言つたのである。これは勿論「話」らしい話のない小説を最上のものとは思つてゐない云々の言葉とは矛盾しない。僕は小説や戯曲の中にどの位純粋な芸術家の面目のあるかを見ようとするのである。(「話」らしい話を持つてゐない小説――たとへば日本の写生文派の小説はいづれも純粋な芸術家の面目を示してゐるとは限つてゐない。)「詩的精神云々の意味がよく分らない」と言つた谷崎氏に対する答はこの数行に足りてゐる筈である。

「雑駁である大詩人はあつても、純粋でない大詩人はない」ともいっているように、芥川にとって「純粋である」ことこそ絶対的な価値をもち、「詩的精神」とは「純粋な芸術家の面目」をはかるバロメータのようなものである。谷崎と芥川の論争は、文学論争といっても相手の議論を徹底的に攻撃して、相手を叩きのめすまでに説き伏せるようとするものではない。芥川が「僕は谷崎潤一郎氏の「饒舌録」を読み、もう一度この文章を作る気になつた。勿論僕の志も谷崎君にばかり答へるつもりではない。しかし私心を挟まずに議論を闘はすことの出来る相手は滅多に世間にゐないものである。僕はその随一人を谷崎潤一郎氏に発見した」といっているように、互いにそれぞれ敬服しあいながら、相手の文学観を鏡にしてみずからの文学観を映しだし、互いにそれぞれ自己の文学的立場を固めようとしたものだったといえよう。

ところで柄谷行人は『日本近代文学の起源』（講談社、一九八〇年）で、明治二〇年代半ばの坪内逍遙と森鷗外との没理想論争が近代文学の制度的な確立だったとしたならば、昭和二年におこなわれたこの谷崎と芥川との論争は、それに対する不可避的なリアクションで、没理想論争のひとつの帰結点を示すものとしてふたつの論争は円環を結ぶと指摘した。たしかに柄谷行人のいうように、近代小説における「遠近法的配置」ということが、逍遙との論争過程で鷗外によって定位されたのだとすれば、その「遠近法的配置」の解体ということが谷崎との論争過程で芥川によって決定づけられたといえる。

この論争を日本の近代文学史のうちにもっとも早く、しかも的確に位置づけたのは、先にも触れた福田恆存の「二十年前の私小説論議」だったといえようが、福田は「この本質的な論争を通じて二人とも自然主義文学の伝統に反撥」し、「その反応のしかたに二人の作品の性格が、そしてそれぞれの文学史的位置があきらかに示されてゐる」とした。一九世紀ヨーロッパの作家たちは、市民社会の俗悪と平板とを刻明に描写し、その背後に自分の姿をかくすという逆説的な、自己否定の精神につらぬかれたリアリズムの技法によって、自我とその背後にある個人の純粋性を確保した。

が、同じリアリズムの技法を採用しながら、近代日本の自然主義作家にはヨーロッパ流のはげしい自己否定が存在せず、「自己告白の詠歎から私小説へと移行」していった。谷崎と芥川のふたりが反撥したのは、こうした自然主義から派生した私小説の伝統だったという。谷崎は

「筋の面白さ」ということで、自然主義以来の近代日本文学の伝統となった「ゆがめられた精神主義」へ反撥したのであって、それに対抗することで自然主義の限界を超えようとした。それに対して芥川は「「話」らしい話のない小説」によって自然主義の文学概念のそとに立ち、「純粋な」ということのうちに小説の運命の極北を考えたのだという。

技法としてのリアリズムをついに自分のものとすることがなかった芥川は、私小説の限界を見きわめ、同時にヨーロッパ近代小説の限界も見のがしてはいなかった、と福田は指摘する。福田自身が認めるように、こうした理解はやや「芥川への偏好」のうえにあるといえようが、論争から二〇年という「時の経過」が昭和文学史の展開の確認を可能としている。芥川没後の昭和文学は、プロレタリア文学が猛威をふるった一方で、横光利一の「純粋小説論」（「改造」一九三五年四月）へ流れてゆくような文学の純粋性をもとめる傾向をいっそう強めている。その意味では、芥川にこそ近代の文学史の主題が正しく受けつがれ、芥川が「いかに近代文学の主題を当時の日本人なりに生きぬいたか」ということを証したともいえる。

さらにそれから七〇年に近い時が経過した。芥川が提唱した「「話」らしい話のない小説」は、明らかに第二次世界大戦後のフランスに起こったアラン・ロブ＝グリエやナタリー・サロート、ミシェル・ビュトールなどの前衛的なヌーボー・ロマンあるいはアンチロマンに通ずるものがある。日本の近代小説史も一九六〇年代から七〇年代へかけてのアンチロマンにいたりついて、ひとつの極北に達したといってもいい。いま九〇年前のこの芥川と谷崎との文学論争をふりかえれば、やはりこの時期に日本の近代文学史のひとつの分岐点があったことを確認することができる。

一九二〇年代は第一次世界大戦によって理性への信頼がまったく地に墜ちてしまった時代である。ヨーロッパにおいてはワーテルローの戦いのあった一八一五年から第一次世界大戦が開戦される一九一四年までの一〇〇年間は大きな戦争もなく、比較的安定し、文化の花開いた時代だった。人々はすぐれた芸術に触れ、豊かな教養を身につけることで、人間が本源的にもつ野蛮性も克服することができると信じた。が、サラエボでの一発の銃声がそうしたこともひとつの神話で、幻想に過ぎないことを暴露してしまった。誰ひとり願いもしなければ望みもしなかった世界規模の戦禍が偶発的におこり、もはや人間の理性やそれによって統合された合理性といったものへ全幅の信頼を寄せることも難しくなった。

さらにこの時代にはフロイトの精神分析学が浸透し、人間には意識によって統合された自我とは別に、無意識に支配されたもうひとりの自分が存在するといったことが自明視されるようになる。日本の近代文学は西洋文学からの圧倒的な影響を受けながら、「個」の発見とその解放ということを使命としてきたが、潜在的にかかえもつ理想的自我と現実的自我との大きなギャップから、当然そこから自意識といった厄介な怪物が生みだされることになる。こうした新しい現実の到来に、それにふさわしい新たな表現が模索され、ダダイズム、シュールレアリスム、表現主義などの芸術運動が起こった。

日本では一九二三（大正一二）年九月一日には関東大震災が起こり、死者・行方不明者は一〇万人を超え、首都が焼き尽くされた。芥川は「大震に際せる感想」（「改造」一九二三年一〇月）で、ツルゲーネフの「自然の眼には人間も蚤も選ぶところなし」という言葉を引いている。こうした巨大地震はいつ、どこで起こるかを予測することはまったく不可能で、人々はこの現実がいかに頼りなく「偶然」に翻弄されるものかを痛切に思い知らされた。ヨーロッパにおける第一次世界大戦といい、関東大震災といい、誰ひとりその必然性を是認しないにかかわらず、個人の意志や論理とかかわりなしに突発的に起こってしまうのである。

大震災の惨禍はヨーロッパにおける第一次世界大戦のそれに匹敵するほどの衝撃を与えたといっていい。震災後にはまさに第一次世界大戦後のヨーロッパにおこった芸術運動に刺戟された、高橋新吉や辻潤などのダダイズムや、横光利一や川端康成などの新感覚派など、さまざまなモダニズムの流派がいっせいに起こった。もはや意識や理性によって統御された合理性に支えられたリアリズムにもとづく近代小説の形式を無条件には信じられなくなった。この論争がおこなわれたのは、こうした時代を背景としていたことを忘れてはならないだろう。

晩年の芥川はこうした時代の状況のなかで、もはや自立完結した芸術至上主義的な立場に安住しているわけにはゆかなくなった。出発期の「羅生門」「鼻」「芋粥」から、もっとも芥川らしさを発揮した「戯作三昧」「地獄変」「奉教人の死」「枯野抄」「藪の中」などにいたるまで、ある意味では谷崎以上に奇抜な筋をもった、完成度の高い、面白い話として仕上がっている。芥川がこの論争を通して主張したような「「話」らしい話のない小説」ということになれば、晩年の「蜃気楼」がまずその筆頭にあげられる。そこにはたしかに「話」らしい話がなく、故《ゆえ》知らぬ生の不安に脅かされた主人公の心象風景がとりとめもなく描かれるばかりである。物語的結構を欠いているために、ここには柄谷行人のいう「遠近法的配置」も解体しているといわざるを得ない。

遺稿として残された「歯車」も、「「話」らしい話のない小説」に仕上げられており、そこには芸術的なミクロコスモスから追い立てられて、さまざまな偶然に翻弄される主人公の姿が描き出される。たとえば「自動車のタイアアに翼のある商標」の看板を見て、「人工の翼を手《た》よりに空中へ舞いあがったあげく、太陽の光に翼を焼かれて海に溺死した「古代の希臘人」を思い起こした「僕」は、「人工の翼」を連想させるものを忌避するが、ホテルで巻煙草を注文すれば「エア・シツプ」しかなく、妻の実家では「翼を黄いろに塗つた、珍らしい単葉の飛行機」が「僕」の頭上を通る。「なぜあの飛行機はほかへ行かずに僕の頭の上を通つたのであらう？　なぜ又あのホテルは巻煙草のエエア・シツプばかり売つてゐたのであらう？」という疑問に「僕」は苦しめられる。

私たちは一般にこうした事象を偶然と解釈して、普段あまり気にとめないけれど、「歯車」の「僕」は、そうしたことの裏にあって「僕」を支配し、「僕」に悪意をもって近づく不吉なものの存在をつねに意識しつづける。「或聖書会社の屋根裏にたつた一人小使ひをしながら、祈禱や読書に精進してゐる」「屋根裏の隠者」から借りてきた「罪と罰」を読もうとして、「偶然開いた頁は「カラマゾフ兄弟」の一節」で、しかも「悪魔に苦しめられるイヴァンを描いた」箇所だった。「僕」はこうした製本屋の綴じ違えにも「運命の指の動いてゐるのを感じ」ざるを得ない。ちょうど谷崎とともに観た文楽の人形芝居の黒衣に、ゴヤの絵にも描かれたと同じ、私たちの運命をあやつる無気味な存在を認めざるを得なかったようにである。

基本的に「歯車」は同心円を描くように、偶然によって引きおこされるチグハグに食い違う現実世界のなかに「僕」がさまざまな暗合を見出し、そこから喚起された連想に駆られるようにして「僕」自身の「地獄」を見つづけるという構造になっている。繰り返し繰り返し類似したエピソードが何度も断片的につなぎあわされ、暗合と連想が織りなすアラベスクとして仕上げられる。当然、そこには何度も繰り返しながら変奏されるひとつのモチーフが貫かれ、横へ横へとスライドしてゆくイメージの拡がりは感じられるが、「物が層々累々と積み上げられてゆくような、立体的で壮大な「構造的美観」ないし「建築的美観」といったような感じはしない。

ある意味どこからはじまってても、どこで終わってもいいような印象で、物語を構成する「話」の輪郭線があいまいにぼやけていて明瞭でないため、線遠近法によって描かれた絵画のような消尽点《ヴァニシングポイント》を結ぶこともない。描きだされるのは、「なぜあの飛行機はほかへ行かずに僕の頭の上を通つたのであらう?」という問いであり、決して得られない解答を求めて苦しみつづける主人公の姿である。そして最後は「誰か僕の眠つてゐるうちにそつと絞め殺してくれるものはないか?」という一文で締めくくられる。

「文芸的な、余りに文芸的な」は、六月号掲載分の「三十九　再び谷崎潤一郎氏に答ふ」以降、急速に意見を収束させて、「四十　文芸上の極北」に向けて一気に議論を畳み込んでゆく。芥川が見た「文芸上の極北」は、「最も文芸的な文芸は僕等を静かにするだけである」というが、おそらくみずからの死を意識して、自己の文学観の最後にたどりついた地点を書き残しておきたかったのだろう。最後の八月号が刷り上がったのは、七月二〇日ころのことだったろうか。芥川はそれを確認してから間もなく、七月二四日の、谷崎の四一回目の誕生日に自殺したのである。

＊

谷崎が芥川との論争で「筋の面白さ」ということを強調したのには、もちろんそれがデビュー以来の谷崎の文学観だったからでもあるけれど、この論争の直前に完成させた「痴人の愛」の成功に裏づけられてもいたのだろう。みずから「私の近来会心の作」(「「痴人の愛」の作者より読者へ」)と自負する「痴人の愛」は、一九二四(大正一三)年から「大阪朝日新聞」および「女性」に連載されて、翌大正一四年七月に改造社から刊行されたが、「ナオミズム」という流行語を生みだすほど話題になった。谷崎はその余勢を駆って引きつづき、一九二八(昭和三)年三月から「改造」に「卍」を連載するけれど、これもまた幾重にも入り組んだ話を「幾何学的」に構成した作品である。

論争では互いの文学観の相違から対峙したものの、谷崎もまたこの時期には芸術と実生活との問題に悩み、両者をどのように折り合わせることができるかを切実に摸索していたと思われる。谷崎は論争の翌年、「蓼喰ふ虫」（「大阪毎日新聞」「東京日日新聞」一九二八年一二月四日～二九年六月一八日、「東京」は一九日まで）を連載するが、この「蓼喰ふ虫」の執筆によって谷崎はその危機を脱することができたといえる。そのとき大きな力となったのが、自殺する直前の芥川と一緒に観た文楽の「心中天網島」であり、芥川の自殺そのものだったと思われる。その自殺の直前におこなった文学論争の相手だった谷崎は、また芥川の死にもっとも大きく動かされた作家のひとりだったといえる。

周知のように、関東大震災によって谷崎はそれまで住み馴れた東京を中心とした関東から関西へ移住し、西洋文化に憧れたモダニズム的な作風から、日本の伝統文化に触発された古典主義的な作風へと転換してゆくことになる。先の「日本に於けるクリツプン事件」で、これまでの古い女から新しい女に乗り換えようとするマゾヒストの話も、そうした谷崎の心境の変化が託されたものだったと思われるが、それを芥川から単に読者のウケをねらった「奇抜な話」、「筋の面白さ」だけしかない作品と決めつけられたところに、谷崎の芥川への激しい反発があったのだろう。

またちょうどこの時期、谷崎はこれまでの生活を一変させる必要に迫られていたのだといえる。『痴人の愛』のナオミのモデルは、最初に結婚した千代夫人の妹のせいであるが、谷崎はおせいを一五歳の時から引き取り、養育して自分の愛人としていた。が、『痴人の愛』に描かれたように、奔放なおせいは谷崎から離れてゆき、また千代夫人との生活は、もう修復することも難しいほど破綻していた。谷崎は実生活でも芸術的にも、この時期、何も彼も一変しなければならない必要に迫られていたのだ。

戦後になって『蓼喰ふ虫』が英訳されたとき、谷崎はこの作品は「私の作家としての生涯の一つの曲り角に立っているので、自分に取っては忘れ難い作品である」（「『蓼喰ふ虫』を書いたころのこと」）と述懐している。『蓼喰ふ虫』は当時の作者の身辺におこった事件をヒントに描かれたが、三つの大きな部分からなっている。ひとつはこの作品の中心的な話題となる離婚の危機に瀕した斯波要と妻の美佐子との夫婦関係、それから美佐子の父とその妾のお久を中心に繰りひろげられる伝統的な古典芸術の趣味的生活、さらにルイズという外人娼婦や『アラビアン・ナイト』に象徴される要の異国趣味である。

松本清張は『昭和史発掘3』（文藝春秋、一九六五年）で「この三つのグループには相互に交流がないのだから、どう考えても半製品の感じである」と指摘し、『蓼喰ふ虫』を失敗作と断じた。が、果たしてそうだろうか。たしかに清張のいうように、主人公の夫婦関係にかかわるメインプロットは、『饒舌録』において事実をそのまま材料とした写実小説にはあまり興味がないといっていた谷崎が書いた「私小説」かも知れない。そしてそれにつづく、淡路の人形浄瑠璃のくだりと神戸の外人娼婦との交渉のくだりを清張は、「まったくのよけいな附加物」、「所詮はアソビであり、夾雑物にすぎない」という。近代小説の論理からすれば、三つの部分をつなぐ因果関係が稀薄で、清張がいうように「半製品」の失敗作と見なされても仕方ないかも知れない。が、決して「蓼喰ふ虫」はただそれだけの作品ではない。

谷崎はこの作品の執筆事情を振り返り、「私の貧乏物語」（「中央公論」一九三五年一月）で次のようにいっている。

あれは、ちやうどあれを書く前に、改造社その他から円本が出て、私などには生れて始めてと云ふ巨額な金が這入り、所謂印税成金になつたので、あの前後四五年と云ふものは殆ど生計の苦労を知らずに、極めて悠々たる月日を過ごしたのであつたが、その数年間の生活があの作品を生んだのであつた。（中略）私は、いつ、何を書かうと云ふ成心もなしに、たゞのんびりと、何も考へずに暮らした。さうして大阪毎日から長篇の依頼を受けた時にも、何か書けさうな予感があつたゞけで、どんなものが出来るか自分にも分つてゐなかつた。第一回の筆を執るまではつきりしたプランの持ち合はせがなかつた。それでゐて、何の不安もなしに筆を執り、執つたらすら〳〵と書け出した。考へないでも、筋が自然に展開した。あの時ぐらゐ、自分の内部に力が堆積し、充実してゐるのを感じたことはなかつた。

たしかに作者が自負するように、「蓼喰ふ虫」には近代小説の論理をこえて、内部に堆積する力の充実感にあふれている。しかし、「はつきりしたプランの持ち合はせ」もなく書きはじめたということは、芥川との論争において「筋の面白さ」を声を大にして強調していた谷崎の文学観と齟齬をきたすのではないだろうか。E・A・ポオが「構成の原理」でいっているように、結末までのプロットを因果律によって貫くことで近代小説における「筋」も立ちあがるのだ。「痴人の愛」や「卍」は入り組んだ複雑な話が層々累々と積みあげられた「構造的美観」に富んでいるが、「蓼喰ふ虫」は並列的にエピソードが羅列されているに過ぎない。

しかも「蓼喰ふ虫」連載中に、その題材としている作者自身の夫婦関係に大きな変化が生じた。「蓼喰ふ虫」を構想し、執筆をはじめた当初は、千代は「阿曾」のモデルである和田六郎（戦後に大坪砂男のペンネームで推理小説を書いた）と、谷崎公認のかたちの恋仲であったが、連載中の昭和四年二月二五日付の佐藤春夫宛の谷崎書簡には、「千代はいよいよ先方へ行くことにきまつた」「今日東京から和田の兄なる人が和田と同伴で来訪、スツカリ話がついた」とあり、千代と和田六郎との結婚話もいったんは正式に決まったようである。こうした谷崎自身の夫婦関係をベースに「蓼喰ふ虫」は書きすすめられていったわけである。

しかし、いまだ「蓼喰ふ虫」連載中の同年五月二日付の春夫宛谷崎書簡で、「覆水返盆」として「この春は庭におりたち妻子らと茶摘みにくらす我にもある哉」「をかもとの宿は住みよしあしや潟海を見つつも年をへにけり」の二首を記して、千代と和田との結婚話がご破算になったことを伝えている。このとき「蓼喰ふ虫」は要とルイズのエピソードを描いて結末に向けて大きく動きだした箇所だったが、実生活上のこの出来事をうけて作品の結末も変えざるを得なくなる。これがいかに作者の実生活をリアルタイムで如実に反映したものか、あらためて確認させられるが、現実がどのように動くか、いまだ不安定で未確定な緊迫した状況にあって、谷崎はその緊張感に辛抱強く堪えながら、「蓼喰ふ虫」を書きつづけていったのである。

「蓼喰ふ虫」は、「美佐子は今朝からとき〲夫に「どうなさる？　やつぱりいらつしやる？」ときいてみるのだが、夫は例の孰方《どつち》つかずなあいまいな返辞をするばかりだし、彼女自身もそれならどうと云ふ心持もきまらないので、ついぐづ〲と昼過ぎになつてしまつた」という一文からはじまる。美佐子が「どうなさる？」というのは、美佐子の父に誘われた文楽を観に行くか行かないかということをいっているのだが、「例の孰方つかず」とあるように、ことがなかなか決まらないのはこの日ばかりのことではなく、日常茶飯のことだということが分かる。そんな夫婦の心持ちを次のように説明する。

出かけるとか出かけないとか、なか〲話がつかないのは今日に限つたことではないのだが、さう云ふ時に夫も妻も進んで決定しようとはせず、相手の心の動きやうで自分の心をきめようと云ふ受け身な態度を守るので、ちやうど夫婦が両方から水盤の縁《ふち》をさゝへて、平らな水が自然と孰方かへ傾くのを待つてゐるやうなものであつた。（中略）要には今日は予覚があつて、結局二人で出かけるやうになるだらうことは分つてゐた。が、分つてゐながら矢張受動的に、或る偶然がさうしてくれるのを待つてゐると云ふのは、あながち彼が横着なせゐばかりではなかつた。

要と美佐子のあいだには弘という子どももあるけれど、要はほとんど結婚の最初から美佐子に「性慾的に何らの魅力」を感ずることができない。というのは、「要に取つて女といふものは神であるか玩具《ぐわんぐ》であるかの孰《いづ》れかであつて、妻との折り合ひがうまく行かないのは、彼から見ると、妻がそれらの孰れにも属してゐないからであつた」という。いまでは美佐子には阿曾という恋人があり、ふたりは「孰方も別れた方がいゝのを知りつゝそれだけの勇気がなく」、「別れたいのか」と一方が問へば、「あなたはどう？」と一方が問ひ返す」といったようなぐずぐずした状態にある。

妻の父から誘われた文楽を観に行くか行かないかという日常的なことがらと、離婚するかしないかという人生においての決定的に重大な出来事とが、あたかも同心円を描きだすように同一平面上に描き出される。「蓼喰ふ虫」が英訳されたときに、要と美佐子が離婚するのかどうか分からないままの結末に、納得しがたい不満をいだくものも多かったようだが、こうした余韻をもったままの結び方が日本的な情緒とも解されたようである。

明確な結論を示すことなく、あいまいなままに物語が閉じられてしまうことは、近代小説の論理からいえば明らかな欠点である。が、その結末からもう一度冒頭へもどって読みかえすと、美佐子の「どうなさる？」という夫への問いかけは、文楽を観に出かけるかどうかという日常些事に対する問いかけばかりか、やっぱり離婚するかどうかという人生の節目への重大な問いかけとも重なるフラクタルな構造となっていることに気づかされる。

ここにこの作品の面白さがある。語り出される事象は異なっても、それらを根底で統合している心理的ダイナミクスは同一なのだ。それは夫婦の心理が「ちやうど夫婦が両方から水盤の縁をさゝへて、平らな水が自然と孰方かへ傾くのを待つてゐるやうなもの」と語りだされる奇妙な平衡感覚であり、みずから主体的に動くことはせず、「或る偶然」にまかせたままの平衡状態にありながら、「予覚」のみを感じつづけるというところにこの小説の核がある。中村光夫はこの作品を「当時彼の経験してゐたいくつかの危機を、台風の眼のやうに静かな日常生活の描写に溶けこませて表現した」（『谷崎潤一郎論』河出書房、一九五二年）と評したが、落ち着いた静けさ、和らいだ平安さのなかにも張りつめた、ただならぬ緊張感をただよせているのは、こうした平衡感覚が貫いているからなのだろう。

水盤の平なら水が「自然と孰方かへ傾くのを待つてゐる」のは、夫婦の心理的力学関係ばかりでなく、主人公の内部においても同様である。東京の下町に育った要は、下町情緒を思い出としては懐かしく感ずるけれど、町人が生んだ徳川時代の文明の調子の低さへの反感から、反動的に「下町趣味とは遠くかけ離れた宗教的なもの、理想的なもの」を思慕する癖がついたという。「何かしら光りかゞやかしい精神、崇高な感激を与へられるものでなければ、――自分がその前に跪いて礼拝するやうな心持になれるか、高く空の上へ引き上げられるやうな興奮を覚えるものでなければ飽き足らなかつた」ともいう。こうした気持ちは芸術に対してばかりか、異性に対しても同様で、だから文楽や歌舞伎を観るよりも、「絶えず新しい女性の美を創造し、女性に媚びることばかりを考へてゐる」「ロス・アンジェルスで拵へるフイルムの方が好き」だったという。

そんな要が一〇年ぶりに人形浄瑠璃「心中天網島」を観て、「知らず識らず舞台の世界へ惹き込まれて行く自分」を見出し、文楽人形の小春に「日本人の伝統の中にある「永遠女性」のおもかげ」を発見する。そして「いつもは眠いやうな、ものうげな顔の持ち主である」お久のうちにもどこやら人形の小春に共通なものがあるのを認める。文楽に興味をおぼえた要は、美佐子との問題はそのままに、美佐子の父とお久とともに淡路島へ淡路浄瑠璃を観に出かけ、その帰りに神戸へまわって外人娼婦のルイズのところへ立ち寄るのだが、松本清張によればこのふたつのエピソードはメインプロットの離婚話と何らの因果関係もなく、バラバラな印象をうけざるを得ないというわけである。

が、淡路島行きとその帰りがけのルイズとのエピソードは、書き出しの部分に語られた文楽の人形芝居によって惹起された日本の伝統文化への関心と、それまでの要を支配してきた西洋趣味への惑溺とを語りだして、主人公の内面に生起しつつある変化への自己確認の意味をもたせたものだ。お久とルイズという性質を異にした女性のあいだにたゆたう主人公の姿を描き出し、その内面の変化にそれぞれ別の角度から照明をあてているのだともいえる。西洋趣味から日本の伝統世界への回帰を「予覚」しながら、要の内面は、いま、ちょうど水盤の水が「自然と孰方かへ傾くのを待つてゐる」ような平衡状態にある。

「歯車」において芥川は因果関係をもたない偶然の出来事にいらだち、無理やりにでもそれらの事象のあいだに必然の論理を見出そうとあがく主人公を描き出したが、「蓼喰ふ虫」における谷崎は、「偶然」に身をゆだね、みずからは主体的に動こうとしない主人公の姿を描きだした。因果律の法則によって結ばれる小説の筋《プロット》を犠牲にしながらも、個々のエピソードを作品の奥深くで統括するものに焦点をあて、どのようなことがらにかかわろうとも、変わらないものへと目を向けている。それは水盤の平らな水が「自然と孰方かへ傾くのを待つてゐる」という平衡感覚だが、要はそこから彼にとっての「永遠女性」がひとつの「タイプ」であるという発見にいたる。

要は青年時代から「たつた一人の女を守つて行きたい」という夢をもちつづけたが、要の守るべき「たつた一人の女」とは特定のひとりの女ではなく、「お久」というひとつの「タイプ」だった。いわば「蓼喰ふ虫」はこの「タイプ」発見までの要の遍歴を描きだしたものだが、そこに展開された個々のエピソードは因果律で結ばれるのではなく、作品の奥深い層においてそれぞれのエピソードを統括する関係的同一性によって貫かれている。要にとって「たつた一人の女」が「或る特定な一人の女」ではなく、「一つのタイプ」だったとしたならば、それは時空を超えて偏在するということでもある。

芥川以降の作家たちにとっては、芥川の死をいかに乗りこえるかということが、最大の問題だったと思われる。谷崎にしても「痴人の愛」や「卍」の方向を突きすすめてゆくことは、芥川と同様、いずれ作品世界が作者自身の実生活にもフィードバックして、自分の身を破滅させることになりかねないと無意識裡に感じていたろう。実際、「卍」と同時併行的に執筆された「黒白」(「東京朝日新聞」「大阪朝日新聞」一九二八年三月二五日〜七月一九日)では、悪魔主義の作家がみずから創作した探偵小説に、知人をモデルにして被殺害者を描いたが、うっかり作品に実名を書き込んでしまい、実際にその知人が殺されたときに嫌疑をかけられて、自分のアリバイを証することができないという、自己の創造したフィクションが作者の実生活へフィードバックする恐怖を描いた探偵小説風の作品だった。

また主人公が観る人形浄瑠璃「心中天網島」は、夫婦の性的不和に起因して、性愛のエネルギーに翻弄される男女の悲劇を描いたものだ。その意味では「卍」とまったく同じ位相にあるが、その舞台に見入る要は、さながら小春治兵衛の悲劇を作中作かのように見なし、作品の劈頭でそこに溢れる性愛のエネルギーを舞台空間へ封じ込めて、実生活への逆流を防いでいるかのようである。ここに谷崎が芥川の死から学んだもっとも大きな教訓があったろう。芥川がいうように、「芸術家は非凡な作品を作る為に、魂を悪魔へ売渡す事も、時と場合ではやり兼ねない」（「芸術その他」）という芸術上の倫理綱領を忠実に実践するかぎり、いずれそれは作者自身の日常へも還流せざるを得ない。同じ危険を感じた谷崎は、それを防ぐ手立てとして「心中天網島」の舞台に見入る要を描きだしたのではなかったか。

それはともかく、デカルト以来の近代合理主義の思考法である決定論的な因果律に拘束されているかぎり、若き日の芥川が井川恭宛書簡（大正三年三月一九日付）に記したように、「自分の意志というものへの信頼をもちつづけることが難しくなる。「時々又自分は一つも思つた事が出来た事のないやうな気もする　いくら何をしやうと思つても「偶然」の方が遥に大きな力でぐいぐい外の方へつれ行つてしまふ　自分の意志にどれだけ力があるものか疑はしい」というように、「偶然」に翻弄されざるを得ない人間存在への不安から逃れ得ないことになり、「偶然」に左右される自己に絶望して、無力感にさいなまれることになろう。

あるいは「歯車」の主人公のように「偶然」の裏に隠されたものを糾明しようと焦り、決して得られない解答を求めて懊悩しつづけ、やがては自己を見失うはめにいたるかも知れない。そこから逃れるためには世界を見る認識の枠組み自体を変更しなければならないだろう。「蓼喰ふ虫」においてそれは描かれる事象の因果関係にとらわれず、それらの関係的同一性を追究するということで果たされた。「蓼喰ふ虫」が一見、自然主義風の私小説的な作品として仕上がりながら、決定論的因果律に縛られた近代小説としての自然主義文学とは似ても似つかない所以である。

日本の一九二〇年代の文学は、自然主義を中心とした近代文学の完成期であると同時に現代文学の出発点でもある。先にも確認したように、これ以降の文学的傾向は、間違いなく芥川の提唱した「「話」らしい話のない小説」の方向へ、あるいは谷崎が「蓼喰ふ虫」で試みたような因果律の法則を逃れて、描かれるべき事象の関係的同一性による物語展開をはかるという方向へと進んでゆく。昭和一〇年代以降、あるいは一九三〇年代以降といってもいいかも知れないが、因果律に支配された自然主義に代表される近代小説は間違いなく解体し、予測不能な混沌としたカオス的世界を描く小説が圧倒的な増殖をみせる。福田恆存はこの論争をとおして谷崎も芥川も「自然主義文学の伝統に反撥」したのだと評したが、その反撥の内実はこうしたものので、ふたりはこうした時代の変化に鋭敏に反応したのだといえよう。

column

建築と文学——谷崎潤一郎の場合

「掻き寄せて結べば柴の庵なり解くればもとの野原なりけり」——谷崎潤一郎の「陰翳礼讃」に引用された「古歌」である。何もない唯の空白の、虚無の空間を任意に遮蔽することで生ずる陰翳の世界。美は物体そのものにあるのではなく、「物体と物体との作り出す陰翳のあや」にあるという。「陰翳礼讃」はひところさまざまな方面で取りあげられ、建築学でも話題とされることが多かったようだ。東日本大震災後の電力不足の折には、電気エネルギーにあまりにもたよりすぎる現代文明のありかたを見なおすために、陰翳の美へ新たな視点から迫ろうとする動きもあった。が、それも震災から二年を過ぎた今となっては東京をはじめとする都市には不必要に明るすぎる照明が氾濫している。

「陰翳礼讃」は一九三三（昭和八）年一二月と翌年一月にかけて「経済往来」に分載されたが、その冒頭部に一九二八（昭和三）年に自身で岡本梅ノ谷（神戸市）に家を普請したときの体験を書き記している。純日本風の家屋を建てるのに、照明や暖房をはじめ、電話や扇風機などの近代的設備をどのように調和させるか、浴室や厠などをどうするかということに気を配ったという。このときに普請した家屋は、惜しくも一九九五年の阪神淡路大震災で倒壊してしまったけれど、その内部を見学した野村尚吾は「これが「理想通りの間取りの家」か、と思わず唸ってしまう。外見はお城のような厚い白壁だが、それを切りぬいた窓の戸の桟は、中国風の模様彫りになっている。屋内には石畳の廊下があり、板敷きの十二畳ぐらいの部屋には大きな炉が切られ」云々と、「和・中・洋が混然としていて、実に奇妙な造り」（『伝記谷崎潤一郎』）だったと報告している。

この和・中・洋折衷の奇妙な造りは、当時の谷崎の作風そのままだという佐伯彰一の説（『物語芸術論』）もあるが、この時期の谷崎は建築の比喩を用いながらみずからの文学観を語っている。関東大震災によって関西へ移住した谷崎は、一九二七（昭和二）年に芥川龍之介と文学論争をおこなっている。芥川が「詩的精神」に支えられた「「話」らしい話のない小説」というものを提唱したのに対して、谷崎は「筋の面白さは、云ひ換へれば物の組み立て方、構造の面白さ、建築的の美しさ」（「饒舌録」）だといい、「凡そ文学に於いて構造的美観を最も多量に持ち得るものは小説である」と主張した。この論争がおこなわれた時期は、モダニズム時代の谷崎がちょうど作風の転換期にさしかかり、伝統的な古典主義へ向かおうとする直前だった。

谷崎がここで強調した「構造的美観」は、「建築的美観」ともいい換えられる。「その美を恣《ほしいまま》にする為には相当に大きな空間を要し、展開を要す。俳句にも構成的美観があると云ふ芥川君は茶室にも組み立ての面白さがあると云ふだらうが、しかし其処には物が層々累々と積み上げられた感じはない」といい、谷崎はいまだ「茶室」には一顧だにしていない。この論争を、同時代の建築界になぞらえるならば、小説に「筋」というストラクチャーを重視する谷崎が〈構造派〉ということができるならば、芥川は「過去建築圏より分離し、総ての建築をして真に意義あらしめる新建築圏を創造」（「分離派建築会の宣言」）しようとした〈分離派〉に位置づけられよう。実際、一九二〇（大正九）年の分離派建築会第一回製作展覧会の来会者名簿には芥川の名前も記されている。

しかし、谷崎も必ずしも分離派と無縁ではない。一九二二（大正一一）年三月から七月まで平和記念東京博覧会が上野公園で開催されたが、建築施設関係の顧問となった伊東忠太は分離派の若い建築家を起用した。なかでも堀口捨己は池ノ端の第二会場の記念塔をはじめ、その左右に配された交通館、動力機械館などを担当したが、この博覧会へは谷崎も足を運んでいる。「蘆屋市谷崎潤一郎記念館ニュース」一二号（一九九四年九月）には「鈴の音」という雑誌社が出したパビリオンの前で、社中の連中と一緒に撮った谷崎の写真が載っており、大正一一年五月号の「鈴の音」には、谷崎も参加した「平博見聞記」なる座談会も掲載されているが、残念ながら建築施設への言及はない。

　この博覧会で谷崎が多大な感心を示したのはハワイのフラダンスの踊り子の官能的な肉体だったようで、それが「アヹ・マリア」という作品に反映している。「アヹ・マリア」では「博覧会は非常な失敗に終つた」と、平和博覧会そのものへははなはだ冷淡だけれど、この博覧会にはいまひとつの呼び物として文化村の建設があった。建坪を二〇坪以内として、狭くても文化的な生活を営むに足る、いわゆる文化住宅のモデルを十数戸建てたのだが、西山夘三『すまい考今学　現代日本住宅史』に紹介されたそのひとつは、階下に玄関と台所と浴室と女中室があるだけの洋風居間が中心となり、二階には主婦室と児童室だけというシンプルな間取りとなっている。

　こうした文化住宅は、そのまま『痴人の愛』に描かれた主人公たちの住む「一軒の甚だお粗末な洋館」たる「お伽噺の家」を喚起させる。「所謂「文化住宅」と云ふ奴、――まだあの時分はそれがそんなに流行《はや》つてはゐませんでしたが、近頃の言葉で云へばさしづめさう云つたものだつたでせう。勾配の急な、全体の高さの半分以上もあるかと思はれる、赤いスレートで葺いた屋根。マツチの箱のやうに白い壁で包んだ外側。（中略）いやにだだツ広いアトリエと、ほんのさゝやかな玄関と、台所と、階下にはたつたそれだけしかなく、あとは二階に三畳と四畳半とがありました」とある、絵かきとモデル女の細君がふたりして住んでいたという、当時にあっては奇妙な間取りの家も、どこか平和博覧会の文化村に建てられたという家と共通するものがある。

もちろん『痴人の愛』にその影響があるとかといったような問題ではなく、谷崎自身この第一会場の文化村を見学したかどうかさえ定かではないが、いわば同じ時代の空気を呼吸していたということである。谷崎が芥川との論争で「筋の面白さ」「構造的美観」といったことを主張したのも、むろんそれは出発当初からの持論だったけれど、またひとつにはその論争の直前に完成させた『痴人の愛』の成功があったからだろう。論争後に谷崎は自説を検証すべく、一九二八（昭和三）年には『卍』『黒白』、一九三〇（昭和五）年には『乱菊物語』と、大きな構想のもとに虚構を層々累々と積みあげたような長篇小説の執筆に取り組んでいる。

が、レスビアンから三人心中にいたるまでのスキャンダラスな男女関係を描いた『卍』は完成までにさんざんに難渋し、虚実の逆転を探偵小説風な趣向によって描きあげようとした『黒白』は完全に失敗、その出来映えは無惨、惨憺たるものだった。大衆小説と銘うった時代小説『乱菊物語』にいたっては、あまりに話が拡がりすぎて収拾がつかなくなり未完のままに中絶した。そのなかで一九二八（昭和三）年から翌年へかけて書かれた『蓼喰ふ虫』は、当時の谷崎自身の私生活に材をとって書かれたが、後の回想によれば、「第一回の筆を執るまではつきりしたプランの持ち合はせがな」いまま書き出し、筆を執ったらすらすら書けたという（「私の貧乏物語」）。「プラン」――設計図もなしに書き出した『蓼喰ふ虫』が谷崎の代表作と仕上がりながら、壮大なプランをもって取りかかった作品がことごとく難渋したり、失敗したというのは何とも皮肉な話である。

その後、谷崎はせっかく建てた家もすぐに手放してしまう。その文学も外観の偉容を誇るモニュメンタルな構造的建築物よりも、日本家屋や茶室などみずからの生活に馴染んだ建物の、それこそ陰翳ひとつにも繊細、微妙な変化を感ずるような内部の充溢を追究する「吉野葛」「盲目物語」「蘆刈」「春琴抄」などの古典的な物語形式の作品を書くようになる。それはちょうど〈分離派〉を代表する堀口捨己がヨーロッパ留学から帰国後、『現代オランダ建築』（大正一三年）を刊行し、ドイツがニーチェの超人的な思想からか、カイザーの世界統一的夢想の傾向からか、「その建築界の表現の方向が常にデンクマール（記念碑）的であるのと面白い対称をなしている」オランダの現代建築をとりあげたのとパラレルだろう。堀口はそこに物質的必要から出発しながら建築の芸術的美において過去のどのような壮大な建築物にもひけをとらないものを見いだしている。

堀口はその延長線上に、一九三二（昭和七）年一月の「思想」に「現代建築に表はれた日本趣味について」を書き、同年に刊行された『建築様式論叢』に、今日にいたるまで堀口の代表的著述と見なされる「茶室の思想的背景とその構成」を書き下ろし、一九三四（昭和九）年五月の「思想」に「建築における日本的なもの」を発表した。これらの文章で堀口が主張したところは、基本的に「陰翳礼讃」において谷崎が説いたことから大きく離れているわけではない。こうした建築家としての堀口の歩みは、文学者としての谷崎のそれとほとんどそのまま重なるようだが、それはお互いに意識しあってのことというわけでは決してない（堀口は谷崎の名を知っていただろうが、谷崎が堀口の名を知っていたかどうかはあやしい）。

建築と文学とが時代精神を同じように体現することは、絵画や音楽など外の芸術分野とも似ていよう。が、文学（殊に小説）においては、モダンガールとのシンプルライフをめざした『痴人の愛』や阪神間の中流階級の日常を丹念に描く『細雪』にも明らかなように、そこに描かれた住居の構造（間取り）がその家に住む登場人物たちの生活スタイル、ひいてはその生き方をも規定する。その意味では文学と建築は、ことのほか結びつきが強いということができるが、阪神淡路大震災や東日本大震災をテレビの映像で目の当たりにしてしまっては、漱石の猫のように「引き寄せて結べば草の庵にて、解くればもとの野原なりけり」（『吾輩は猫である』）との思いも強くなる。「不知《しらず》、仮《かり》の宿《やど》り、誰《た》が為にか心を悩まし、何によりてか目を喜ばしむる。その、主《あるじ》と栖《すみか》と、無常を争ふさま、いはゞあさがほの露に異ならず」という『方丈記』の一節も思い出され、結局、建築と文学との根源がここにあり、ここからすべては出発するのだと思われる。

第Ⅱ部　近代文学のなかの科学

近代小説の力学的構造

夏目漱石『それから』

夏目漱石と二葉亭四迷とは同じ朝日新聞の専属作家だったが、漱石の追悼文「長谷川君と余」によれば、[1]ふたりはお互いに好印象をもちながら、さほど親密な付き合いもなかったようだ。漱石全集には『浮雲』についての言及が一度もないことからすれば、漱石は『浮雲』を読んでいなかった可能性が高い。[2]ましてや「小説総論」(「中央学術雑誌」一八八六年四月)については、その存在さえ知らなかったろう。なぜなら「小説総論」は、一九二八(昭和三)年に『明治文化全集』第一二巻へ再録されるまで一般にはほとんど知られることがなかったからである。その発表があまりに時代を先駆けたものだったし、またその掲載誌が東京専門学校の機関誌という、あまりにマイナーでアカデミックな雑誌だったことにもよる。

しかし、二葉亭四迷が坪内逍遙と違って、わが国の近世文学をほとんど読んでいなかったことで、日本の近代小説の出発点となる記念碑的な作品『浮雲』を書き得たように、漱石も作家として出発するまでほとんど日本の文学作品に触れず、英文学との格闘を経ることで、日本の近代小説の完成者となり得たのではなかったろうか。そして、面白いことに近代文学の出発をなした二葉亭と、そのひとつの到達点を示した漱石とは、その文学意識の根底において問題点を共有し、その構築した作品の構造もきわめて類似している。日本の近代文学の本流は、間違いなくこのラインにあったと思われるが、いま漱石作品のうちでもきわめて完成度の高い『それから』(春陽堂、一九一〇年)を取りあげ、二葉亭の『浮雲』を参照項としながらその点を確認してみたい。

漱石はイギリス留学後、東京帝国大学での講義をまとめるかたちで『文学論』(大倉書店、一九〇七年)を刊行した。『文学論』はよく知られているように、「凡そ文学的内容の形式は(F+f)なることを要す。Fは焦点的印象又は観念を意味し、fはこれに附着する情緒を意味する」と書き起こされる。この公式は「認識的要素(F)」と「情緒的要素(f)」との結合を示したものだが、二葉亭は「小説総論」を「凡そ形(フォーム)あれば茲に意(アイデア)あり。意は形に依つて見《あら》はれ、形は意に依つて存す」と書き起こした。「形(フォーム)」とはこの現実世界における客観的事物で、そこから私たちの意識が感得した観念が「意(アイデア)」である。漱石と二葉亭のこうした文学観は、一見したところ関連がないようだが、実際のところどうなのだろうか。

二葉亭は、「形(フォーム)」と「意(アイデア)」といずれを重とし、いずれを軽ともしが

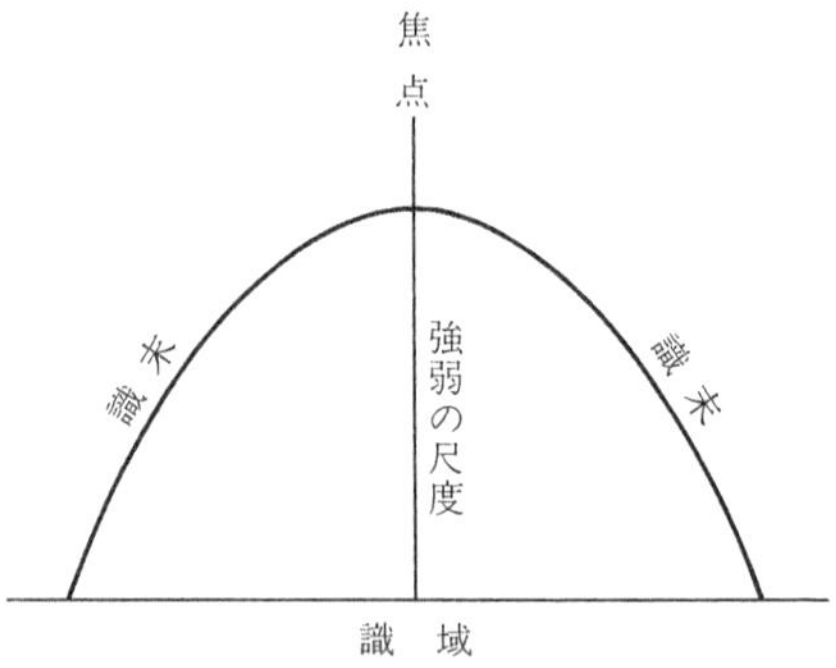

図1　夏目漱石『文学論』より

たいが、本来からすれば「意（アイデア）」の方こそ大切で、ロシアの批評家ベリンスキーの「世間唯一意匠ありて存す」という言葉を引いて、「強ちに出放題にもあるまじ」といっている。「偶然の中に於て自然を穿鑿し、種々の中に於て一致を穿鑿するは、性質の需要とて、人間にはなくて叶はぬもの」とし、「智識を以て理会する学問上の穿鑿」に対して、「美術は感情を以て意を穿鑿するもの」とした。そして、小説はその「美術」（芸術）のひとつとして、「浮世に形《あら》はれし種々雑多の現象（形）の中にて其自然の情態（意）を直接に感得するもの」と定義づけている。

いま漱石の「文芸の哲学的基礎」（『東京朝日新聞』一九〇七年五月四日〜六月四日）をも参照しながら、「F＋f」について述べるならば、客観的な存在物も私たちの意識を離れてはその存在を認めることができないのだから、まず私たちの意識というものを問題としなければならない。明らかに存在しているといえるのは意識ばかりで、私たちの生命とは「意識の連続」にほかならない。漱石は当時の心理学の学説を参考にしながら、図1のように時々刻々と変化する意識をひとつの波形として考えることができるといい、「波形の頂点即ち焦点は意識の最も明確なる部分にして、其部分は前後に所謂識末なる部分を具有するものなり。而して吾人の意識的経験と称するものは常に此心的波形の連続ならざるべからず」といっている。

たとえば、Aという焦点的意識がBに移るときに、Aはaなる辺端的意識となって存在し、更にBがCに転ずるときにはaとbとがともに意識の波の辺端に記憶として残るというわけである。そして、この意識の波形説から推論して、この法則の応用範囲を拡大してみれば次のようにいえるという。

凡そ意識の一刻にFある如く、十刻、二十刻、さては一時間の意識の流にも同じくFと称し得べきものあるにはあらざるか。今吾人が趣味ある詩歌を誦すること一時間なりと仮定せんに、其間吾人の意識が絶えずaなる言葉よりbなる言葉に移り、更にcに及ぶこと以上の理により明らかなれども、かく順次に消え順次に現はるゝ幾多小波形を一時間の後に於て追想するときは其集合せる小F個々のものをはなれて、此一時間内に一種焦点的意義(前後各一時間の意識に対し)現然として存在するにはあらざるか。半日にも亦如此Fあり、一日にも亦然り、更にこれを以て推せば一年十年に渡るFもあり得べく、時に終生一個のFを中心とすることも少なからざるべし。一個人を竪に通じてFある如く一世一代にも同様一個のFあること亦自明の事実にして、かゝる広義に於てFを分類すれば、

(一) 一刻の意識に於けるF、

(二) 個人的一世の一時期に於けるF、
(三) 社会進化の一時期に於けるF、
となり得べきなり。

ここに語られるいるのは、まぎれもなくフラクタルな自己相似性の構造そのものである。漱石は「一刻の意識に於けるF」を、一篇の詩を読む一時間の時間から、半日、一日、人の一生、ひとつの時代まで自己相似性を描くものとし、瞬間における意識の波形を見事なまでに私たちの意識によって捕捉されたあらゆる事象に適用させている。『漾虚集』(大倉書店、一九〇六年)に収められた短篇「一夜」(「中央公論」一九〇五年九月)でも同じことをいっている。「又思ふ百年は一年の如く、一年は一刻の如し。一刻を知れば正に人生を知る。日は東より出でゝ必ず西に入る。月は盈《み》つればかくる」といって、「八畳の座敷に髯のある人と、髯のない人と、涼しい眼の女が会して、斯の如く一夜を過した。彼等の一夜を描いたのは彼等の生涯を描いたのである」と語りだしている。

ひとつひとつの言葉から構築される一篇の小説といえども、一篇の詩と同じく、aという一語に焦点化された意識がb、c、d……と順に推移してゆくとき、a以下の語は順次に識末の方へと押しやられながら記憶として止まり、一篇の小説の読後にはそれらの集合のなかから抽出された一篇のF(「焦点的意義」)が現然する。ここに抽出された「焦点的意義」Fが、二葉亭のいう「意(アイデア）」に通ずることはいうまでもあるまい。さらに「如此意識波形の説並びにFの観念は微妙なる意識単位より出立して広く一代を貫く集合意識に適用すべきものなること」は明らかであるとして、左のような図2を示しながらこんな説明を加えている。ここにもフラクタルな、自己相似性の考え方が基底にすえられていることは一目瞭然である。

> 即ち竪なる小室は個人意識の一刻より百年に至るFの次序変化を示すものなれども、FよりF^1に、F^1よりF^2に変化するの意味にはあらず、一刻の焦点的意識をF、一時間のそれをF^1にて表はしたるに過ぎず。尚横列なるは時代を同じくする民衆の集合意識にして、例へば五十年の部を列ぬれば一代の五十年間に於るFを集合したるものと認め得。而して此横列のFは大概或点に於て一致すべく、吾人は其点を称して其五十年の輿論とし、**Zeitgeist**（引用者注：「時代思潮」）と名づけ或は時にこれを勢と呼ぶ。

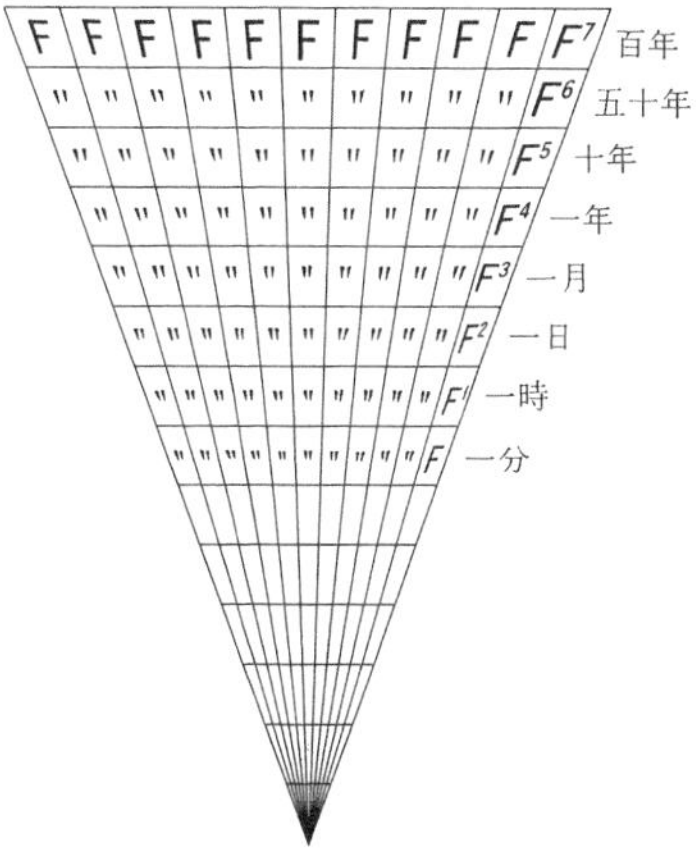

図2　夏目漱石『文学論』より

もはや明らかだろうが、漱石の「F＋f」は二葉亭が「小説総論」において種々の「形（フォーム）」のなかから「一致」するものを穿鑿して、小説中に感得すべきものとした「意（アイデア）」（「自然の情態（意）」）を微分的に表現したものといっていい。二葉亭の「小説総論」には「梅が枝に囀る鶯の声を聞ときは長閑《のどか》になり、秋の葉末に集《すだ》く虫の声を聞ときは哀を催す。若《も》し此の如く我が感ずる所を以て之を物に負はすれば、豈に天下に意なきの事あらんや」とも語られているが、こうした箇所は「形（フォーム）」「意（アイデア）」の説明にふさわしいというよりも、むしろ漱石のいう「F+f」をほとんど無自覚的に代弁しているといっていい。

漱石は「文学的内容」の定義として「F+f」という公式を示したが、二葉亭はこの世界を認識するための道具として「形（フォーム）」「意（アイデア）」という概念を導入している。漱石と二葉亭がそれぞれの表現によって表そうとしたところは似ているようでありながら、微妙に異なってもいる。が、漱石が「F+f」の公式で表象しようとした「文学的内容」も、二葉亭が「形（フォーム）」「意（アイデア）」という言葉によって解析した世界もまったく別なものではない。結局、二葉亭にしても漱石にしても、照準としたところのものは同一であって、両者の文学観には「一致」するものを穿鑿し、万古「易らざる者」（「小説総論」）を探究する点において共通している。

なお「文芸の哲学的基礎」で提起された次のような議論も確認しておきたい。漱石はそこで私たちの生命が「意識の連続」であるならば、問題は「如何なる内容の意識を如何なる順序に連続させるかの問題」に帰着するはずだといっている。この問題の裏には「選択」ということが含まれ、いかなる意識の内容を選択しようとするのか、またいかなる順序に意識を連続させようとするのかということが大事になる。そうして、この選択のための標準が「理想」であるといい、そこからただ生きればいいという傾向から、ある特別の意義を有する生命を欲するようにもなるのだといっている。

「理想」は分化・発展して、感覚そのものへ働きかける「美的理想」、私たちの知、情、意の三つの精神作用に対応する、「真に対する理想」「愛および道義に対する理想」「荘厳に対する理想」という四つの理想に収斂される。「理想とは（中略）如何にして生存するが尤もよきかの問題に対して与へたる答案」に過ぎないというけれど、漱石は「発達した理想」と「完全なる技巧」が合わさったときに、「文芸は極致に達」し、それに触れるものは（読者にそれだけの機縁が熟しておれば）、「還元的感化」をおよぼすという。そして、それが達し得られたならば、「文芸家の精神気魄は無形の伝染により、社会の大意識に影響するが故に、永久の生命を人類内面の歴史中に得て、茲に自己の使命を完うしたるもの」となるのだと主張する。

二葉亭は創作メモ「落葉のはきよせ　二籠め」の一八八九（明治二二）年六月二四日の日記にみずから考える「小説家」について、「一枝の筆を執りて国民の気質風俗志向を写し国家の大勢を描きまたは人間の生況を形容して学者も道徳家も眼のとゞかぬ所に於て真理を探り出し以て自ら安心を求めかねて衆人の世渡の助ともならば豈可ならすや」といっている。(3)漱石の「理想」とどれほどの差異があるのだろうか。若き日の二葉亭がめざした方向は、漱石が文学に託したものと基本的にさほど変わるものではない。二葉亭と漱石のあいだにはまったくといってよいほど影響関係はないようだが、二葉亭が『浮雲』においてめざしながらも十全に到達し得なかったものを、それに代わってなしとげたのが漱石だったといえる。とりわけ『浮雲』第二篇をそのまま延長し、それにみがきをかけたならば、漱石の『それから』となるのではないだろうか。

*

『それから』は一九〇九(明治四二)年六月二七日から一〇月一四日まで一一〇回にわたって「東京朝日新聞」「大阪朝日新聞」へ連載された。一般的に漱石の前期三部作と呼ばれる『三四郎』『それから』『門』の真ん中に位置するが、漱石文学を前期と後期と大きく二分するならば、この『それから』をもって後期の漱石文学の出発点とすることができる。『それから』以後の漱石が固執しつづけることになる人間の内面にわだかまるエゴイズムとそれと真っ向から対立する社会的制度との問題が正面から取りあげられているからである。

一九〇七(明治四〇)年の「断片」に『それから』の構想がかなり詳しく記されていることからも明らかなように、『それから』は綿密に計算し尽くされた作品である。その最初に「1」として「代助ノ家、門野と婆さん。写真」と記されている。主人公の長井代助は大学を卒業しても職に就くことはせず、実業家である父や兄の財産に寄生しながら生活し、「婆さん」と「門野」

という書生を雇って本家とは別に、何不自由なく一戸を構えている。「一」ではそんな代助のもとにふたつの郵便が届くところからはじまるが、一通は実家の父親からの「封書」で、もう一通は「裏神保町の宿屋」の名が記された平岡常次郎からの「端書」である。そして書棚から「重い写真帖」を取りだした代助が、「廿歳位《はたち》の女の半身」の写真に「手を留め」、「凝《じつ》と女の顔を見詰めてゐた」と結ばれる。

小説の卓抜な読み巧者ならば、この「一」を読んだだけでも『それから』のこれからの物語の展開を、ある程度推測することができるかも知れない。主人公の代助はその後、平岡と何らかの因縁をもつ写真の女と決定的な関係をもつようになり、それは父の意向と真っ向から対立するはずのものである。おそらく近代小説の定番たる恋愛がテーマとなるかぎり、小説の構成上の力学として、父からの封書には、写真の女に代助が魅せられる力と同じだけの反対の力がはらまれることになる。絶対的父権の行使とか、見合い問題の提起とか、ともかく写真の女への引力とそれに対する斥力とが代助に対して互いに影響をおよぼし合うことになる。少なくも一度読んで、この「一」を再読するならば、緻密に計算し尽くされ、結末にいたるまでの必要なあらゆる条件がすでに書き留められていたことに気づかされる。

ところでE・A・ポオは、チャールズ・ディケンズの『バーナビー・ラッジ』への書評で、(4)この作品の梗概を事件が生起した順序に記述して、「ありのままの順序で語ってはかなり退屈な」、「くわしく語ってもあまり面白くない」話も、事件の真相が伏せられることによって謎めいた興味が与えられ、読者に「謎を解明したいという欲求をかきたてるように仕組」まれるといい、小説の主題とは読者の好奇心に基礎づけられたものだといっている。この書評のなかでポオが記しているところによれば、この作品の連載がはじまって間もないころ、「フィラデルフィア・イヴニング・ポスト」誌の一八四一年五月一日号に物語の展開を予想するかなり長い紹介記事を書いたが、その後の物語はポオの予想を大きく裏切ることはなかったという。

ディケンズからその点に関して問われたポオは、後年「構成の原理」において「およそプロットと呼べるほどのものならば、執筆前にその結末まで仕上げられていなければならないのは分かりきったことである。結末を絶えず念頭に置いて初めて、個々の挿話や殊に全体の調子を意図の展開に役立たせることにより、プロットに不可欠の一貫性、すなわち因果律を与えることができる」（傍点原文）といっている。(5) 小説をそのように構成してこそ、一見して無秩序で混沌としたこの現実世界にひとつの秩序を与えることが可能になる。「構成の一点たりとも偶然や直観に」帰することなく、「数学の問題のような正確さと厳密な結果をもって完成」させなければならないというわけである。

「断片」に記された構想は、『それから』の全一七章のうち「十五」までである。しかし、この作品の最大の山場となる代助の三千代への愛の告白がなされるのが「十四」で、そこにいたるまでの描かれるべき事柄と順序は丁寧にメモされている。「十四」後半のメモには、「9. 三千代、三千代ノ兄、代助ノ過去ノ関係。会話／10. 僕ノ存在ニあなたは必要だ／11. 仕様ガナイ覚悟ヲ極めませう」とあり、これまで作品の表面から伏せられてきた過去の真相が明かされ、一篇の主題が明瞭に示される。いわば遠近法の作図上の消失点《ヴァニシングポイント》にあたる部分で、作者は読者の好奇心をここまでしっかりと捉まえねばならなかったわけである。『それから』一篇はこの消失点からすべてが計算され、作品に一貫性が与えられ、作品全体の調子も整えられて、個々の挿話も配置されていたといえる。おそらくここまでしっかりと構成を決めておけば、あとの残りの二章分の結末への道筋は自動的に確定されるとの判断があったのだろう。

　高踏的ではあるけれど、それなりに安定して穏やかに過ごしていた代助の日常は、平岡夫婦の上京を知らせる端書によっておびやかされ、この物語は駆動される。それはちょうど『浮雲』おいて、主人公の内海文三の免職がそれまでの安定した園田家の人間関係を突然に崩壊させて、物語を始動させたことと似ている。免職を機として文三は自己の「居所立所《ゐどたちど》」を問われることになるが、同様に代助も自己の存在の目的を考えざるを得ないことになる。『浮雲』は文三が恋人を友人に奪われる話で、『それから』は代助が友人の妻を奪う話であって、その物語のベクトルの方向性はまったく逆になっているけれど、両者はどこかしら似ているといえまいか。その相似するところは物語の内容というより、小説の構造上の問題にかかわっていると思われるのだけれど……。

　まずふたつの作品の人物の配置を考えてみると、『浮雲』は文三にお勢、お政、本田昇の三者を配することで物語が構成されるが、『それから』も基本的に代助に三千代、平岡、資産家佐川との縁談を迫る父親の長井得の三者を配している。ほかに兄の誠吾、嫂の梅子、書生の門野などの脇役も登場するけれど、物語を駆動させる力をもたされているのはやはりこの三者である。そして、免職後の文三がお勢への執着を強めれば強めるほど、反比例するようにお政、昇との距離が離れてゆくのと同じように、平岡の上京後に代助と三千代とが接近すれば接近するほど、平岡と父親との距離は拡がってゆく。アナロジーとして自然界の現象を探るならば、さながら両者の関係は、水を入れたビーカーを下から熱するとき、逆向きにふたつの循環流が生ずる熱対流のごときものといえる。

水を入れたビーカーを下から熱すれば、底の暖められた水は上昇し、それと同時に上方の冷たく重い水は下降して、左右対称なふたつの逆向きの循環流が形成される。上下の温度差が一定に保たれるかぎり、この循環は決まった軌道をいつまでも規則的に持続し、必ず逆向きに規則正しい軌跡を描く。『浮雲』にしても『それから』にしても、人物を動かす力（熱源）が与えられると、主人公を軸としてふたつの逆向きな運動が起こることは興味深い。地球をとりまく大気も、地球内部のマントルも、空間的・時間的スケールを異にしながら、温度差に駆動された熱対流を生ずるが、私たちの内面における心理も同じ原理に動かされているのだろうか。

また「六」には次のような特徴的な一節がある。

代助の頭には今具体的な何物をも留めてゐなかつた。恰かも戸外の天気の様に、それが静かに凝《じつ》と働らいてゐた。が、其底には微塵の如き本体の分らぬものが無数に押し合つてゐた。乾酪《ちいず》の中で、いくら虫が動いても、乾酪《ちいず》が元の位置にある間は、気が付かないと同じ事で、代助も此微震には殆んど自覚を有してゐなかつた。たゞ、それが生理的に反射して来る度に、椅子の上で、少し宛身体《づつからだ》の位置を変へなければならなかつた。

ここでは全体視野に立つ観察者としての語り手は、局所視野にある行為者としての代助が意識化し得ないことまで語りだし、現在の主人公がどのような状況に置かれているかを読者へ直接的に伝達している。代助は三〇になるかならないかのうちに nil admirari（ニル・アドミラリ）の境地に達してしまい、「処世上の経験程愚《ぐ》なものはない」という。「麵麭《ぱん》を離れ水を離れた」「贅沢な世界」のうちに自家特有の審美的、趣味的生活を営み、ひと並みすぐれた鋭敏な感性と細緻な思索力とをもつ「特殊人《オリヂナル》」たることを自負している。そうした主人公の代助を視点人物として、『それから』は全体的に語り手が代助の内面に密着しながら、代助の意識を代弁するかたちでストーリーが展開される。したがって、語り手の地の文もそれに見合ったかたちで、全体的にきわめて理知的で、論理的な構成となっている。

『浮雲』第一篇は基本的には語り手が登場人物を俯瞰するかたちで描き、語り手はときに作中人物を茶化したりして読者の笑いを誘う。その意味で『吾輩は猫である』『坊つちやん』の手法に似ているが、第二篇において語り手は主人公の内面に寄り添いながら、主人公の意識に即して物語を展開させている。『それから』の語り手と代助との距離は、『浮雲』の語り手と文三以上に密接で、『それから』の手法は『浮雲』第二篇の延長線上にあって、それをいっそう純化させたものといえる。『浮雲』第三篇にいたっては語り手は主人公の内面に貼り付いてしまって、物語は停滞する。ちょうど『それから』以降の漱石作品も、作中人物の内面により深く深くと細密な心理描写に重点をおいてゆくことに似ている。

こうした傾向を示すのは『浮雲』一篇や漱石文学の軌跡ばかりではない。「鼻」（『新思潮』一九一六年二月）「芋粥」（『新小説』一九一六年九月）など語り手が作中人物を見下しながらユーモラスな作品を書くところから出発した芥川龍之介も、語り手が架空の作中人物に自己の内面を仮託するような作品を書くようになり、やがては遺作『歯車』のように主人公の錯乱する内的な光景を描きだす作品へと変化していった。いや、これは一作品、一作家の傾向であるばかりか、明治期におけるリアリズムの導入による近代小説の誕生から、日露戦後から大正期へかけてのその確立期を経て、やがて芥川自殺以降の昭和期におけるその解体期まで、ひとつの文学思潮の動向においても似たような軌跡を描いている。まるで漱石の「F＋f」と同く、フラクタルな構造をそのままに示しているが、そのなかでも日本の近代小説においてはバルザック風の本格的なリアリズム小説よりも、語り手と主人公とが密着した作風が好まれ、『浮雲』第二編から『それから』への系譜が主流を形成していったといえる。

先に熱対流との対比において『それから』の構造を説明したが、またその関連で次のようなことも指摘しておきたい。水を入れたビーカーを下から熱し、上下で温度差が生じた場合も、すぐに熱対流を起こすわけではない。水には粘り気があって、その粘性抵抗によってわずかに軽くなった水も直ちに上昇運動をはじめることはできない。しかし熱は上向きに伝わりつづけるので、これを伝導状態と呼ぶが、いま代助はちょうどこの伝導状態にあるのだといっていい。表面的な出来事としては何も変化をきたしていないのだが、熱は確実に伝導し、「生理的」反射として現象する。なお熱しつづければ、上下の温度差はさらに大きくなって熱対流を起こし、やがては沸騰状態になる。

エントロピーを生成する非平衡開放系の力学である散逸系の運動は、十分な時間がたつと特定の軌跡や点に落ち着くが、この落ち着くところをアトラクタとよぶ。振り子は空気抵抗や摩擦によって振幅がだんだん小さくなり、いずれ静止してしまう。このように一点に落ち着いてしまうアトラクタを平衡点、あるいは点アトラクタといい、安定した対流状態の場合にはリミットサイクルというアトラクタがあらわれる。沸騰の直前にはトーラスというドーナツ状の曲線に巻き付くように収束するアトラクタとなり、やがて沸騰状態のカオスが出現する。カオス以外の三つのアトラクタはそれぞれその軌道を予測することが可能だが、カオスにおいてはストレンジ（奇妙な）アトラクタとよばれるアトラクタがあらわれて、その軌道は永遠に同じ点は通らずに予測は不可能である。

『それから』では平岡の上京という熱源が与えられると、はじめは伝導状態の平衡点にあったものが、やがて熱対流のような対流状態になって、それから狂気をはらむ沸騰するカオス状態へいたるという展開を示す。『浮雲』にしても文三の免職という熱源が与えられて、第一篇では表面的にめだった変化もない平衡点にありながら、第二篇では文三が昇、お政と対峙する対流状態となり、第三篇では主人公の「おぷちかる、いるりゆうじよん」に言及するなど、文三の混乱した内面のカオス状態を描き出すことになる。先に語り手と登場人物との関連で指摘したような『それから』と『浮雲』とのパラレルな関係が、ここにおいても同じことがいえるというのは、はなはだ興味深い。

代助と平岡とには共通の友人である菅沼という大学時代の学友がいた。菅沼は卒業の年に亡くなってしまったが、三千代はその菅沼の妹である。のちに三千代との関係について「代助は二人の過去を順次に遡ぼつて見て、いづれの断面にも、二人の間に燃る愛の炎を見出さない事はなかつた」と振り返るが、平岡から三千代への愛の告白をうけた代助は、「義侠心」に駆られてふたりを結びつけるために奔走した。三千代と結婚した平岡は勤めていた銀行の京阪地方の支店へ転勤していったが、その後の代助は「職業の為に汚されない内容の多い時間」を有する生活に自足していた。だが、平岡が銀行をしくじり辞職して上京し、夫婦間の愛情もさめきった不遇な三千代と再会するにおよんで、自分でも自覚しない「微震」を内面に胚胎させることになる。

チーズのなかの微生物の動きのような「微震」は、やがて代助にアンニュイを感じさせるようになり、「自己は何の為に此世の中に生れて来たか」を問わざるを得ないようになる。代助の考えによれば、人間はある目的をもって生まれたものではなく、これとは反対に、生まれた人間にはじめてある目的ができてくるので、「人間の目的は、生れた本人が、本人自身に作つたものでなければならない」。しかし、どのような人間もこれを随意に作ることはできない。なぜなら「自己存在の目的は、自己存在の経過が、既にこれを天下に向つて発表したと同様だから」という。したがって代助は「自己本来の活動を、自己本来の目的としてゐた」といい、「所謂無目的な行為を目的として活動してゐた」のである。

しかし、ひとたびアンニュイにかかると、「自分ながら、自分の活力に充実してゐない事」に気づかざるを得ない。散歩をしていても「自分は今何の為に、こんな事をしてゐるか」と考えざるを得なくなる。これまでの高尚な審美的生活を支えてきた自己目的化した生は瓦解して、ただひとり荒野のうちに茫然と立っているように感ずる。そして最後に、こうした薄弱な生活から救い得る方法がたったひとつあると考え、「矢つ張り、三千代さんに逢はなくちや不可《いか》ん」とつぶやく。

ここで先に触れた「焦点的意義」Ｆの問題に戻りたいが、一篇の小説の「焦点的意義」Ｆはひとつひとつの言葉の集積から抽出されるもので、また作品に表現される「理想」もその細部々々のエピソードに託されたものである。一篇の「焦点的意義」Ｆや「理想」は、それら言葉やエピソードの積分的効果から読者の意識によって引き出されるものだろうが、時間芸術としての小説という形式は層々累々と積み重ねられた言葉や個々の細部のエピソードを線状的な時間軸に沿って読み解いてゆかなければならない。したがって、「焦点的意義」Fや「理想」は刻々に変奏されて、変化してゆくけれど、個々の言葉やエピソードは作品全体とつねに照応、対比しながら、暗黙のうちに「焦点的意義」Fあるいは「理想」との関係において比喩的表現として機能するばかりか、それらを象徴する役割をもになうことになる。

猪野謙二はつとに作品の冒頭に描かれる大きな八重椿の花の色が「恋愛を中心とする根源的な生の不安」を象徴し、新聞に報道される学校騒動が「社会的な不安」（傍点原文）を象徴すると指摘し、「ここに、はやくもこの作品の全体を貫くふたつの主題が開示される」と論じた(6)。たしかに『それから』は比喩的表現を巧みに駆使した象徴的な言辞にみちており、それは夢から覚める代助を描く書き出しの一文からしてそうである。

> 誰か慌たゞしく門前を馳けて行く足音がした時、代助の頭の中には、大きな俎下駄《まないたげた》が空《くう》から、ぶら下つてゐた。けれども、その俎下駄は、足音の遠退くに従つて、すうと頭から抜け出して消えて仕舞つた。さうして眼が覚めた。

この夢のなかにあらわれる「慌たゞしく門前を馳けて行く足音」とは何を意味するのだろうか。誰のものとも分からない不特定人物（のちに代助が「門野さん、郵便は来て居なかつたかね」と尋ねているところからすれば、郵便配達夫のものだったかも知れない）の慌ただしい「足音」は、やがて上京してから忙しく動きまわり、訪ねた代助との話もそこそこに電車に飛び乗る平岡の姿を髣髴させないだろうか。代助は「あんなに、焦《あせ》つて」とつぶやくが、そうした平岡の姿はまたろくろく寝るひまもなく忙しそうに奔走し、綱曳の俥で擦れ違った代助にも気づかないままに過ぎ去ってしまう代助の父や兄の姿とも重なる。そうしてそれは「斯う西洋の圧迫を受けてゐる国民は、頭に余裕がないから、碌な仕事は出来ない。悉く切り詰めた教育で、さうして目の廻る程こき使はれるから、揃つて神経衰弱になつちまふ」という、西洋との関係における日本の現状に対する代助の文明批評的な言辞にも重なってこよう。

それでは代助の頭のなかに空からぶら下がっている「大きな俎下駄」とは何か。これが作中の代助のおかれた宙ぶらりんの状態を象徴的に表現していることは間違いないが、それがなぜ繊細な美意識の持ち主である代助にもふさわしからぬ不細工な「大きな俎下駄」として表象されるのだろうか。「俎下駄」とは、俎のように大きな男物の下駄だが、それが「門前を馳けて行く足音」の連想から導かれたものであることは見やすい。が、俎という語はまた私たちに「俎のうえの鯉」という言葉を連想させる。とするならば、代助という人物はお膳立てされた設定に操られるままの俎のうえの鯉のような存在で、その代助をのせる俎はその運命を象徴するといったならば、あまりに牽強付会にすぎようか。

運命とか宿命とかは、「個」の確立をめざす近代的思考にとっては忌避されるべきものである。

「個」の主体性をおびやかし、個人の自由意志を超えて不可抗力的に「個」に働きかける外在的な力を認めることは、あくまで個人の自己完成を目標とする近代においてはあまり歓迎されない。三年前には三千代を結婚相手と想定することもできず、平岡のために積極的に周旋した代助は、やがて三千代との過去のいずれの断面にも「愛の炎」を見出さざるを得ず、ふたりの関係を「天意に叶ふ恋」とまでいうにいたる。それはもはや運命的な必然としかいいようがないが、また代助の身の上にふりかかる破局的な運命が、日本の行く末を暗示しているともいえるかも知れない。

　また夢から覚醒する代助を描くところからはじまるということは、三千代に別れた三年前より代助が眠りのなかで無意識世界へ退行していたことの暗喩でもあろう。第一章の末尾に語られる帰京を知らせる平岡の葉書と、佐川の娘との政略的な縁談に結びつく父親からの封書は、そうした眠りのなかにいる代助を覚醒させるための装置としての役割を果たしている。さらにその眠りから覚めた代助は、「自然」の命じるままに三千代との関係を発展させ、「雲の様な自由と、水の如き自然」を得て、「凡てが幸《ブリス》で」「凡てが美しかつた」という。が、「やがて、夢から覚めた。此一刻の幸《ブリス》から生ずる永久の苦痛が其時卒然として、代助の頭を冒して来た」とも語られる。『それから』一篇もまた間違いなく「夢から覚め」る物語だった。

　夢についての言及が、ほかにもたびたびある。「五」には「平生の自分が如何にして夢に入るかと云ふ問題を解決しやう」と試みたことを語り、昨夜の夢に「睡眠と覚醒との間を繋ぐ一種の糸を発見した様な心持がした」という。そして「正気の自己の一部分を切り放して、其儘の姿として、知らぬ間に夢の中へ譲り渡す」ことは、「気狂になる時の状態と似て居はせぬか」と考えついた。「代助は今迄、自分は激昂しないから気狂にはなれないと信じて居た」が、この夢についての記述がやがてその結末で狂気におちいる代助への見事な伏線となっていることは疑いない。

*

漱石は英文学者だったこともあり、若き日の二葉亭からすればよほど小説の叙述ということに意識的だった。ここで「創作家の態度」(「ホトトギス」一九〇八年四月)で語られた漱石の叙述の方法について確認しておきたい。ここでいう「創作家の態度」とは、「心の持ち方、物の観《み》方《かた》」くらいの意味だというが、それを大別するならば、客観的態度の主知主義と主観的態度の主感主義とに区別されるという。そして、その叙述の方法にはそれぞれに三つの段階がある。まず第一段の客観的叙述は perceptual で、たとえばテーブルがあるとすれば、このテーブルは堅い、黒い、ニスの臭いがするといったように、その属性をひとつひとつ叙述してゆくものである。が、それがあまりに複雑になると叙述が長たらしくなるので、AはBの如しというように、第一段においては perceptual に対になる主観的叙述は直喩(simile)である。

同様に第二段における客観的叙述は conceptual であり、主観的叙述は metaphor(暗喩)である。

表１「叙述の方法」

	主知主義（客観的態度）	主感主義（主観的態度）
第1段	perceptual	simile（直喩）
第2段	conceptual	metaphor（暗喩）
第3段	象徴（数式のようなもの）	象徴（無限の憧憬）

conceptual な叙述とは、たとえば耳が垂れているとか、尾が巻いているとか、個々の犬の属性を問題とするのではなく、「頭の中に前から存在してゐる犬の一匹もしくは代表者」で、形を具えない抽象的なものである。この conceptual に対になる主観的叙述が metaphor（暗喩）だが、あの人の心は石のようだという代わりに、あの人の心は石だと断ずるように、simile よりもいっそう主観的態度の叙述ということができる。

第三段にいたると、客観的叙述も主観的叙述も「象徴」に帰すという。客観的な象徴とは数学における数式のようなものというが、主観的象徴は「無限の憧憬（infinite longing）」に通ずるものだとする。これをまとめてみれば、表1のようになる。この六通りの叙述はどこからはじまり、どこで終わるかということができない。極端から極端までつながっており、客観的態度と主観的態度のいずれにしても、このうちのひと通りに限らねばならないということもない。その時その場合に応じて変化していっこう差し支えなく、通常は「此両極の間を自由勝手にうろ〳〵して居るもの」だという。

比喩的な表現に満ちて象徴的な言辞に富んだ漱石の緻密な文章は、こうした認識から生みだされたものである。先に引いた代助自身も自覚し得ざる内面の「微震」を、「乾酪《ちいず》の中で、いくら虫が動いても、乾酪《ちいず》が元の位置にある間は、気が付かないと同じ事」と表現していたのは直喩（simile）による主観的叙述である。が、この「微震」は明らかにその後の「八」に描かれる「地震」の記述に結びついている。代助が神楽坂で出会う地震の描写は、あくまでもperceptualな客観的叙述として描かれているが、その箇所を読む読者はこの地震を代助のアイデンティティをゆるがす主観的叙述に属するmetaphor（暗喩）であるかのようにも受けとってしまう。

比喩的表現はAはBの如しといっても、AはBであるといっても、A、Bとのふたつの事象の対比のうえになりたつもので、そのAとBとのあいだに共通するフラクタルな自己相似性を喚起させる叙述的方法である。先にも触れたように小説が時間芸術であるかぎり、私たちは個々のエピソードあるいは場面を線状的な時間軸に沿って読み解いてゆくとき、現在perceptualな客観的叙述の場面を読んでいるとしても、その以前に描かれた別の場面が記憶として残り、その以前の場面との内的関連性において現在読みすすめている箇所の叙述をひとつのmetaphor（暗喩）あるいは象徴として受けとることにもなる。

代助の内面に生じた「微震」は、大地をゆるがす地震となり、やがて「十」では代助に平岡と結婚する以前の三千代を思い起こさせる銀杏返しの髷に、百合の花をたずさえた三千代の出現となって、代助の存在基盤そのものを根底からゆるがすことになる。それまでの代助は、都会生活を送るすべての男女はあらゆる美の種類に接する機会を得て、甲から乙に気を移し、乙から丙に心を動かさぬものはいないという都会人士芸妓説《けいしゃ》とでもいった考えをもち、「渝《かは》らざる愛を、今の世に口にするものを偽善家の第一位に置いた」という。しかし代助はそこにある

「因数《ファクター》」を数え込むのを忘れたのではないかと疑い、三千代の姿を思い浮かべ、「頭」ではこの論理を承認しながら、「心《ハート》」では「慥《たし》かに左様《さう》だと感ずる勇気」がなかった。

代助は実家からの縁談への圧迫をも受け、この数え忘れた「因数《ファクター》」に突き動かされるかたちで結末の狂気へ向かって行動する。姦通罪が存在したこの時代、代助が平岡から三千代を奪うということは、立派な犯罪行為だった。代助は自己の内面の「自然」にうながされて三千代へ愛の告白をせざるを得なかったけれど、三千代との関係を「直線的に自然の命ずる通り発展させる」ことを決意した代助を描いて、語り手は「彼は三千代と自分の関係を、天意によつて、——彼はそれを天意としか考へ得られなかつた。——醱酵させる事の社会的危険を承知してゐた。天意には叶ふが、人の掟に背く恋は、其恋の主《ぬし》の死によつて、始めて社会から認められるのが常であつた」と語っている。

代助と三千代との恋は天の摂理によって定められた運命的必然として描かれる。『それから』において「天」と「自然」はほとんど同義語として用いられているといっていい。先にも指摘したように運命は「個」の確立をめざす近代において必ずしも歓迎されず、近代思想とは相性が悪いが、任意で偶然でしかあり得ない自己の存在を、この宇宙の座標軸のしかるべきところに定めたいというのも、また人間としての自然な欲求である。が、それは自分が裁量する主観の世界でしか成立し得ず、その延長線上にあるのが芸術至上主義である。語り手がのちに語るように、代助の「天意に叶ふ恋」も、代助が「彼の小さな世界の中心に立つて」世界を見渡したとき、はじめていい得る真実なのである。

結末にいたって父からも兄からも見離され、あらゆる社会的基盤から切り離された代助は、実家からの経済的援助も失って、まさに『浮雲』の文三と等しく「居所立所《ゐどたちど》」にまごつくことになる。三千代との「自然の愛」を得ても、その愛の対象は「他人の細君」で、「もし馬鈴薯《ポテトー》が金剛石《ダイヤモンド》より大切になつたら、人間はもう駄目である」と平生から考えていた代助は、「厭でも金剛石《ダイヤモンド》を放り出して、馬鈴薯《ポテトー》に噛り付かなければならない」ことになる。「門野さん。僕は一寸職業を探して来る」といって、代助は表に飛び出すが、代助には世の中が真っ赤に染めあげられ、「燄《ほのお》の息を吹いて回転」しているように感ぜられる。

『それから』には代助の不在の場面がいっさい描かれず、基本的にはその視点も代助に一元化されているが、唯一の例外として「十六」の末尾近くに「平岡は代助の眼のうちに狂へる恐ろしい光を見出した」と、平岡の視点からとらえられた代助の姿を描いている。これまであらゆることに意識的であった代助が、無自覚的に狂気へ歩み寄ったことを代助自身の内側の視点から描くことは不可能である。狂気におちいる代助の姿を読者へ印象づけるためには、平岡という外側からの観察者がどうしても必要だったのだろう。そしてその担保のもとに末尾での真っ赤な狂気の世界に落ちてゆく代助を描くことも可能になったのだと思われる。

『それから』一篇は読者の眼に代助と三千代の恋が運命的な必然と映じさせることで、はじめて成功したといえる。『文学論』において提示された「F＋f」のF（認識的要素）は、作中のいたるところに張りめぐらされた因果律と、あらゆる細部までに必然の論理がゆきわたっている構成において完全である。f（情緒的要素）は比喩的表現と結びつき、全体的に見事な叙述を完成させている。漱石がひとつの文学理論として抽出した「F＋f」のフラクタルな構造を、『それから』はほとんどそのままパーフェクトに実現させたといっていい。しかし、それは結末から逆算された古典的物理学の因果律に基礎づけられた近代小説としてであって、自然界の現象はさまざまな不確定性にあふれているけれど、この作品世界からそうした要素はすべて排除されている。

武者小路実篤が一九一〇（明治四三）年四月の「白樺」創刊号の巻頭に「「それから」に就て」を書いて、『それから』の技巧を口をきわめて賞讃する一方で、「何処かつくられた感じがする」といって、これを「運河」に譬えたのもそうしたことを直感的に、鋭敏に感じとったからだろう。「運河も自然の法則に従つて」おり、「読者にいろ〳〵のものを見せ、いろ〳〵のことを考へさせ」るとしても、武者小路は「自分は運河よりも自然の河を愛する」という。たしかに『それから』も「自然の法則」を無視しているわけではないけれど、あまりにも人工的につくられた作品という印象は拭えない。

最後に、漱石は「発達した理想」と「完全なる技巧」が合わさったときに、「文芸は極致に達」し、それに触れるものに「還元的感化」をおよぼすといっていた。『それから』が武者小路実篤、谷崎潤一郎、芥川龍之介、里見弴、長与善郎らの次世代の作家たちに与えた影響を考えると、まさにそれが誇張した言葉でないことをイヤというほど思い知らされる。(7) 武者小路が『友情』（以文社、一九二〇年）において『それから』の影響をストレートに反映させているばかりか、芥川龍之介が「点心」（「新潮」一九二一年二、三月）に記しているように、同時代の多くの大正作家は主人公の代助のキャラクターに魅せられ、多大な感化を蒙っている。その意味では『それから』が実質的には大正文学を用意したのだといっていいかも知れない。

熱対流の実験において安定した規則正しい軌道を描くリミットサイクルのアトラクタの対流状態は、熱源の温度を一定に高めていったとき、上下の温度差が大きくなると、トーラスアトラクタからカオスへと分岐する。それと同様に近代文学における語り手と作中人物との関係を規定するリアリズムの手法や、「個」の意識の台頭とそれに対する社会的な制約、近代人の内的生活とその内面描写など、もろもろのパラメータの値を持続的にあげていったとき、『それから』のような安定した構造の作品を持続させることも難しくなるだろう。『それから』以後、漱石は人間の内面をいっそう深く掘りさげ、微細なる心理描写によってその深奥にひそむエゴイズムを無理やりにも剔抉するような心理実験小説の方向へと向かうことになるが、それはまた稿をあらためて論じなければなるまい。

注

（1）二葉亭四迷は一九〇九（明治四二）年五月一〇日にロシアからロンドン経由で帰国の途上、ベンガル湾上で死去。同年八月には追悼文集である坪内逍遙・内田魯案編輯『二葉亭四迷』が易風社から刊行されたが、漱石の「長谷川君と余」はそこに掲げられた。

（2）二葉亭四迷『浮雲』は第一篇が一八八七（明治二〇）年六月、第二篇が一八八八（明治二一）年二月、ともに金港堂から刊行され、第三篇は一八八九（明治二二）年七月から八月へかけて「都の花」第一八号から第二一号まで掲載された。「長谷川君と余」では、『其面影』（春陽堂、一九一〇年）を買って読んで「大いに感服した」といい、手紙を認めて賛辞を郵送したといっている。また一九〇七（明治四〇）年一二月二四日付の小宮豊隆宛書簡では連載中の「平凡」へ言及しているが、『浮雲』に関する言及はどこにも見あたらない。

（3）『二葉亭四迷全集　第六巻』（岩波書店、一九六五年）。なお復刻版として『近代文学研究資料叢書（7）落葉のはきよせ』（日本近代文学館、一九七六年）も刊行されている。

（4）E・A・ポオ、小泉一郎訳「書評『バーナビー・ラッジ』」（『ポオ全集』第三巻、東京創元新社、一九七〇年）。この書評は一八四二年に“Graham's Magazine”誌上に掲載された。

（5）E・A・ポオ、篠田一士訳「構成の原理」（『ポオ全集』第三巻、一九七〇年、東京創元新社）。このエッセイは一八四六年に“Graham's Magazine”誌上に掲載された。

（6）猪野謙二「『それから』の思想と方法」（『明治の作家』一九六六年、岩波書店。初出は『岩波講座　文学の創造と観賞』一、岩波書店、一九五四年）。

（7）大正期の作家たちがいかに『それから』から大きな感化をうけたかということに関しては、「白樺」派の作家を中心に検証した山田俊治「『それから』という鏡――初期「白樺」の一断面」（「国文学研究」一一三集、一九九四年六月）参照。

column

文学史のなかの夏目漱石

日本近代文学館で二〇一六年九月二四日から一一月二六日まで、「漱石――絵はがきの小宇宙」という展覧会が開催された。漱石は貰ったほとんどの書簡を処分したそうであるが、どういうわけか絵はがきだけは残されて、岩波書店に多く保管されていたとのことである。今回、そのなかから三分の一ほどのものが展示され、またそのなかの主だった、特色あるものが岩波書店から中島国彦・長島裕子編『漱石の愛した絵はがき』として刊行された(1)。そのなかに堺利彦が「吾輩は猫である」の読後感を記して送った、一九〇五(明治三八)年一〇月二八日付の次のような一枚がある。

新刊の書籍を面白く読んだ時、其の著者に一言を呈するは礼であると思ひます。小生は貴下の新著「猫」を得て、家族の者を相手に、三夜続けて朗読会を開きました。三馬の浮世風呂と同じ味を感じました。

使用された絵はがきは、何と「フリードリヒ、エンゲルス」の肖像画がプリントされている「平民社絵端書」である。『吾輩は猫である』上編の刊行が一九〇五(明治三八)年一〇月六日だったので、それから三週間ほどしてから差し出されたものだが、この一枚の絵はがきからさまざまなことが分かる。『漱石の愛した絵はがき』の解説にも記されていることだが、まず『吾輩は猫である』のすばらしい人気ぶりにあらためて眼を見はらされる。『吾輩は猫である』の「二」には苦沙弥先生のもとに届いた年賀状に猫を描いた絵はがきもあったというのだから、第一回が掲載された「ホトトギス」は年末に発売されていたことが分かるけれど、同時にその爆発的な人気ぶりもうかがうことができる。

堺利彦はそうした『猫』の評判を耳にして、単行本として刊行されたときに早速、一冊を購入したのだろう。「家族の者を相手に、三夜続けて朗読会を開」いたというが、この時代にもいまだ家族を相手に音読する習慣が失われていなかったことが分かる。前田愛は「音読から黙読へ」において、山川均が少年時代に『八犬伝』を父が毎晩、面白く読んでくれるのを、母は針仕事を、姉は編物をしながら、家内じゅうで聞いた体験を紹介しているが、(2)一九〇五年になってもこうした習慣が失われていなかったことが確認できる。もっとも『吾輩は猫である』だからこそ、そうした家族での朗読会ということも可能だったのだろうが、これが二年後の田山花袋の「蒲団」(「新小説」一九〇七年九月)ではそうはゆかなかったであろう。

この当時、堺利彦と漱石のあいだに面識はなかったけれど、「新刊の書籍を面白く読んだ時、其の著者に一言を呈するは礼である」というのは、いかにも堺利彦の人柄がにじみ出ているようである。宛名も「本郷帝国大学文科大学　夏目漱石様」で届いており、誰に向かっても率直に飾らず、ストレートな物言いをする彼の性格がよく表現されているといってもいい。しかも解説の文章によれば、面白いことに堺利彦の飼い猫の名が「ナツメ」だったという。堺利彦は「棗と秋海棠」(「家庭雑誌」一九〇六年七月)で、「ナツメ」は「棗」のことだと弁解しているが、大杉栄「飼猫ナツメ」(同、一九〇七年一月)には、それがもとで電車賃値上げ反対のチラシを配る列に漱石の妻鏡子も加わっていたという誤報が出たと記されている。八月一一日の「都新聞」に掲げられたこの記事を、深田康算《やすかず》から知らされた漱石は「小生もある点に於て社界《ママ》主義故堺枯川氏と同列に加はりと新聞に出ても毫も驚ろく事無之候」（一九〇六年八月一二日付）との返事を出している。

また石崎等が二〇一六年一〇月一七日の「朝日新聞」の「猫ガイド」でも指摘しているように、上編は五章までだったが、「上」の単行本の上梓後の翌一九〇六年一月号の「ホトトギス」に掲載された七章には銭湯の風景が描きだされている。こうした明治版「浮世風呂」を描いているところは、明らかに漱石が堺利彦の好意的な批評に応えたものと思われる。堺利彦は、いうまでもなく一九〇三（明治三六）年に幸徳秋水とともに平民社を結成し、明治期の社会主義運動をリードした人物であり、一九一〇（明治四三）年の大逆事件の折にはたまたま赤旗事件により入獄中だったために連座をまぬがれ、事件以後には社会主義陣営の立て直しを一手に引きうけた人物である。後年、堺は貝塚渋六のペンネームで『猫のあくび』『猫の首つり』『猫の百日咳』のいわゆる猫三部作なるユーモアにあふれた、皮肉な風刺のきいた雑文集も刊行している。そのタイトルによっても『吾輩は猫である』からの影響は歴然としており、これまで堺利彦と漱石を正面から取りあげた論もないようだけれど、ひとつ真剣に論じてみたら面白いテーマかも知れない。

『浮世風呂』は、式亭三馬が一八〇九（文化六）年から一八一三（文化一〇）年にかけて刊行した滑稽本である。堺利彦の一枚の絵はがきを見て、さらに驚かされたのは、文学史において往々にして江戸と近代の出発点である明治とのあいだには大きな溝があって、ふたつの時代が大きく分断されているかのような印象をうけてしまうが、実は『吾輩は猫である』が刊行された時代においては地つづきだったという発見である。近代文学の出発点をどこに置くかは、論者によってそれぞれ異なるかも知れないけれど、一八七一（明治四）年の仮名垣魯文『安愚楽鍋』、一八八七（明治二〇）年の二葉亭四迷『浮雲』、一九〇五（明治三八）年の夏目漱石『吾輩は猫である』に近代文学の出発点を求めるとしても、いずれにしても式亭三馬が絡んでくるということである。

『安愚楽鍋』においてはその趣向も文体も三馬によっているが、『浮雲』においては第一篇の文体が三馬を参照しており、『吾輩は猫である』において作者が三馬を意識していたかどうかは分からないけれど、明らかに読者に三馬を喚起させるものがあったということである。ここに三馬の『浮世風呂』の冒頭と、いま言及した三作品の冒頭箇所とを比較のために引用してみよう。

熟《つら〱》監《かんがみ》るに、銭湯ほど捷径《ちかみち》の教諭《をしへ》なるはなし。其故如何《いかん》となれば、賢愚邪正《じやしやう》貧富貴賤、湯を浴《あび》んとて裸形《はだか》になるは、天地自然の道理、釈迦も孔子も於三《おさん》も権助も、産れたまゝの容《すがた》にて、惜《をし》い欲《ほし》いも西の海、さらりと無欲の形なり。欲垢と梵悩《ぼんなう》と洗清めて浄湯《をかゆ》を浴れば、旦那さまも折助《をりすけ》も、孰《どれ》が孰《どれ》やら一般《をなじ》裸体《はだかみ》。是乃ち生れた時の産湯から死だ時の葬灌《ゆくわん》にて、暮《ゆふべ》に紅顔の酔客《なまゑひ》も、朝湯に醒的《しらふ》となるが如く、生死《しやうじ》一重が嗚呼まゝならぬ哉《かな》。されば仏嫌の老人も風呂に入《い》れば吾しらず念仏をまうし、色好《いろごのみ》の壮夫《わかいもの》も裸になれば前をおさえて己から恥を知り、猛《たけ》き武士《もののふ》の頸《あたま》から湯をかけられても、人込じやと堪忍をまもり、目に見えぬ鬼神《おにかみ》を隻腕《かたうで》に雕《ゑり》たる侠客《ちうつはら》も、御免なさいと石榴口《ざくろぐち》に屈むは銭湯の徳ならずや。心ある人に私《わたくし》あれども、心なき湯に私なし。譬へば、人密《ひそか》に湯の中にて撒屁《おなら》をすれば、湯はぶく〱と鳴《なり》て、忽ち泡を浮み出す。

（「浮世風呂」）

天地は万物《ばんもつ》の父母。人は万物の霊。故《かるが》ゆゑに五穀草木鳥獣魚肉。是が食《しよく》となるは自然の理《り》にして。これを食《く》ふこと人の性なり。昔々の俚諺《ことわざ》に。盲文爺《ももんぢゝい》のたぬき汁。因果応報穢《けがれ》を浄《きよ》む。かち〱

山の切火打。あら玉うさぎも吸物で。味をしめこの喰初《くひぞめ》に。そろ〳〵開化《ひらけ》し西洋料理。その功能も深見草《ふかみぐさ》。牡丹紅葉の季《とき》をきらはず。猪《しゝ》よりさきへだら〳〵歩行《あるき》。よし遅くとも怠らず。往来《ゆきき》絶ざる浅草通行《どほり》。御蔵前に定鋪《ぢやうみせ》の。名も高旗《たかはた》の牛肉鍋。

（「安愚楽鍋」）

千早振《ちはやふ》る神無月《かみなづき》も最早《もはや》跡二日の余波《なごり》となツた廿八日の午後三時頃に、神田見附《かんだみつけ》の内より、塗渡《とわた》る蟻、散る蜘蛛の子とうよ〳〵ぞよ〳〵沸出でゝ来るのは、孰《いづ》れも頤《おとがひ》を気にし給ふ方々。しかし熟々《つら〳〵》見て篤《とく》と点撿すると、是れにも種々《さま〴〵》種類のあるもので、まづ髭から書立てれば、口髭、頬髯、顋《あご》の鬚、暴《やけ》に興起《おや》した拿破崙《なぽれをん》髭に、狆の口めいた比斯馬克《びすまるく》髭、そのほか矮鶏《ちやぼ》髭、貉《むじな》髭、ありやなしやの幻の髭と、濃くも淡《うす》くもいろ〳〵に生分《はえわか》る。髭に続いて差《ちが》ひのあるのは服飾《みなり》。白木屋《しろきや》仕込みの黒物《くろいもの》づくめには仏蘭西皮の靴の配偶《めをと》はありうち、之を召す方様《かたさま》の鼻毛は延びて蜻蛉《とんぼ》をも釣るべしといふ。是より降《くだ》つては、背皺よると枕詞《まくらことば》の付く「スコツチ」の背広にゴリ〳〵するほどの牛の毛皮靴、そこで踵にお飾を絶《たや》さぬ所から泥に尾を曳く亀甲洋袴《かめのこづぼん》、いづれも釣《つる》しんぼうの苦患《くげん》を今に脱せぬ貌付《かほつき》、デモ持主は得意なもので、髭あり服あり我また奚《なに》をか覓《もと》めんと済《すま》した顔色《がんしよく》で、火をくれた木頭《もくづ》と反身《そつくりかへ》ッてお帰り遊ばす、イヤお羨しいことだ。其後《あと》より続いて出てお出でなさるは孰《いづ》れも胡麻鹽頭、弓と曲げても張の弱い腰に無残や空《から》弁当を振垂《ぶらさ》げてヨタ〳〵ものでお帰りなさる。さては老朽しても流石《さすが》はまだ職に堪へるものか、しかし日本服でも勤められるお手軽なお身の上、さりとはまたお気の毒な。

（「浮雲」）

吾輩は猫である。名前はまだ無い。

どこで生れたか頓《とん》と見当がつかぬ。何でも薄暗いじめ〳〵した所でニャー〳〵泣いて居た事丈は記憶して居る。吾輩はこゝで始めて人間といふものを見た。然もあとで聞くとそれは書生といふ人間中で一番獰悪《だうあく》な種族であつたさうだ。此書生といふのは時々我々を捕へて煮て食ふといふ話である。然し其当時は何といふ考もなかつたから別段恐しいとも思はなかつた。但彼の掌に載せられてスーと持ち上げられた時何だかフハ〳〵した感じが有つた許りである。掌の上で少し落ち付いて書生の顔を見たのが所謂人間といふものゝ見始であらう。此時妙なものだと思つた感じが今でも残つて居る。第一毛を以て装飾されべき筈の顔がつる〳〵して丸で薬罐《やくわん》だ。其後猫にも大分逢つたがこんな片輪には一度も出会《でく》はした事がない。加之《のみならず》顔の真中が余りに突起して居る。そうして其穴の中から時々ぷう〳〵と烟を吹く。どうも咽《む》せぽくて実に弱つた。是が人間の飲む烟草といふものである事は漸く此頃知つた。

（『吾輩は猫である』）

それぞれの文体が似ているかどうかということは主観的なもので、似ているといえば似ているし、違っているといえばそれぞれまったく別個のものである。つまりそれは、結局は読むものの主観、見方次第ということになる。しかし、この四つの文章を書いている語り手の視点がどこに置かれ、作者がどのような地点に立って作中世界を観測しているかということならば、少々限定的に話をすることもできそうである。

前三者はほとんど同じスタイルで、似たような発想から書き出されている。それに対して『吾輩は猫である』はスタイルも発想も大きく異なっているようだけれど、基本的に語り手が作中人物とともに物語空間に生きながら、その物語世界を外部から記録しているということでは同じである。近代以前の物語においては、いわば作者によって仮託された語り手が作中の世界の全体を掌握し、語り手の視点によって物語世界のすべてのことがらは統括されているといってもいい。『浮雲』の冒頭は、あたかも語り手がその場にいあわせて覗き見でもするかのように、退庁する官員たちの有様をこと細かに観察し、また文三と昇との会話を立ち聞きするかのように写し取っている。ふたりが別れて文三が下宿している家へはいれば、「一所《いつしよ》に這入ツて見よう」と語り手は作中人物と行動をともにし、実況中継でもするかのように、文三の行動を逐一に報告する。

『浮世風呂』にしても『安愚楽鍋』にしても、こうした「覗き見」と「立ち聞き」を中心に、会話を主体として現在進行形でエピソードを羅列し、ときに二行の分かち書きの地の文で状況を説明したり、「此所にて口上」とか「作者曰」とかで作者が作品の前面にしゃしゃり出て直接に読者に語りかけたりするといった滑稽本の基本的な表現形式で書かれている。小森陽一も指摘しているように『浮雲』の冒頭は滑稽本のスタイルを踏襲しているが(3)、やがてエピソードの羅列から離れて、物語のプロットを因果律によって構築してゆくところに『浮雲』の近代文学としての新しさがあり、『浮雲』が日本における近代小説の誕生とされる所以である。

漱石の『吾輩は猫である』は、物語的な展開は稀薄で、どちらかといえばエピソードの羅列である点では江戸期の滑稽本の系譜につらなる。そればかりでなく、全篇にわたって語り手たる「吾輩」という猫の視点から語り出されており、基本的には「覗き見」と「立ち聞き」という近世における滑稽本の表現形式も踏襲している。しかし、文体においては枕詞や掛詞を巧みに織りこみながら、洒落や穿ちをきかせて、文章のアヤを飾る江戸戯作の伝統からはすでに遠いところにある。語り手の猫は、猫が話をしたり人間と同じように考えたりするわけがないので、当然、読者はこの裏側に「吾輩」を操るもうひとりの語り手が存在することを想定せざるを得ないことになる。

『吾輩は猫である』の真の語り手は、生物物理学者の松野孝一郎の「内部観測」論の用語を借りれば、全体視野に立つ観察者なのだといっていいだろう。[4] 全体視野に立つ観察者としての語り手が、観察できるのはあくまで現在までに完了したことがらに関してのみで、それはすでに完了した記録で、過去形によって記述される。が、「行為は局所視野しか伴い得ないが、全体視野を豪語する観察に対して常に先行する」という。たとえば、ダーウィンの進化過程の原理として自然選択をもちだすとき、これは完了した事象のみに適用され、この自然選択は行為の理論になることはない。行為者と観察者とがそれぞれの領分を守っているかぎり、両者に齟齬が発生することはないけれど、一方がゆえなくして他方の領分に入り込むとき、この両者の棲み分けが脅かされる。人間社会にまったく無知な「吾輩」という局所視野にある行為者が、全体視野に立つ観察者となって語りだすときに、その行き違いの大きな落差から笑いが生ずることになる。

ここで問題となるのは、認識のための理論が行為の理論とどのように接続するかということである。行為の理論にあっては過去形と現在形の混用が避けがたいが、行為を現在形で記述しようとするならば、「局所視野」しかもつことができない。それに引き換え、すでに完了した過去の行為は「記録」に化し、「全体視野」を可能とする観察者によって認識される対象となる。過去形に固有な特性とは、すべてを「記録」に還元することだが、現在形で示される進行中の行為の属性は、それぞれの行為者が他の行為者に新たな行為を誘うきっかけを絶えず与えることで、「進行中の行為は他の行為者に新たな行為を引き起こさせる信号として機能する」。この「信号」の機能を解明しようとするのが「内部観測」理論だが、こうした「全体視野」と「局所視野」、「観察者」と「行為者」、「記録」と「信号」

といった関係は、会話と描写からなる近代小説における語り手と作中人物との関係を考えるにも恰好なヒントを与えてくれる。

たとえば、人間の顔をはじめて見たとき、「毛を以て装飾されべき筈の顔がつる〳〵して丸で薬罐《やくわん》だ。其後猫にも大分逢つたがこんな片輪には一度も出会《でく》はした事がない」というとき、「吾輩」は人間をまったく知らない局所視野にある猫としてふるまっているが、実はこの語り手が全体視野に立つ観察者であることは明らかで、読者もここに語られたかぎりの猫と人間に関する知識は語り手と共有している。ここで全体視野に立つ語り手は読者と共犯関係を結びながら、局所視野にある「吾輩」を笑いの対象としているのだといえる。『吾輩は猫である』の痛烈な批評性は、人間社会にまったく無知な局所視野にある猫の視点を借りながら、実はその裏で全体視野に立つ観察者たる語り手が内部観測することによって人間社会のもつ矛盾や滑稽さをあぶり出すところにあるといえる。

『吾輩は猫である』は基本的に現在進行形で語られており、読者はその場に居合わせるような感覚をもって読みすすめることができる。もちろん過去の出来事に言及する場合には過去形が使用されて、そこに違和感はないのだけれど、過去形に固有な特性とは、すべて行為をすでに完了した過去の「記録」に還元してしまうことである。現在形で示される進行中の行為の属性は、それぞれの行為者が他の行為者に新たな行為を引き起こさせる「信号」として機能する。現在進行形で語られる「吾輩」の人間社会への批評は「記録」というよりも、読者へ向けられた「信号」なのであって、そこから読者は、何とも間尺にあわない人間社会の愚かしさや不合理性を確認するのだ。

『浮雲』第一篇も『吾輩は猫である』も、全体視野に立つ観察者としての語り手が、局所視野にあって内部観測するときに笑いが生まれ、そこから作中人物への痛烈な風刺も立ち上がってくる。近代小説としての出発点に位置する『浮雲』第一篇と、小説家夏目漱石としての出発点に位置する『吾輩は猫である』が、このような相似性を示していることはきわめて興味深い。もっともヨーロッパにおける近代小説の出発点とも見なされるセルバンテスの『ドン・キホーテ』も、全体視野をもつ観察者である従者サンチョ・パンサと、騎士道という局所視野しかもちあわせない行為者ドン・キホーテの物語であってみれば、小説に笑いと風刺をとりこみ、批評性を獲得しようとしたとき、その最も素朴で、原初的な文学的形態がこうしたものにならざるを得ないといえるのかも知れない。

しかし、こうした手法は作中人物がつねに語り手の掌中にあるかのように読者へ印象づけてしまうことになり、語り手がつねに全体視野にある観察者としての立場から局所視野にある行為者としての作中人物を嘲笑し、戯画化してしまう危険性をはらむことになる。主人公の免職という新たな深刻な事態に直面して、作中人物がひとりの懊悩する生きた人間として作品の前面に登場するためには、『浮雲』第二篇以降、全体視野に立つ観察者としての語り手と局所視野にある行為者としての作中人物との関係を抜本的に見直す必要性に迫られたように、漱石もプロの「朝日新聞」の専属作家として長篇小説を書きつづけてゆくためには、やはりこの問題を解決しなければならなかった。

近代におけるリアリズム小説に必要不可欠な要素は、エピソードとエピソードとが緊密に結びあわされ、ひとつのエピソードが原因となって次のエピソードを生みだしてゆくという因果律の連鎖によって支配されることである。E・A・ポオは「構成の原理」において、「およそプロットと呼べるほどのものならば、執筆前にその結末まで仕上げられていなければならないのは分かりきったことである。結末を絶えず念頭に置いて初めて、個々の挿話や殊に全体の調子を意図の展開に役立たせることにより、プロットに不可欠な一貫性、すなわち因果律を与えることができる」（傍点原文）という。(5)

たしかにひとつの消失点《ヴァニシングポイント》に向かってすべての事象が整序づけられる遠近法の手法と同じように、「近代」の小説もひとつの焦点に向かって個々の場面やエピソードが整然と因果律によって配置されなければならない。

『浮雲』第二篇の語り手は、作品の前面へみずから出て直接に読者へ語りかけたり、作中人物たちの言動を茶化したり揶揄したりするようなことはしない。地の文は基本的には過去形で、語り手は全体視野に立つ観察者として「記録」に撤し、読者へ向かって「信号」を発したり、目くばせするようなことはしない。「信号」を発し、それを受信するのは局所視野にある行為者としての作中人物同士であり、語り手はそれらを意味づけることもせず、逆にそこから一歩退きながら、作中人物同士の交わす言葉を正確に写しとって、そのやりとりが読者に的確に読解し得るように、地の文において作中人物の素振りや様態などを可能なかぎり客観的に描出する。

こうした叙述が読者の自然な感情に抵触しないかぎり、語り手の存在はもはや読者の意識にのぼらないほどテキストの後景に退いて、透明な存在と化してゆく。そして、それと反比例するかのように作中人物の像はクッキリと浮かびあがって、あたかも自己の意志によって行動しているかのように生気を帯びてくるが、『吾輩は猫である』『坊っちゃん』から出発した漱石の文学も、『浮雲』の第一篇から第二篇への歩みとパラレルな歩みをあゆむ。おそらく漱石の作品系譜のなかでも最も近代小説らしい小説は、『三四郎』『それから』『門』の前期三部作がそのピークをなしていたといって差し支えないと思われるが、「一夜」(「中央公論」一九〇五年九月)という短篇には次のような箇所がある。

昔し阿修羅が帝釈天と戦つて敗れたときは、八万四千の眷属を領して藕糸《ぐうし》孔中に入つて蔵《かく》れたとある。維魔が方丈の室に法を聴ける大衆は千か万か其数を忘れた。胡桃《くるみ》の裏《うち》に潜んで、われを尽大千世界の王とも思はんとはハムレットの述懐と記憶する。粟粒芥顆《ぞくりふかいくわ》のうちに蒼天もある、大地もある。一生《いつせい》師に問ふて云ふ、分子は箸でつまめるものですかと。分子は暫く措く。天下は箸の端《さき》にかゝるのみならず、一たび掛け得れば、いつでも胃の中に収まるべきものである。

又思ふ百年は一年の如く、一年は一刻の如し。一刻を知れば正に人生を知る。日は東より出でゝ必ず西に入る。月は盈《み》つればかくる。徒らに指を屈して白頭に到るものは、徒らに茫々たる時に身神《しんしん》を限らるゝを恨むに過ぎぬ。（中略）

八畳の座敷に髯のある人と、髯のない人と、涼しい眼の女が会して、斯の如く一夜を過した。彼等の一夜を描いたのは彼等の生涯を描いたのである。

漱石には、この世界がすべて入れ子構造になっているようにもみえたのだろう。『文学論』（大倉書店、一九〇七年）においても同じようなことをいっている。「凡そ意識の一刻にF（引用者注…「焦点的印象又は観念」のこと）ある如く、十刻、二十刻、さては一時間の意識の流にも同じくFと称し得べきものあるにはあらざるか。今吾人が趣味ある詩歌を誦すること一時間なりと仮定せんに、其間吾人の意識が絶えずaなる言葉よりbなる言葉に移り、更にcに及ぶこと以上の理により明らかなれども、かく順次に消え順次に現はるゝ幾多小波形を一時間の後に於て追想するときは其集合せる小F個々ののをはなれて、此一時間内に一種焦点的意義（前後各一時間の意識に対し）現然として存在するにはあらざるか。半日にも亦如此Fあり、一日にも亦然り、更にこれを以て推せば一年十年に渡るFもあり得べく、時に終生一個のFを中心とすることも少なからざるべし。一個人を竪に通じてFある如く一世一代にも同様一個のFあること亦自明の事実」というわけである。

小説中のひとつの場面あるいはエピソードにふくまれる「F」は、次に展開される場面あるいはエピソードによってほんのわずかであっても変更が余儀なくされて、さらに高次な「F」に結晶される。そして、その新たなる「F」もさらに展開される場面あるいはエピソードによってまたさらなる高次な「F」に変更されるということを無限に繰り返す。これは無限に再代入を繰り返す数式にも似ており、小説もこうした再代入、フィードバックを無限に繰り返すことによって、それぞれの場面あるいはエピソードが暗示と連想、照応と対比とを示しながら、全体の「F」との関連においてフラクタルな構造をもつということができる。

ひとつの作品がフラクタルな自己相似性をもって構成されるならば、漱石文学の軌跡そのものも日本の近代文学史の展開とフラクタルな構造をもっているということが予測される。たしかに滑稽本の精神を受けつぐ『吾輩は猫である』からはじまり、『草枕』『虞美人草』などの文体的装飾過多な硯友社的要素をもつ作品を経て、緻密に計算された近代小説の典型となるような『それから』『門』などの執筆にいたる過程は、そのまま近代文学の出発から成熟に向けての歩みとも重なっているようである。おそらく漱石の文学は前期三部作において近代小説としてのひとつの到達点に達したのだといえる。『それから』にしても『門』にしても、どの一場面、どのようなひとつのエピソードをとって見ても、作品全体と見事に照応してパーフェクトなまでに自己相似性をもった構成となっている。

しかし、近代小説としての完成は、同時にその崩壊をもはらむことになる。谷崎潤一郎は「小説の形式を用ひたのでは、巧ければ巧いほどウソらしくなる」（「春琴抄後語」）という[6]。好くできたドラマも何本もたてつづけに見れば退屈してしまうように、近代小説の形式もひとつの完成に達すると、それを崩そうとする力が働くことになる。私たちは完成された決まった型にはすぐに飽きてしまい、支離滅裂で読解不能な混沌の状態にも安らぐことができない。このことはセルオートマトンにおいて秩序とカオスの境界にあって、複雑な動きを見せながら成長、分裂し、決して終わることなく自己増殖をつづける〈カオスの縁《ふち》〉を思い起こさせる。進化や学習といった適応のメカニズムも生命もつねに〈カオスの縁〉へ向かうといわれるが、小説の形式においても小説はつねに小説についての小説たらざるを得ないことになる。

二葉亭四迷は『浮雲』第二篇において安定した近代小説の形式を決定したと思われたのに、第三篇ではそれを打ち毀し、語り手が文三の内面にこだわり、それを細かに描きだそうとして収拾がつかなくなってしまうが、それと同じように『彼岸過迄』『行人』『こころ』の後期三部作において漱石も、作中人物の内面に深く、深く入りこんでゆくようになる。絶筆『明暗』は執筆途上で逝去して、完結させることができなかったけれど、これでもかといったほど詳細な心理分析がなされている。あまりに深く作中人物の内面に入りこみすぎて、ときにやや現実世界から乖離してしてゆく側面もあった。そうしたところに谷崎潤一郎の「藝術一家言」(「改造」一九二〇年四、五、七、一〇)による批判もあったわけだが、漱石はここで近代人の理性や合理性では御しきれない領域へと踏み込んでいったのだといえる。

彼の頭は彼の乗つてゐる電車のやうに、自分自身の軌道《レール》の上を走つて前へ進む丈であつた。彼は二三日前ある友達から聞いたポアンカレーの話を思ひ出した。彼の為に「偶然」の意味を説明して呉れた其友達は彼に向つて斯う云つた。

「だから君、普通世間で偶然だ偶然だといふ、所謂偶然の出来事といふのは、ポアンカレーの説によると、原因があまりに複雑過ぎて一寸見当が付かない時に云ふのだね。ナポレオンが生れるためには或特別の卵と或特別の精虫の配合が必要で、其必要な配合が出来得るためには、又何んな条件が必要であつたかと考へて見ると、殆んど想像が付かないだらう」

彼は友達の言葉を、単に与へられた新らしい知識の断片として聞き流す訳に行かなかつた。彼はそれをぴたりと自分の身の上に当て嵌めて考へた。すると暗い不可思議な力が右に行くべき彼を左に押し遣つたり、前に進むべき彼を後ろに引き戻したりするやうに思へた。しかも彼はついぞ今迄自分の行動に就いて他から牽制を受けた覚がなかつた。為《す》る事はみんな自分の力で為《し》、言ふ事は悉く自分の力で言つたに相違なかつた。

「何うして彼《あ》の女は彼所《あすこ》へ嫁に行つたのだらう。それは自分で行かうと思つたから行つたに違ない。然し何うしても彼所へ嫁に行く筈ではなかつたのに。さうして此己は又何うして彼の女と結婚したのだらう。それも己が貰はうと思つたからこそ結婚が成立したに違ない。然し己は未だ嘗て彼の女を貰はうとは思つてゐなかつたのに。偶然？　ポアンカレーの所謂複雑の極致？　何だか解らない」

『明暗』の冒頭に近い箇所に、あたかも一篇のモチーフを設定するかのように記された一節であるが、ポアンカレによれば、原因が極めて微少か、あるいは十分に複雑であるかした場合、私たちはそれを「偶然」と呼ぶのだという。(7)『科学と方法』に語られた例でいえば、ひとりの男が所用で街を歩いてゆき、通りかかった家の屋根のうえでは屋根師がはたらいていて、屋根師が瓦を落として、その男にあたって死ぬとする。男がどんな理由でその街をその時間に通ったかが分かり、屋根師を雇った請負人も屋根師がこれからすることをある程度まで予見することが可能だったとしても、男の死の原因にはふたつの世界があまりに複雑に交差しているので、私たちはそれを「偶然」と呼ぶことをためらわない。

　この現実はあまりにも「偶然」に満ちあふれた混沌とした世界である。この混沌とした無秩序な世界をいくらかでも整理して、秩序をもたらすためにさまざまな法則が発見されたのだけれど、小説という文学形式も混沌とした人生や現実をいくらかでも論理だった、秩序あるものと見なすための試みである。しかし、主人公が乗っている電車のように「自分自身の軌道《レール》の上を走つて前へ進む丈」ならばよいが、「偶然」に左右されることで、「他から牽制を受けた」こともなく、「為《す》る事はみんな自分の力で為《し》、言ふ事は悉く自分の力で言つた」にかかわらず、「右に行くべき彼を左に押し遣つたり、前に進むべき彼を後ろに引き戻したりする」ような「暗い不可思議な力」に翻弄されてしまう。

　それはちょうど『明暗』執筆の二年前の一九一四年に、誰ひとりも望みもしなければ、その後四年にもわたる悲惨で酷たらしい戦争状態が展開されるとも予想しなかった第一次世界大戦が、サラエボでの一発の銃声をキッカケに勃発したことに似ている。ヨーロッパでは一八一五年のワーテルローの戦いから第一次世界大戦までの一〇〇年の間に大きな戦争がなく、比較的安定し、経済的にも繁栄して、人々の教養も高まり、文化の花も開き、人間の理性と合理精神によって平和な時代を築くことができると考えられたけれど、第一次世界大戦の勃発はそうした幻想を粉みじんに打ち砕いた。文学に親しむことがその人間性を涵養し、人格を陶冶し、その人間形成に寄与するといったことも、もはや無条件では信じられなくなった。

『明暗』の主人公は、嫁に行くはずではなかったところへ彼女が嫁に行き、自分ももらうはずでなかった嫁をもらってしまったという人生の不条理の原因を探らざるを得ず、それを十全に解き明かすことでこの人生を支配している法則、私たちには見えない人間の精神世界を支配している「暗い不可思議な力」を明らかにしようとする。こうした問題設定の突きつめた延長線上には、「偶然」に翻弄されつづける自己の暗い運命を見つめた芥川龍之介の遺稿『歯車』があるといっていいだろう。『浮雲』によって基礎が据えられ、漱石によって確立された日本の近代小説の形式を、芥川はその極限にまで延線を引いて、そこに『歯車』というこれから先は何もない、ただ死の深淵がまちかまえるだけの極北のかたちを示した。ここには近代小説の限界が示されており、近代小説の終焉も先取りされていたといっていい。

芥川の死後、第一次世界大戦後のヨーロッパの新しい文学的な動きに影響をうけるかたちで、日本の近代文学も大きく変質してゆくことになる。鎖国から解き放されて文明開化の明治時代から西洋に学んだ近代文学の歴史も、芥川の自殺によってひとつの時代の区切りを迎えたという印象が大きい。思えば、「鼻」「芋粥」など批判精神の旺盛でユーモラスな作品からはじまって、近代小説の典範となるようなきっちりとした短編小説を多く書きながら、語り手の内面深くわけいって、この世界を統べる原理の蝶つがいがはずれてしまったような『歯車』を遺稿として自死した芥川の文学的生涯は、漱石の文学的生涯のミニチュアだったといえるのではないだろうか。

『浮雲』はその第一篇で江戸戯作から近代小説への転換を明示し、第二篇では漱石の前期三部作と同様に因果律の枠組みによって構築された近代小説の典型を示し、第三篇は『明暗』や『歯車』と同じく主人公の不安定でとらえにくい内面世界を写しだしていった。二葉亭が作品に内在する論理を忠実に追うことで第一篇、第二篇、第三篇と変化していったように、近代小説中に内在する近代小説としてのパラメータを持続的に変化させていったとき、それとパラレルなかたちで近代小説の歴史を刻むことになる。漱石文学は、いってみればその日本の近代文学史をそのままに体現し、漱石は身をもって日本近代文学史を駆け抜け、その到達点を示したと同時に現代文学への架け橋ともなったといえる。

注

(1) 中島国彦・長島裕子編『漱石の愛した絵はがき』(岩波書店、二〇一六年)
(2) 前田愛「音読から黙読へ」(『近代読者の成立』有精堂、一九七三年)
(3) 小森陽一『構造としての語り』(新曜社、一九八八年)
(4) 郡司ペギオ-幸夫、松野孝一郎、オットー・E・レスラー『内部観測』(青土社、一九九七年)
(5) E・A・ポオ、篠田一士訳「構成の原理」(『ポオ全集』第三巻、一九七〇年、東京創元新社)。このエッセイは一八四六年に"Graham's Magazine"誌上に掲載された。
(6) 谷崎潤一郎「春琴抄後語」(「改造」一九三四年六月)
(7) ポアンカレ、吉田洋一訳『科学と方法』(岩波文庫、一九五三年)。原著は一九〇八年刊行、同書の第一篇第一章「事実の選択」は一九一五(大正四)年二月の「東洋学藝雑誌」に、引用箇所にかかわる第一篇第四章「偶然」は同年七月と八月の同誌に、ともに寺田寅彦の翻訳で掲載されている。

語り手の「居所立所《ゐどたちど》」

二葉亭四迷『浮雲』

日本の近代小説の出発点を一八八七（明治二〇）年に刊行された二葉亭四迷の『浮雲』とすることが、今日ではほぼ定説となっている。明治以降に書かれた小説は、それこそ星の数ほどあるだろうが、これまで膨大な数の読者がそれらを読み込んで、その観察の総和から抽出された最大頻度の解答なるものがこの定説であろう。私自身が読み得たごくごく限られた範囲での判断においても、この定説に異論はない。もちろんこの定説でさえ何時くつがえされるか分からないけれど、今日までのところは、まずこの定説にしたがってもいいだろうと思う。しかし、『浮雲』の何が「近代」小説なのかといえば、論者の数ほど諸説がとびかい、必ずしも定説が確定しているわけではない。

『浮雲』といえば、誰しも言文一致体で書かれた日本で最初の小説という固定観念をもっている。言文一致ということが近代小説の第一の要件なのかといえば、私たちは『浮雲』より後に発表された森鷗外の「舞姫」や樋口一葉の「たけくらべ」といった文語体で書かれた近代小説の傑作を知っている。とすれば、言文一致体をもって、近代小説を決定づける因子と見なすことはできない。また『浮雲』は日本での最初の本格的なリアリズム小説ともいわれるが、リアリズムということが近代小説の第一要件なのか。『浮雲』は、一八八五（明治一八）年に刊行された坪内逍遙の文学理論書『小説神髄』において提唱された「模写」（写実）の実践といわれるが、私たちは幸田露伴や泉鏡花などの反リアリズムの近代小説もたくさん知っており、また写実ということをいえば、為永春水や式亭三馬の江戸戯作にもその萌芽はあった。

　むろん言文一致ということも、本格的なリアリズム小説ということも、『浮雲』の近代小説たる重要な要素である。が、『浮雲』が「近代」小説であることを決定づける主要な因子は、そうした表現上の問題であると同時に、やはり作品の内実にかかわる事柄だったと思う。それは『浮雲』冒頭の書き出しの文体――枕詞や掛詞、洒落や地口や穿ちありといった江戸戯作につながるような戯文調の文章によって書かれながら、ストーリーの展開にしたがって『浮雲』の文体が変化してゆくことによっても明らかである。

　千早振《ちはやふ》る神無月《かみなづき》も最早《もはや》跡二日の余波《なごり》となツた廿八日の午後三時頃に、神田見附《かんだみつけ》の内より、塗渡《とわた》る蟻、散る蜘蛛の子とうよ〳〵ぞよ〳〵沸出でゝ来るのは、孰《いづ》れも頤《おとがひ》を気にし給ふ方々。しかし熟々《つらく》見て篤《とく》と点撿すると、是れにも種々《さまぐ》種類のあるもので、まづ髭から書

> 立てれば、口髭、頬髯、顋《あご》の鬚、暴《やけ》に興起《おや》した拿破崙《なぽれをん》髭に、狆の口めいた比斯馬克《びすまるく》髭、そのほか矮鶏《ちやぼ》髭、貉《むじな》髭、ありやなしやの幻の髭と、濃くも淡《うす》くもいろ〳〵に生分《はえわか》る。髭に続いて差《ちが》ひのあるのは服飾《みなり》。白木屋《しろきや》仕込みの黒物《くろいもの》づくめには仏蘭西皮の靴の配偶《めをと》はありうち、之を召す方様《かたさま》の鼻毛は延びて蜻蛉《とんぼ》をも釣るべしといふ。是より降《くだ》つては、背皺よると枕詞《まくらことば》の付く「スコッチ」の背広にゴリ〳〵するほどの牛の毛皮靴、そこで踵にお飾を絶《たや》さぬ所から泥に尾を曳く亀甲洋袴《かめのこづぼん》、いづれも釣《つる》しんぼうの苦患《くげん》を今に脱せぬ貌付《かほつき》、デモ持主は得意なもので、髭あり服あり我また奚《なに》をか覔《もと》めんと済《すま》した顔色《がんしよく》で、火をくれた木頭《もくづ》と反《そつくりかへ》身ッてお帰り遊ばす、イヤお羨しいことだ。其後《あと》より続いて出てお出でなさるは孰《いづ》れも胡麻鹽頭、弓と曲げても張の弱い腰に無残や空《から》弁当を振垂《ぶらさ》げてヨタ〳〵ものでお帰りなさる。さては老朽しても流石《さすが》はまだ職に堪へるものか、しかし日本服でも勤められるお手軽なお身の上、さりとはまたお気の毒な。

『浮雲』の冒頭には、神田見附の内より退庁する官員たちの姿が面白おかしく描き出される。「之を召す方様《かたさま》の鼻毛は延びて蜻蛉《とんぼ》をも釣るべし」と揶揄したり、「髭あり服あり我また奚《なに》をか覔《もと》めんと済《すま》した顔色《がんしよく》で、火をくれた木頭《もくづ》と反身《そつくりかへ》ッてお帰り遊ばす、イヤお羨しいことだ」と茶化してみたり、皮肉な風刺がきいたこの書き出しに当時の読者はニヤリとしたり、作者と同様に役人をあまりこころよく思っていなかったものは、これを読んでさぞかし溜飲を下げたことでもあろう。しかし、明治二〇年前後の風俗が分からなくなっている現代の読者にとっては、非常に読みにくく煩わしいばかりである。

巧みに文章のアヤを飾り、語呂のよい言葉を調子よく列べることは、まさにプロの文章家として腕の見せどころだった。が、作品冒頭でのこうした読者へのサービスは江戸戯作以来の伝統をそのまま引きずったものである。同時代の特徴的な世相をとらえ、枕詞や掛詞を巧みに織りこみながら、洒落や穿ちをきかせて、一瀉千里とばかりにたたみ掛ける手法は、一八七一（明治四）年に刊行された仮名垣魯文の『安愚楽鍋』の書き出しと何ら異なるところはない。

> 天地は万物《ばんもつ》の父母。人は万物の霊。故《かるが》ゆゑに五穀草木鳥獣魚肉。是が食《しょく》となるは自然の理《り》にして。これを食《く》ふこと人の性なり。昔々の俚諺《ことわざ》に。盲文爺《ももんぢゝい》のたぬき汁。因果応報穢《けがれ》を浄《きよ》むる。かち〳〵山の切火打。あら玉うさぎも吸物で。味をしめこの喰初《くひぞめ》に。そろ〳〵開化《ひらけ》し西洋料理。その功能も深見草《ふかみぐさ》。牡丹紅葉の季《とき》をきらはず。猪《しゝ》よりさきへだら〳〵歩行《あるき》。よし遅くとも怠らず。往来《ゆきき》絶ざる浅草通《どほり》行。御蔵前に定舗《ぢやうみせ》の。名も高籏《たかはた》の牛肉鍋。

『安愚楽鍋』も『浮雲』と同じく式亭三馬からの影響を受けて書かれた。『浮雲』第一篇ではひたすら読者を楽しませることを第一義とし、過剰なまでの戯作者精神を発揮して読者へのサービスにつとめており、冒頭の一節には新しさはないといってもいい。

冒頭の一節のあとには、「途上人影《ひとけ》の稀れに成つた頃　同じ見附の内より両人《ふたり》の少年《わかもの》が話しながら出て参つた」という一文がつづき、ふたりの会話が写しとられる。役所から帰宅する官員の集団からふたりの若者にスポットライトがあてられ、群から切り離された「個」の存在がクッキリと浮かびあがるように計算されている。ひとりは二二、三歳で、顔色があまりよくないが、秀でた眉にきっとした目付きで、すらりと背が高い。もうひとりは二、三歳上らしいが、中肉中背の色白の丸顔で、なかなかの好男子ながら、「顔立がひねてこせ〲してゐるので、何《なに》となく品格のない男」と紹介される。のちに前者が内海文三で、後者は本田昇ということが知れる。

ふたりの会話のやり取りから、この日、文三が役所を免職となり、昇はそれをまぬがれたということが分かる。明治一八年の末より一九年にかけて官制の大改革がおこなわれ、多くの官吏が整理されて、非職を命じられた。三宅雪嶺『同時代史』によれば、「歳末に近づいて突然大改革の発表され、官吏の狼狽頗る甚だし。（中略）特別に高官と関係ある者は自ら位置の安全なるを知り、昇進の機会あるに得意を感じ、斯く高官と関係なく、或は命の綱と頼む所の高官其れ自ら位置の危くしては、如何にすべきやを知らず。歳末の休暇を楽まず、得べき限りの縁故を辿り、少しにても位置を有利にせんとし、西奔東走到らざるなし」といった具合で、明治一九年には「新年早々官界に大恐慌」がまきおこったという。(1) 冒頭はそうした事実を反映したものだけれど、弱い立場にある個人が集団組織から切り離されて路頭に迷うということは、今日でも変わらない光景である。

目には見えない外側の大きな力によって自己の生存基盤から切り離され、社会へ放り出されたものは文三ひとりではない。文三の父親も「旧幕府に仕へて俸禄を食《はむ》だ者」だったが、「明治の御世」になっては「木から落ちた猿猴《さる》の身」と同然だったと語られる。文三とその父親の境遇はいわば自己相似性をもって描かれるが、父親は自分に代わって文三が明治という新しい時代を生き抜くために「学問」を仕込んでやった。『浮雲』全篇のモチーフは、まさに文三が「学問」によって得た「条理」を貫きながら、この現実を生き抜くことは可能なのか、と問うところにあるといっていい。

この現実が「不条理」に満ちていることは今日でも変わりない。それを昇のように「属吏ならば、仮令《たと》ひ課長の言付を条理と思つたにしろ思わぬにしろ、ハイ〳〵言つて其の通り処弁《しよべん》して往《い》きやア、職分は尽きてるぢやアないか」と考え、自己を押し殺して要領よく生きてゆくのか。それとも文三のように免職を覚悟してでも自己の「条理」を押しとおしてゆくのか。いずれにしろ、この社会で他者とのかかわりのなかで生きてゆかなければならない私たちは、社会と自己とのあるべき関係を摸索しつづけなければならない。つまり現実世界の座標軸のどこに自己を位置づけるかということは、いつの時代においても変わることのない問題である。

＊

『浮雲』第一篇において語り手は、あたかもその場にいあわせて覗き見でもするかのように、退庁する官員たちの有様をこと細かに観察し、また文三と昇に寄り添って歩きながら、立ち聞きするかのようにしてその会話を写し取る。昇と別れて文三が二階家へはいれば、「一所《いつしよ》に這入ツて見よう」と作中人物と行動をともにし、あたかも実況中継するかのように、文三の逐一の行動を報告する。この語り手は物語のなかでは作中人物と同様に、いま、ここを生きる現在進行形のなかにいるかのようである。こうした「覗き見」と「立ち聞き」を中心とした表現形式が、会話を中心とする現在進行形の場面描写からなりたっている滑稽本・人情本の延長上にあることはすでに小森陽一によって指摘されているとおりである(2)。

語り手が作中人物とともに物語空間に生きながら、物語を外部から記録する観察者であることもここで指摘しておきたい。「第二回」では過去に遡って、語り手は文三やヒロインのお勢の「小伝」を語ってみせる。文三の父親について「腕は真影流《しんかげりう》に固《かたま》ツてゐても鋤鍬は使へず、口は左様《さやう》然らばと重く成ツてゐて見れば急にはヘイの音《ね》も出されず」というように、文三自身のあずかり知り得ないことまでも語り出し、「文三は父親の存生中《ぞんじやうちゆう》より、家計の困難に心附かぬでは無いが、何と言《いっ》てもまだ幼少の事、何時までも其で居られるやうな心地がされて」というように文三自身が意識化し得ないことをも語り出す。また「性質は内端《うちば》だけに学問には向くと見えて」といった具合に、語り手からの皮肉な観察や批評も付け加えられている。

近代以前の物語においては、いわば作者によって仮託された語り手が作中の世界の全体を掌握し、語り手の視点によって物語世界のすべてのことがらは統括されていたといっていい。近代小説の要件には何を語るかということと同時に、もうひとつどのように語るかということがあった。近代小説において語り手と作中人物のあいだにメスを入れ、語り手と作中人物とを切り離すにしても、語り手の視点を作中人物のそれに重ねるにしても、つねにそのことに作者は自覚的でなければならない。『浮雲』において二葉亭がもっとも困難を感じたのもこの点で、第一篇、第二篇、第三篇と各篇ごとに異なった手法を採用している。そのなかでも『浮雲』第一篇には、ことに近代小説の誕生ともからんで興味深い問題がはらまれている。

「文学史のなかの夏目漱石」の記述とも重なるが、語り手と作中人物との関係を、生物物理学者の松野孝一郎によって提唱された「内部観測」の理論を借りて説明したいと思う。[3] 松野はこれを政治家と政治学者との関係にたとえて、こんな風に説明している。ひとりの政治家Aが毎日、自分の行動を日記に書き残すと想定する。Aは政敵、味方を問わず相手の動きを眺め、しかも次の選挙で選挙区民がはたして自分へ投票してくれるかどうかに気を配りながら、絶えず自己の意図を相手に伝えようとしなければならない。そして、この政治家Aが直接、間接に接触するどの政治家B、C、D……も同様の日記を書き残すものとする。次にその多数の日記をすべて入手して読むことのできる政治学者を想定する。そのときに政治家と政治学者との関係はどのようなものになるだろうか。

まず明らかなことは、政治家が時々刻々と変化する状況に対して、自分の思惑と相手の思惑とをどのように折り合わせるかという葛藤に悩まされながら、行為者として全体にかかわる決定を絶えず次から次へとわが身に引き受けてゆくのに対して、観察者としての政治学者は入手した日記の解読により政治決定の全体を把握することができるということである。政治家は「局所視野に基づく行為者」として、相手がどのように反応するか不明のままに決定を下さなければならないけれど、政治学者は「全体視野に基づく観察者」として、個々の政治家がどのように政治決定にかかわっていったのかを知ることができる。しかし、あくまで観察できるのは現在までに完了した政治決定に関してのみで、すでに完了した記録に限定される。「行為は局所視野しか伴い得ないが、全体視野を豪語する観察に対して常に先行する」というわけである。

政治家と政治学者がそれぞれの領分を守っているかぎり、両者に齟齬が発生することはないが、一方がゆえなくして他方の領分に入り込むとき、この両者の棲み分けが脅かされることになる。たとえば、ダーウィンの進化過程の原理として自然選択をもちだすとき、これが完了した事象のみに適用されるのであれば、この自然選択は行為の理論になることはない。が、現在まさに進行中の進化事象、あるいは生物現象のなかにこれを認めなければならないとすると、「進行中の生物現象は多岐に及ぶ分子過程の総体」であり、「これは進化過程の原理としての自然選択を更に根源的な別の原理、分子過程に還元するとの意思表明になり、そのことによって自然選択が原理としての地位を自ら放棄することになる」という。

ここで問われるのは、認識のための理論が行為そのものの理論にどのように接続されるかということである。行為の理論にあっては過去形と現在形の混用が避けがたいが、行為を現在形で記述しようとするならば、「局所視野」しかもつことができない。それに引き換え、すでに完了した過去の行為は「記録」に化し、「全体視野」を可能とする観察者によって認識され、理解され得る対象となる。過去形に固有な特性とは、すべてを「記録」に還元することだが、進行形で示される進行中の行為の属性は、それぞれの行為者が他の行為者に新たな行為を誘うきっかけを絶えず与えることであり、「進行中の行為は他の行為者に新たな行為を引き起こさせる信号として機能する」という。

この「信号」の機能を解明しようとするのが「内部観測」理論であるが、こうした「全体視野」と「局所視野」、「観察者」と「行為者」、「記録」と「信号」といった関係は、会話と描写からなる近代小説における語り手と作中人物との関係を考えるにも恰好な理論的枠組みを提供してくれる。近代小説において基本的に語り手は「全体視野に基づく観察者」としての機能を担うが、それに対して作中人物は「局所視野に基づく行為者」としての役割を負わされる。両者の組み合わせが適切におこなわれて、そのギアチェンジが何度も繰り返されながら起伏に富んだ物語世界を駆動するところに、すぐれた近代のリアリズム小説も生まれることになるが、『浮雲』第一篇の場合、それが必ずしもそうなってはいない。

その具体例について「チト艶《なま》めいた一条のお噺《はなし》」を描いた「第三回」の一場面を見てみたい。しかし、その前に「第二回」で語り手によって語り出された登場人物についてザッと紹介しておこう。文三は叔父の園田孫兵衛の家の二階に下宿しているけれど、「慈悲深く、憐ツぽく、加之《しか》も律義真当《りちぎまつたう》の気質」な孫兵衛は東京に家をもちながら横浜の方で「茶店《さてん》の支配人」をしている。留守を守る女房のお政には娘のお勢とその弟の勇《いさみ》というふたりの子どもがあるが、勇は某校の寄宿舎にいて家にいない。お政は「兎に角、如才のない、世辞のよい　地代から貸金の催促まで家事一切独《ひとり》で切つて廻る程あつて、万事に抜目のない婦人」であって、「疵瑕《きず》と言ツては唯大酒飲みで、浮気で、加之《しか》も針を持つ事がキツイ嫌ひといふばかり」と語り手から茶化される。お勢は、幼少より「何でも彼《か》でも言成《いひなり》次第にヲイソレと仕付けられたのが癖と成ツて、首尾よくやんちゃ娘に成果《なりおほ》せた」「根生《ねおひ》の軽躁者《おいそれもの》」で、何ごとも周囲のものに感化されやすい。現在、園田家にはお政、お勢のほかに、「生理学上の美人」と形容された女中のお鍋と、女性が三人いるきりである。

　お勢は三味線の稽古も漢学の私塾も中途で放り出してしまう。文三はそんなお勢に頼まれて英語を教授しはじめ、「折節は日本婦人の有様、束髪の利害　さては男女交際の得失などを論ずるやうに」なったが、いつしかお勢へ恋心を抱くようにもなった。夏のとある夕暮、文三が散歩から帰ってみれば、お政もお鍋も留守で、お勢に呼び止められて、彼女の部屋でふたりは話し合う。

「此間もネ貴君《あなた》、鍋が生意気に可笑《おか》しな事を言ツて私《わたくし》にからかふのですよ。それからネ私が余《あん》り五月蝿《うるさく》なツたから、到底解るまいとはおもひましたけれども試《こゝろみ》に男女交際論を説て見たのですヨ。さうしたらネ、アノなんですツて、私の言葉には漢語が雑《ま》ざるから全然《まるつきり》何を言ツたのだか解りませんて……真個《ほんと》に教育のないといふ者は仕様のないもんですネー。」

「アハヽヽ其奴《そいつ》は大笑ひだ……しかし可笑《をか》しく思ツてゐるのは鍋ばかりぢやア有りますまい、必《きつ》と母親《おつか》さんも……」

「母ですか、母はどうせ下等の人物ですから始終可笑しな事を言ツちやアからかひますのサ。其れでもネ、其たんびに私《わたくし》が辱しめ〳〵為《し》い〳〵したら、あれでも些《ちつ》とは耻《は》ぢたと見えてネ、此頃ぢやア其様《そんな》に言はなくなりましたよ。」

「へーからかふ、どんな事を仰しやツて。」

「アノーなんですツて、其様《そんな》に親しくする位なら寧ろ貴君《あなた》と……（すこしもぢ〳〵して言《いひ》かねて）結婚して仕舞へツて……」

ト聞くと等しく文三は駭然《ぎよつ》としてお勢の顔を目守《みつめ》る。されど此方《こなた》は平気の躰《てい》で

（中略）

「だから貴嬢《あなた》には私が解らないといふのです。貴嬢は私を親に孝行だと仰しやるけれども、孝行ぢやア有りません。私には……親より……大切な者があります……」

ト吃《ども》りながら言ツて文三は差俯向《さしうつむ》いて仕舞ふ。お勢は不思議さうに文三の容子《ようす》を眺めながら

「親より大切な者……親より……大切な……者……親より大切な者は私にも有りますワ。」

文三はうな垂れた頸を振揚げて
「エ、貴嬢《あなた》にも有りますと。」

「ハア有りますワ。」

「誰《だ》……誰れが。」

「人ぢやアないの、アノ真理。」

「真理。」

ト文三は慄然《ぶるぐ》と胴震《どうぶるひ》をして唇を喰ひしめた儘暫らく無言《だんまり》、稍あツて俄に喟然《きぜん》として歎息《たんそく》して
「ア、貴嬢《あなた》は清浄なものだ潔白なものだ……親より大切なものは真理……ア、潔白なものだ……（後略）」


文三とお勢の会話を引き写したこの場面は、良くも悪しくも『浮雲』第一篇の特徴を実によく表している。会話文は当時の話し言葉をなめらかに写し取っているものの、一読して爆笑せざるを得ない。ほとんど落語的な可笑しさだが、この笑いはどこから発生するのだろうか。たとえば、冒頭の一節からもうかがわれるように、『安愚楽鍋』などと同様に作者の誇張的な主観によって作中人物を卑小化、戯画化せずにはおかない江戸戯作の滑稽本スタイルを、その基底において文学モデルとしているからだろうか。

たしかにそうした要因もあるかも知れない。だが、この場面が江戸文学から一歩も出ていな

い前近代的なものかといえば、必ずしもそうではない。この場面に先立って「第二回」において作中人物のそれぞれの来歴とそこから培われた為人《ひととなり》が紹介されていた。語り手がそれらと有機的な関連においてこの場面を自覚的に描写している点において滑稽本から離れている。滑稽本のスタイルが基本的にはエピソードの羅列をとるのに対して、ここではそれに先だつ語りの内容と密接に絡ませながら語られている。が、このエピソードがやがて焦点化されるべき物語を構成する一部分としてその役割を十分に果たしているかといえば、必ずしも問題なきにしもあらずなのである。

ここに引いたエピソードは作品の現在時点である文三が免職となったときより以前のもので、作中時間においては過去に属するものである。文三とお勢の会話が大半を占めているとはいいながら、語り手はその数少ない地の文において過去形を用いることなく、過去の事象を語り出すにも現在形、体言止め、あるいは「……て」「……で」という助詞を用いて、次の会話文へとつづけている。『浮雲』第一篇において過去形が用いられるのはごく限られた場合のみで、先にも指摘したように『浮雲』第一篇の語り手は、作中人物と行動をともにして、あたかも実況中継するかのように現在進行形において物語を語りだしている。

『浮雲』第一篇では語り手は、あたかも作中人物と同様にふるまい、「一所《いつしよ》に這入ツて見よう」とか、「お勢の小伝を伺ひませう」とか、「是れからが肝心要《かんじんかなめ》、回を改めて伺ひませう」とか、頻繁に読者へ向けて直接に語りかけている。こうした語り手から読者への直接的な語りかけは、式亭三馬以来の滑稽本の基本形式であるが、二葉亭が坪内逍遙のアドバイスによって三遊亭円朝の落語の速記本をその言文一致体のモデルのひとつとしたところから、高座からの観客への直接的な語りかけの形式がそのまま残ってしまったものとも考えられる。が、ここで、本来、全体視野に立つべき語り手が局所視野にある行為者としてふるまっていることは、明らかに両者のあいだに齟齬をきたす要因となる。

この「チト艶《なまめ》いた」「風変りな恋の初峯入《はつみねいり》」の場面は物語の現在時点より以前のエピソードであるから、現代の読者である私たちには過去形で語られた方がよほど落ち着きがいい。ここで現在形が用いられたのは、ほかならず語り手もその現場へ立ち会いながら、現在進行している物語を読者へ臨場感をもってヴィヴィッドに伝えたいという意欲のあらわれだったのだろう。その結果、本来的には全体視野に立つ観察者としての語り手が、作中人物と一緒に局所視野にあって内部観測をすることになり、この一場面の独立性が強まる代わりに、作品全体との整合性は稀薄になったといわざるを得ない。政界内部で行動する政治家は、政治学者のようにつねに事後的に政界全体の動きを把握しながら動いているわけではないからである。

たとえば、ここで過去形を用いていたならばどうであろうか。おそらく現行のテキストがもつような読者を爆発的な笑いへと誘うエネルギーをもち得なかったのではないだろうか。少なくともその面白さは半減させられたと思われる。なぜなら、過去形で語るということは、全体視野に立つ観察者としての「記録」として提示することにほかならず、「記録」はあくまでも観察者の意識（理性）によって濾過され、取捨選択されたものなので、ここで作中人物の交わす会話が落語的なものでは、その文学的リアリティにかかわるからである。「記録」として提示されては、そのあまりの馬鹿々々しさに読者は真面目に対処することへの興味も失い、それはそのまま記録する語り手（観察者）の責任ともなりかねないことになる。

しかし、読者が思わずここで爆笑させられるのは、局所視野にある行為者たる作中人物たちがそれぞれに発する信号をお互いに誤って受信しているのを、現在進行形において内部観測する語り手と一緒に目撃するからである。「私には親より大切な者がありますす」という文三のお勢への遠回しな愛の信号に、自分にもそれがあるといって「アノ真理」と答えるお勢は、たしかに「根生《ねおひ》の軽躁者《おいそれもの》」である。それは「第二回」で全体視野に立った語り手がお勢の小伝を語ったところですでに明かしていたことで、読者も語り手とともにその認識は共有している。ここで語り手は、ホラ先にいったことはウソではないでしょうと、読者へ向かって目くばせをし、「信号」を発しているのだといえる。

『浮雲』第一篇の語り手はどうやら作中人物の領分にまで踏み込んでしまっているようだ。全体視野に立つ観察者と同時に、局所視野にある行為者としてふるまっているところにその特色があるといえる。内部観察者としての語り手は「シツ跫音《あしおと》がする、昇ではないか……当ツた」といったように、読者へ始終目くばせするように「信号」を発しつづける。いわば語り手は読者を覗き見の共犯者に仕立てようとしているのだが、ここに読者へのサービス精神旺盛な二葉亭の戯作者気質をみてとることもできる。それゆえ「風変りな恋の初峯入《はつみねいり》」の場面においても、読者は語り手に導かれるようにして何の疑念もなく文三とお勢の滑稽ぶりを徹底的に笑いのめすことが可能となる。

だが、観察者による外部観測はその対象を特定するけれど、個々の行為者に干渉するようなことは一切ない。一方、内部観測はそれに付随する局所的な箇所を焦点化するばかりで、全体との整合性は不問に付される。たとえば、「内端《うちば》」な性質と規定された文三が、お勢への愛情をはっきり告白し得ないことは分かるけれど、「アノ真理」と答えるお勢に向かって「ア、貴嬢《あなた》は清浄なものだ潔白なものだ」と応ずるのはどうだろうか。学問もし、それなりの経験も積んで、苦労も味わってきた文三にしてはあまりに初心すぎるのではないか。いくらお勢への愛に目がくらんでいたとしても、ここでお勢の「根生《ねおひ》の軽躁者《おいそれもの》」たることを見抜けないようでは、役所で「条理」を貫くことはおろか、読者は文三の洞察力への疑いもおこしかねないことになる。

このエピソードは読者へ強烈な印象を残す面白おかしいものではあるが、作品の全体からすれば必ずしも有機的な整合性をもつとはいえず、観察者と行為者のあいだに齟齬をきたしているといわなければならない。また『浮雲』第一篇では、ともかく読者へ面白い話を提供しようとの意識がまさったためか、読者へ直接語りかける語り手を登場させたことで、ともすると語り手は茶々を入れながら作中の事象を説明したりもする。現在から読めばそれはそれで面白いのだが、近代のリアリズム小説として仕上げてゆくうえでは、作中人物を押しのけて語り手が作品の正面へしゃしゃり出ては、ひとつの場面を描写する意義を失ったも同然である。

＊

『浮雲』に先立って発表された「小説総論」（『中央学術雑誌』一八八六年四月）において、二葉亭は「凡そ形（フォーム）あれば茲に意（アイデア）あり。意は形に依つて見《あら》はれ、形は意に依つて存す」と書きだしている。「抑々小説は浮世に形《あら》はれし種々雑多の現象（形）の中にて其自然の情態（意）を直接に感得するもの」というが、「意」は「意」そのものとしてあらわれるものではなく、現実の事物（現象）たる「形」のうちにあって、あくまでも「形」をとおしてあらわされる。が、現実における事物（現象）は「偶然のもの」で、その特有な形状や性質に妨げられて、十全に「意」をあらわすことができない。

二葉亭四迷は「偶然の中に於て自然を穿鑿し、種々の中に於て一致を穿鑿する」ことの必要性を説いているが、あらゆる学問は一見相違すると思われるもののなかから共通項を見いだし、それで括るところからはじまる。いわば因数分解であるが、それを「智識」をもってするのが「学問」で、「感情」をもってするのが「美術」（芸術）だとしている。そして「模写」（写実）ということを力説したが、「模写といへることは実相を仮りて虚相を写し出すといふことなり」といっている。

ここにいう「実相」とは「形」のことで、写し出されるべき「虚相」とは、「形」のなかに共通してうかがわれる「万古易ら」ざる「意」のことである。「実相界にある諸現象には自然の意なきにあらねど、夫《か》の偶然の形に蔽はれて判然とは解らぬものなり。小説に模写せし現象も、勿論偶然のものに相違なけれど、言葉の言廻し、脚色の模様によりて、此偶然の形の中に明白に自然の意を写し出さんこと、是れ模写小説の目的とする所なり」という。

この目的達成のために、もちろん文章は活きなければならないし、脚色（ストーリー）も「自然の法則」にしたがって首尾一貫しなければならない。たとえば「恋情の切なるものは能く人を殺す」という「意」をあらわそうとして、主人公の男女がともに浮気の性質で、約束も鼻の端であしらって、ウソばかりを弄し、最後になってこれといった理由もないのに、ただ親父が承知してくれないからといって、ふたりで手に手を取って淵川に身を投げたといっても、話の条理が分からず、洒落《しやれ》に命を捨てたようで、とても読者の同情を得ることはできない。「意ありと雖も無に同じ」で、これを「出来損中の出来損とす」というわけである。

『浮雲』第一篇が近代小説のかたちをキチンと提示し得ているかといえば、すでに見たように必ずしもいまだ充分に達成されているとはいい難い。が、小説における「意」が現実世界の種々雑多な現象のなかから抽出された「自然の情態」であり、それをひとつの消失点《ヴァニシングポイント》として作中に描かれるすべての事象が整序づけられなければならないことなど、近代小説の基本は押さえられている。それでは、『浮雲』に体現された「意」とは何か。二葉亭自身が後年に回顧しているように、官尊民卑への反撥や、当時の日本における新旧思想の対立（「作家苦心談」）ということだろうか、それとも日本文明の裏面を描き出すこと（「予が半生の懺悔」）でもあったろうか。作者が意図したそうした「意」もたしかに見受けられないわけではないが、問題は作者がどのような意図をもって書いたかではなく、書かれた作品からどのような「意」が読みとれるかということだろう。

　こうした観点から読み返したとき、私には第一篇の最終回（「第六回」）の末尾近くでお政が文三を評して語った言葉のうちに、きわめて重い意味をもった言葉が見出し得る。「二十三にも成ツて親を養《すご》す所《どこ》か自分の居所立所《ゐどたちど》にさへ迷惑《まごつい》てるんだ、なんぼ何だツて愛想《あいそ》が尽きらア」「フム学問々々とお言ひだけれども、立身出世すればこそ学問だ。居所立所《ゐどたちど》に迷惑《まごつ》くやうぢやア、些《ちツ》とばかし書物《ほん》が読めたツてねつから難有味《ありがたみ》がない」という言葉である。作者自身、『浮雲』を書きつづけてきて第一篇の終わりにいたって、ようやく文三と対立する作中人物から思いがけなく問題の所在が突きつけられたという印象である。まさに『浮雲』は、学問はあるが役所を免職となった文三の「居所立所《ゐどたちど》」を問う小説だったといえるのではないか。

　江戸期の徳川時代には士農工商の身分制度があり、生まれ落ちたときから職業が定められて、生涯どのような仕事をするかに迷うものはいなかった。それが明治維新によって人々は職業選択の自由をはじめ、さまざまな自由を獲得して、自分の欲する職業に就き、自己の欲するような生き方を生きることも可能となった。だが、実は近代において自己が欲するような生き方を生きるということがもっとも難しい生き方なのだろう。文三は学問によって得た「条理」を貫きながら、この社会を生き抜くことを欲するが、現実は容易にそれを許してはくれず、自己の「居所立所《ゐどたちど》」にさえ迷うようになる。文三の父が「幕府倒れて王政古《いにしへ》に復《かへ》り時津風《ときつかぜ》に靡かぬ民《たみ》草《ぐさ》もない明治の御世に成ツてから」、「木から落ちた猿猴《さる》の身」と同然だったように、役所を免職となった文三は、自己の居場所を明治社会の座標軸のどこにとったらいいのか、まったく分からなくなる。

『浮雲』第二篇は、第一篇が出てから八ヶ月後の一八八八（明治二一）年二月に、第一篇と同じく金港堂から刊行された。『浮雲』はストーリーは連続しているものの、第一篇と第二篇と第三篇とその創作方法をまったく異にしており、その意味では別々の作品であるといってもいいかも知れない。内田魯庵も「『浮雲』は二葉亭の思想動揺の過程に跨がつて作られてるから、第一編と第二編と第三編と、各々箇立してゐて一貫する脈絡を欠いてゐる。が、各々独立した箇々の作として見ても現代屈指の名作たるを少しも妨げない」といっている[4]。

二葉亭は「予が半生の懺悔」（「文章世界」一九〇八年六月）において、『浮雲』の文章について「上巻の方は、三馬、風来、全交、饗庭さんなぞがごちや混ぜになつてる。中巻は最早日本人を離れて、西洋文を取つて来た。つまり西洋文を輸入しようといふ考へからで、先づドストエフスキー、ガンチャロフ等を学び、主にドストエフスキーの書方に傾いた」といっている。第二篇が第一篇と比べると、近代小説として見違えるばかりに優れたものとなり、会話と描写からなる近代のリアリズム小説としてのもっともオーソドックスな形式を備えたのには、そうした方針の変更もあったようだ。しかし、もちろん単に文章の手本の変更ばかりがそうした飛躍をもたらしたわけではないだろう。

第二篇は、お政、お勢の母子が本田昇と連れだって、団子坂の観菊《きくみ》へゆくところからはじまる。昇はそこで役所の課長に出会い、「平身低頭」する昇を語り手は皮肉な口調で描きだしている。また課長は着飾った夫人とその夫人の妹である別嬪の「束髪の令嬢」をともなっていたが、お勢はこの令嬢へただならない関心を示す。現行のテキストでは課長夫人の妹が登場するのはここ一箇所のみだけれど、のちの伏線の意味合いが含まれていたのだろう。昇をめぐる思わぬライバルの出現に心を騒がせたお勢は、昇とふたりきりになった機会に、この令嬢のことを話題にして昇をからかうが、昇はその機に乗じて冗談めかしながらも、お勢に対する自分の思いを告げる。

「厭ですよ、其様《そん》な戯談《じやうだん》を仰しやツちや。」

ト云ツてお勢が莞爾々々《にこ〳〵》と笑ひながら此方《こちら》を振向いて視て、些《すこ》し真面目な顔をした。昇は萎《しを》れ返ツてゐる。

「戯談《じやうだん》と聞かれちや塡《う》まらない　斯う言出す迄には何位《どのくらゐ》苦しんだと思ひなさる。」

ト昇は歎息した。お勢は眼睛《め》を地上に注いで、黙然《もくぜん》として一語をも吐かなかッた。

「斯う言出したと云ツて、何《な》にも貴嬢《あなた》に義理を欠かして私《わたくし》の望を遂げようと云ふのぢやア無いが、唯貴嬢の口から僅一言《たツたひとこと》、「断念《あきら》めろ」と云ツて戴きたい。さうすりやア私も其れを力に断然思ひ切ツて、今日切《ぎ》りでもう貴嬢にもお眼に懸るまい……ネーお勢さん。」

お勢は尚ほ黙然としてゐて返答をしない。

「お勢さん。」

ト云ひ乍ら昇が頂垂《うなだ》れてゐた首を振揚げてジツとお勢の顔を窺《のぞ》き込めば、お勢は周章狼狽《どぎまぎ》してサツと顔を赧《あか》らめ、漸く聞えるか聞えぬ程の小声で、

「虚言《うそ》ばツかり。」

ト云ツて全く差俯向《さしうつむ》いて仕舞ツた。


第二篇の語り手は第一篇と異なり、地の文を基本的には過去形にしている。ということは、語り手は全体視野に立つ観察者として「記録」しているので、作品の前面へみずから出て直接に読者へ語りかけたり、作中人物たちの言動を茶化したり揶揄したりするようなことはしない。また読者へ向かって「信号」を発したり、目くばせするようなこともしない。信号を発し、それを受信するのは、局所視野にある行為者としての作中人物同士である。ここではお勢と昇はそれぞれ相手の発する信号をどのように受けとめるべきか、お互いに探り合っている。語り手はそれを意味づけることもせず、逆にそこから一歩身を引きながら、作中人物同士の交わす言

葉を正確に写しとり、その言葉のやりとりが読者に的確に読解し得るように、地の文において作中人物の素振りや様態などを可能なかぎり客観的に描きだしてゆく。

こうした叙述が読者の自然な感情に抵触しないかぎり、語り手の存在はもはや読者の意識にのぼらないほどテキストの後景に退いて、透明な存在と化してゆく。そして、それと比例するかのように作中人物の像はクッキリと浮かびあがって、あたかも自己の意志によって行動しているかのように生気を帯びてくる。この場面においては「周章狼狽《どぎまぎ》してサッと顔を赧《あか》らめ」るお勢の様子から、読者は恥じらいと困惑と喜びがこもごも入り混じったその胸中を手に取るように推量することができる。また「全く差俯向《さしうつむ》いてしまッた」姿からは、「根生《ねおひ》の軽躁者《おいそれもの》」たるお勢が昇に強く惹かれだし、内心に激しい葛藤が生じていることも推測し得る。

また昇のふるまいも狡猾なまでに計算された演技的なものであることがよく分かるが、第一篇に描かれた「恋の初峯入《はつみねいり》」において文三から受けた感化がまったく表面的なもので、文三の発する信号をとんでもないかたちで誤って受け取ってしまったお勢ならば、その後に権謀術数にたけた昇の術中にわけなくおとされてしまうことも、読者には容易に推測できる。こうしたエピソードとエピソードとが緊密に結びあわされ、ひとつのエピソードが原因となり次のエピソードを結果として生みだしてゆくという因果律の連鎖によって支配される手法こそ近代のリアリズム小説に必要不可欠な要素で、ここに荒削りながらその基本がしっかりととらえられている。

その一方、語り手は園田家にひとり残された文三の胸中を次のように描きだしている。


　どうも気が知れぬ、文三には平気で澄ましてゐるお勢の心意気が呑込めぬ。

　若し相愛《あひあい》してゐなければ、文三に親しんでから、お勢が言葉遣ひを改め起居動作《たちゐふるまひ》を変へ、蓮葉《はすは》を罷《や》めて優《やさ》に艶しく女性《によしやう》らしく成る筈もなし、又今年の夏一夕《いつせき》の情話に、我から隔《へだて》の関を取除け、乙な眼遣《めづかひ》をし麁匆《ぞんざい》な言葉を遣《つか》つて、折節《をりふし》に物思ひをする理由《いはれ》もない。

　若し相愛《あひあい》してゐなければ　婚姻の相談が有つた時、お勢が戯談《じやうだん》に托辞《かこつ》けてそれとなく文三の肚を探る筈もなし　また叔母と悶着をした時、他人同前の文三を庇護《かば》つて真実の母親と抗論する理由《いはれ》もない。

「イヤ妄想《ばうそう》ぢや無い、おれを思つてゐるに違ひない……ガ……」

　そのまた思ツてゐるお勢が、そのまた死なば同穴と心に誓つた形の影が、そのまた共に感じ共に思慮し共に呼吸生息《せいそく》する身の片割が、従兄弟《いとこ》なり親友なり未来の……夫ともなる文三の鬱々として楽まぬのを余所《よそ》に見て、行かぬと云ツても勧めもせず、平気で澄まして不知顔《しらぬかほ》でいる而已《のみ》か、文三と意気が合はねばこそ自家《じぶん》も常居《つね》から嫌ひだと云ツてゐる昇如き者に伴はれて、物観遊山《ものみゆさん》に出懸けて行く……

「解らないナ。どうしても解らん。」

解らぬ儘に文三が、想像弁別の両刀を執ツて、種々《さまぐ》にして此の気懸りなお勢の冷淡を解剖して見るに、何か物が有つて其中に籠つてゐるやうに思はれる、イヤ籠つてゐるに相違ない。が、何だか地体《ぢたい》は更に解らぬ。依てさらに又勇気を振起《ふりおこ》して唯此一点に注意を集め、傍目《わきめ》も触らさず一心不乱に茲処《ここ》を先途《せんど》と解剖して見るが、歌人の所謂箒木《はゝきぎ》で、有りとは見えてどうも解らぬ、文三は徐々《そろ〳〵》ジレ出した。スルト悪戯《いたづら》な妄想奴《ばうさうめ》が野次馬《やじうま》に飛出して来て、アヽでは無いか斯うでは無いかと、真赤な贋物《にせもの》、宛事《あてこと》も無い邪推を摑ませる。

こうした果てしもない堂々めぐりの文三の細密な内面描写が、その後も延々とつづく。『浮雲』第二篇の特色はまたここにあるといってもいいが、もちろん第一篇にも文三の内面描写がなかったわけではない。たとえば、「第四回」でお政に免職になったことを話そうとしてなかなか話せない文三の胸中を長々と描きだしているが、その最後に「さう〳〵免職の事を叔母に咄《はな》して……嘸《さぞ》厭な顔をするこツたらうナ……しかし咄さずにも置かれないから思切ツて今夜にも叔母に咄して……ダガお勢のゐる前では……チヨツゐる前でも関はん、叔母に咄して……ダガ若し彼娘《あれ》のゐる前で口汚たなくでも言はれたら……チヨツ関はん、お勢に咄して、イヤ……お勢ぢやない叔母に咄して……さぞ……厭な顔……厭な顔を咄して……口……口汚なく咄《はな》……して……ア、頭が乱れた……」と、語り手は文三を茶化しながら笑いのなかへと解消してしまっていた。

しかし、第二篇で語り手はそうした皮肉な視線を文三へ向け、主人公を嘲笑するような言辞は極力慎むようになる。しかも第一篇では文三の内面描写はカギ括弧がつけられた内的独白のかたちで表現されていたが、ここでは語り手が文三の胸中を代弁したり、文三の内的独白を受けて間接話法でそのあとをつなげてゆくような方法をとったりしている。こうしたことは、当然、語り手を文三の位置に近づけることになり、やがて地の文においても文三の意識に即しながら説明がなされる下地となっている。

作中人物としての文三は局所視野にある行為者として、当然なことながら全体を見通すことはできない。お勢を中心にして昇やお政などの発する信号を注意深く受信しながら、自分の「居所《ゐど》立所《たちど》」を決しなければならない。これに対して語り手は、観察者として作品世界の全体を見通しながら個々の場面を語りだしており、語り手が提供する情報を共有するかぎりにおいて、読者も全体を見通しながら読みすすめることになる。この主人公の内面を写した場面は、「第七回」の団子坂の観菊につづく「第八回」に描かれたものだが、ここで文三に解剖できない「お勢の冷淡」のうちに籠もるものも、語り手はいうまでもなく、先のエピソードから読者にはすでに明瞭である。

第一篇の語り手ならば、ここでまた自己の置かれている状況を見通し、把握することのできない文三を茶化したり揶揄したりすることでもあったろう。が、第二篇の語り手は文三の身に寄り添い、文三の境遇をわが身に引き受けるかのようにして、延々と堂々めぐりする文三の内面を写しとってゆく。読者もまた自己の狭い視野に閉じこもって、アアでもないコウでもないと思いをめぐらす文三の姿へ同情を寄せながら、あるいは局所視野にある文三の無知を笑いながら、読みすすめてゆく。文三の心中語や思念そのものは現在形によって写しとられているが、ときに文三の様態が過去形で語り出される。読者はいつしか文三の内面へ入り込んで、その喜怒哀楽をともにするばかりか、同時にそうした文三をも対象化してとらえることになる。

「第七回」と「第八回」に描かれた団子坂の観菊《きくみ》を境にして、文三、お勢、昇の三者を核とした『浮雲』は本格的にダイナミックな動きを展開しはじめる。これまでお勢と昇とのあいだにあった垣が取り払われ、ふたりの距離が近づけば近づくほど、逆に文三とお勢のあいだの距離は広がり、文三は園田家のなかで孤立してゆく。第二篇ではお勢と昇の物語と文三の内面描写とがちょうど逆向きのサイクルを描くように列べられ、ふたつの焦点をつくって、互いに複雑に絡み合い、相互干渉しながら、大きなうねりとなって物語を駆動させている。

文章も活きており、第二篇の末尾でお勢が文三へ投げかける「ハイ本田さんは私の気に入りました……それが如何《どう》しました」という決定的な言葉に向けて、脚色（ストーリー）も「自然の法則」にしたがいながら首尾一貫している。第二篇において文三をはじめとする作中人物はもはや単なる語り手の傀儡ではなく、ひとりひとり個性をもった人間として作品世界に生きはじめている。第一篇のように語り手と作中人物のあいだに齟齬をきたすこともなく、その意味では『浮雲』のなかでももっとも完成度が高く、近代小説としての達成度も優れたものとなっている。第一篇から第二篇へのこうした転換は、そのまま近代の小説の発展過程にも重なるということができる。

それればかりではない。園田家という座標軸において文三が自己の位置を決められず、自己の「居所立所《ゐどたちど》」にさえ迷う姿を、読者は第一篇のように笑ってばかりもいられない。なぜなら、読者自身、この現実社会に生きるということは、文三のように局所視野にある行為者として、自分にかかわる他者の発しつづけるあらゆる信号を受けとめながら、次々と決定をくだしてゆかなければならないからである。全体視野からすればその決定がつねに正しく、間違いのない適切なものという担保はどこにもない。しかし、この現実に生きてゆくひとりの人間として、瞬間々々において次々と決定をくだすことが迫られ、読者のおかれている状況も文三のそれと大差がないことを思い知らされる。

このとき読者はわが身を文三に重ねて読まざるを得ないことになる。「園田」という名称が境界によって囲われた空間を表象するならば、園田家は当時の日本を象徴する。いわば園田家と明治日本とがフラクタルなのだが、前田愛が指摘するように、文三の閉じ籠もる園田家の二階は文三の内面世界のメタファーであり、昇が頻繁に出入りするようになって乱脈をきわめるその階下は、明治になって東京へ吹き寄せられてきた都市中間層によって形成された無秩序で、混乱をきわめた明治の東京そのものとなる。(5) このように『浮雲』の世界は幾重もの入れ子構造からなるフラクタルな構造をもつといえる。

＊

『浮雲』第三篇は明治二二年七月から八月まで「都の花」（旬刊）へ四回にわたって連載された。第二篇の末尾でお勢は「ハイ本田さんは私の気に入りました……それが如何《どう》しました」という決定的な言葉を口にするが、第三篇「第十三回」はそれを受けて次のように書き出される。

> 心理の上から観れば、智愚の別なく人咸《ことごと》く面白味は有る。内海文三《うつみぶんざう》の心状を観れば、それは解らう。
>
> 前回参看、文三は既にお勢に窘《たしな》められて、憤然として部屋へ駈戻ツた。さてそれからは独り演劇《しばゐ》、泡を噛《かむ》だり、拳を握ツたり。どう考へて見ても心外でたまらぬ。「本田さんが気に入りました、」それは一時の激語も、承知してゐるでもなく、又居ないでも無い。から、強《あなが》ち其計《そればかり》を怒ツた訳でもないが、只腹が立つ、まだ何か他《た》の事で、おそろしくお勢に欺むかれたやうな心地がして、訳もなく腹が立つ。
>
> 腹の立つまゝ、遂に下宿と決心して宿所を出た。ではお勢の事は既にすツぱり思切ツてゐるか、といふに、然《さ》うではない、思切ツてはゐない。思切ツてはゐないが、思切らぬ訳にもゆかぬから、そこで悶々《むしやくしや》する。利害得喪、今はそのような事に頓着無い。只己れに逆らツてみたい、己れの望まない事をして見たい。鴆毒《ちんどく》？　持ツて来い。嘗《な》めて此一生をむちやくちやにして見せよう！……

第三篇の文体は、第一篇、第二篇のそれと大きく異なっており、内田魯庵が『浮雲』は各篇独立したものと見なしてもいいというのももっともなことだ。第二篇の文末は基本的には過去形が使用されていたが、第三篇では現在形と過去形とが混在し、これまで使われることのなかった?、!などの記号までが採用されている。語り手はあたかも文三の怒りに同調しながら、その混沌とした「心状」をそのまま描き出そうとしているかのようである。第三篇は、「智愚の別なく」誰でもその面白味をもつという「心理」そのものを、文三をとおして描きだそうとしているのだといってもいいだろう。

文三のお勢への怒りには、売り言葉に買い言葉で発せられた「一時の激語」だけでない、「何か他の事」で欺かれたような感じがあるといい、「利害得喪」を越えたものという。第二篇まで読んだ読者は、「第十回」で昇と絶交し、「第十二回」の「本田さんは私の気に入りました」というお勢の言葉で、文三とお勢の関係にも決着がついたものと判断し、あとは自分の「居所《ゐど》立所《たちど》」を明確にすべく文三は園田家を出て、自活の道を探ればいいと、まず一般常識に照らして考える。いったんは文三もそう考え、下宿先を探すのだが、「叔父の手前何と云ツて出たものだらう?」と考えると、「心奴《こころめ》がいふ事を聴かず、それとは全く関繫《くわんけい》もない余所事《よそごと》を何時からともなく思ツて仕舞ふ」という。

その「余所事《よそごと》」とは何か。「思切ツてはゐないが、思切らぬ訳にもゆかぬ」お勢への思いであり、お勢がほんとうは文三をどう思っているのか、その本心を確かめることである。文三にとってお勢の存在は「利害得喪」を越えて、いつしか文三の「一生」にも等しい価値を有するものと認識されている。それゆえ「鴆毒《ちんどく》？　持ツて来い。嘗《な》めて此一生をむちゃくちゃにして見せよう！」というのだ。文三を次の行動へ駆り立てるファクターとなるのは何かといえば、お勢の一挙一動であり、お勢の本心を探りたいということである。昇が来たのに自分の部屋へ閉じ籠って、うつ伏せに泣いているお勢を見て、文三は「Explanaition《エキスプラネーション》（示談《はなしあひ》）」ということを思いつく。

しかし、お勢はまったく文三に見向きもせず、それはさんざんの失敗に終わる。のちにそのことでお政お勢の親子からさんざん辱めをうける結果になり、文三は「晴天の霹靂《へきれき》、思ひの外なのに度肝《どぎも》を抜れて」、「脳は乱れ、神経は荒れ、心神錯乱《しんじんさくらん》して是非の分別も付かない」といった状態となる。それ以来、文三は二階の一間に閉じ籠ってしまうが、「其胸臆《きようおく》の中《うち》に立入ツてみれば、実に一方《ひとかた》ならぬ変動」である。そして「情欲の曇が取れて心の鏡が明かになり、睡入《ねい》ツてゐた智慧は俄に眼を覚まして」、「稍々変生《うまれかは》ツた」文三の内心の言葉が、「第十六回」に次のように語り出される。

お政の浮薄、今更いふまでも無い。が、過《あや》まツた文三は、――実に今迄はお勢を見謬《みあや》まツてゐた。今となツて考へてみれば、お勢はさほど高潔でも無《ない》。移気《うつりぎ》、開豁《はで》、軽躁《かるはずみ》、それを高潔と取違へて、意味も無い外部の美、それを内部のと混同して、愧《はづ》かしいかな、文三はお勢に心を奪はれてゐた。

文三は、「第二回」ですでに語り手が読者へ伝えたお勢の「根生《ねおひ》の軽躁者《おいそれもの》」たることにはじめて気づき、語り手や読者と同じ認識にようやくたどりつけたわけである。が、文三の内面ばかりにこだわっていては物語がいっこう進展しない。「第十七回」「第十八回」では文三を離れて、お勢、昇、お政の話を進めているが、第二篇で自己の存在を極力透明化し、作品の表面へ直接顔を出すことを控えた語り手が、ここでまた顔を出すことに注意したい。久しぶりに園田家を訪れた昇を囲んでの宴会を、語り手は「洒落《しやれ》、担ぎ合ひ、大口、高笑、都々逸《どどいつ》の素《す》じぶくり、替歌の伝授等《など》、いろ〳〵の事が有ツたが、蒼蠅いからそれは略す」（傍点引用者）と語り出している。

第一篇と同様に語り手は読者へ直接語りかけるのだが、第一篇の読者へ目くばせするような語りとは違って、ここでは単に要約的に語っているに過ぎない。しかも、「いろ〳〵の事が有ツた」で止めておけば、単なる描写で済まされるものを、わざわざ「蒼蠅《うるさ》いからそれは略す」という。ここには語り手の明確な批評判断がひそんでおり、それは文三のもつそれとも一致する。お勢についての認識を文三と共有した語り手は、第三篇をどうやら文三の視点を内在させながら語り出しているといってよい。それを証するかのように、文三不在の場面からうかがわれる「総て今までとは様子が違ふ」園田家の内情について、語り手は「総《すべ》て此等の動静《やうす》は文三も略ぼ察してゐる」といっている。

したがって第三篇の文体は、語り手がみずからの掌中にあるかのような作中人物たちを嘲笑、戯画化して描く第一篇や、作中人物たちと等距離な場所に身をおいて、なるべく語り手自身は透明な存在として化してゆく、会話と描写を主体とする第二篇とも異なっている。第三篇の語り手は第二篇以上に文三の内面に寄り添いながら、ときには文三の視点を内在化させて、文三の内言を代弁するような、かなり自由度の高い、自在な文体を駆使している。それも文三の「おぷちかる、いるりゅうじょん」を描く段にいたっては、語り手が文三の妄想のなかに巻き込まれてしまったかのような印象さえ与える。もはや論理を離れて、相互に何らの関係もないことがらが思い浮かぶがままに連想されてゆくのだ。

> 人の心といふものは同一の事を間断なく思ツてゐると、遂に考へ草臥《くたびれ》て思弁力の弱るもので。文三もその通り、始終お勢の事を心配してゐるうちに、何時からともなく注意が散つて一事《ひとこと》には集らぬやうになり、をり〳〵互に何の関係をも持たぬ零々砕々《ちぎれ〳〵》の事を取締《とりしめ》もなく思ふ事も有つた。曾つて両手を頭《かしら》に敷き仰向けに臥しながら天井を凝視《みつ》めて初《はじめ》は例の如くお勢の事を彼此《かれこれ》と思つてゐたが、その中にふと天井の木目《もくめ》が眼に入つて突然妙な事を思つた、「かう見たところは水の流れた痕《あと》のやうだな。」かう思ふと同時にお勢の事は全く忘れて仕舞つた、そして尚ほ熟々《つく〴〵》とその木目に視入つて、「心の取り方に依つては高低《たかびく》が有るやうにも見えるな。ふゝん、「おぷちかる、いるりゆうじよん」か。」ふと文三等に物理を教へた外国教師の立派な髯の生えた顔を憶ひ出すと、それと同時にまた木目の事は忘

れて仕舞つた。

こうした文三の妄想が延々と語られる。たとえ、これが文三の狂気へ向かう前兆としての意味が与えられていたとしても、第三篇で主人公の「心状」に焦点化していった語り手は、文三の内心の妄想に引きずられるかたちで作品の方向性を見失ってしまっているともいえる。先に松野孝一郎は「行為は局所視野しか伴い得ないが、全体視野を豪語する観察に対して常に先行する」といっていたが、ここでは明らかに局所視野にある行為者である文三の妄想が、全体視野に立つ語り手の観察に対して先行している。語り手は自己の観察に先行する主人公の心理に引きずられて、作品そのものを統括してゆくことも難しくなってしまったかのようである。

二葉亭は創作ノート「くち葉集　ひとかごめ」の末尾に、『浮雲』の結末について幾通りかの構想メモを残していた。それぞれ細部では微妙な相違があるけれど、それらの構想メモに共通している筋書きは、文三は財政的困難におちいり、それに追い打ちをかけるように故郷の母から火難の報知をうける。文三は「青雲の小口」(「教師の口」)が見つかるが、お勢に話して失望し、結局は手後れとなってフイとなる。お勢の父孫兵衛が帰宅するものの、お政に言いくるめられてしまい、文三はお勢の後を「跟随」し、昇とお勢との「媾曳」を見とどける。文三は「失望(Despair)」し、のんだくれになり、はては気違いとなって瘋癲病院に入るというものだ。

現在、残された第三篇にはこれらの筋書きへの伏線とも見なされる箇所が少なからず見出されるが、結局、二葉亭は当初のプランどおりに仕上げることはできなかった。しかし「都の花」二一号に掲載された「第十九回」の末尾には「(終)」と明記されており、高橋修はその点を踏まえながら、『浮雲』の中絶／完結の議論を整理して、主題としての〈終り〉について論じている。(6) おそらく二葉亭は近代小説への意識においては完結を志向しながら、実際に第三篇を執筆しつづける過程でそうした意識を裏切るような力学がはたらき、いわゆる近代小説風の完結した結末をもうけることの不可能性に気づかされて、ひとまずこの『浮雲』にピリオドを打ったのだろう。

文三は昇と絶交し、お勢からは決定的な言葉を投げつけられ、しかもお政からは無視されつづけて、それまで『浮雲』の物語を構成してきたすべての対立軸は、第二篇において消滅してしまっている。あとは第三篇において畳み込むように一気に文三を破滅の淵に落とし込む終局部分を描きだすことも可能だったろうけれど、二葉亭はそうしなかった。第三篇ではお勢の幻像を追いかけながら妄想ばかりをたくましくする文三の姿を描きだし、劇的展開を示すことがきわめて難しい、とりとめもない内面描写が延々とつづくようなストーリーの展開となってしまった。果たしてここからどのような劇的結末を引き出すことができるというのだろうか。

そもそも文三は何を好んでそれほど嫌われる園田家に居つづけるのか、読者にはまったく分からない。作中、文三は何度か園田家を出ようとする。読者としては一刻も早くそうした方がいいと思うのだが、文三はなかなかそうしない。語り手はそのところを「何故《なにゆえ》にそれほどまでに園田の家を去りたくないのか、因循な心から、あれほどにされても、尚《な》ほそのやうな角立《かどだ》つた事は出来んか、それほどになつても、まだお勢に心が残るか、（中略）総て此等の事は多少は文三の羞《はぢ》を忍んで尚ほ園田の家に居る原因となつたに相違ないが、しかし、重な原因ではない。重な原因といふは即ち人情の二字、此二字に覊絆《しばら》れて文三は心ならずも尚ほ園田の家に顔を皺《しか》めながら留《とどま》ツてゐる」と説明している。

文三の縛られる「人情」とは何か。「裸体《はだかみ》にすれば、見るも汚《けがら》はしい私欲、貪婪《どんらん》、淫褻《いんせつ》、不義、無情の塊《かたまり》で有る」園田家からお勢を救い出すために、文三は「早く、手遅れにならんうちに、お勢の眠《ねぶ》つた本心を覚まさなければならん」という。そして、そのことにあたるに「たゞ文三のみは、愚昧ながらも、まだお勢よりは少しは智識も有り、経験も有れば、若しお勢の眼を覚ます者が必要なら、文三を措いて誰がならう？」というのだが、それにしても「お勢の眠《ねぶ》つた本心」とは何か。先には「過《あや》まツた文三は、――実に今迄はお勢を見謬《みあや》まツてゐた」「お勢はさほど高潔でも無《な》い。移気《うつりぎ》、開豁《はで》、軽躁《かるはずみ》、それを高潔と取違へて、意味も無い外部の美、それを内部のと混同」したといっていたではないか。

文三がお勢の「外部の美」に惑わされつづけているというならば、それはそれで分からないことはない。が、それならば第一篇、第二篇においてもっとお勢の「外部の美」に惑わされる文三の姿を伏線として描いておく必要があったのではないだろうか。そうしたこともなしに、昇と絶交したほどの矜持をもち、「少しは智識も有り、経験も有」る文三が園田家に居つづける理由が読者に分からないことになる。それこそ蛙の面に小便よろしく文三は無神経なバカか、阿呆にも見えてくる。「文三とても、白痴でもなく、瘋癲《ふうてん》でもなければ」とわざわざ断らざるを得なかったところを見れば、そのことを語り手自身も気づいていたようだ。

二葉亭の談話筆記「予の愛読書」（「中央公論」一九〇六年一月）にはドストエフスキーの『罪と罰』に触れて、「人間の依て活くる所以のものは理ではない、情である。情といふものは勿論私情の意にあらずして純粋無垢の人情である。人間の世に処し、依て以て活くる所以は実に此情にある」とある。二葉亭は『浮雲』第三篇においてラスコーリニコフを救い出すソーニャの「人情」の如きものを描きたかったのかも知れない。しかし、そのためには文三が園田家に居つづける矛盾のない理由づけを必要としたが、それを適切に処理することをせずに、文三の心理描写に深入りしてしまった。その結末で二階から降りてきた文三はお勢に会っても声もかけられず、すべてをペンディングにして「一《ひ》と先《まづ》二階へ戻つた」と終えられる。

物語に完結を求めるのは、いうまでもなく全体視野に立つ観察者としての語り手で、結末から発想される近代小説に内在する必然の論理であるが、第三篇はそうした語り手の統制から遠く離れてしまった。第三篇の語り手は局所視野に基づく行為者としての文三に限りなく近づき、行為の理論と認識のための理論が齟齬をきたしてしまった。「行為は局所視野しか伴い得ないが、全体視野を豪語する観察に対して常に先行する」わけで、先行する行為者としての文三とともに語り手も「一《ひ》と先《まづ》二階へ戻つ」て、「居所立所《ゐどたちど》」を考えなおさなければならないところまで追いつめられたのだといえよう。『浮雲』はこうしてすべてがカオス状態に放り出されたままに終わりを迎えるが、それは逆に永遠に片付くことのないこの現実世界に生きる私たち読者の在り様とどこか通じているともいえる。

注

（1）三宅雪嶺『同時代史　第二巻』（岩波書店、一九五〇年）

（2）小森陽一「物語の展開と頓挫――『浮雲』の中絶と〈語り〉の宿命」（『構造としての語り』新曜社、一九八八年）

（3）松野孝一郎「内からの眺め」（『複雑系の科学と現代思想　内部観測』青土社、一九九七年）

（4）内田魯庵「二葉亭四迷の一生」（『思ひ出す人々』春秋社、一九二五年）

（5）前田愛「二階の下宿」（『都市空間のなかの文学』筑摩書房、一九八二年）

（6）高橋修『主題としての〈終り〉文学の構想力』（新曜社、二〇一二年）

column

不易流行

かつてテレビ番組で見たのだが、現在では、脳内に直接、電極を埋めこむことでうつ病の治療をする試みがおこなわれているという（NHKスペシャル「病の起源」）。うつ病を発症する原因は、激しいストレスなどから、脳のなかでも最も原初的な、防衛本能をつかさどる扁桃体が刺戟されるからで、扁桃体が活性化すると恐怖、不安、悲しみの感情が強くなる。したがって、その扁桃体の動きを物理的に抑制すればうつ病も完治するというのだ。そうか、ヒトの感情も一種の物理現象なのかと妙に納得させられてしまった。

いまから三〇年以上も前、私もうつ病的な症状におちいった経験がある。地方の短大で教鞭をとりはじめて間もない時期だったが、九〇分の授業をするのがとてもしんどく、ノートをしっかり作っていっても途中で講義するのがいやになった。胃の具合も悪くなり、病院で診察してもらったところ、神経性胃炎とのことで胃薬と精神安定剤を処方された。すると一週間もしないうちに、それまでのうつ状態がウソのように拭い去られて、非常にハイな状態になり、今度はノートなしでも九〇分の授業をしゃべり通しにしゃべりまくるようになった。ストレスの原因は自分でも分かっていたけれど、自分の意志ではどうすることもできなかった。それが毎日ごくわずかな化学物質を体内の取りこむというだけで、自分の気持ちがこんなにも激変するものかと驚かされた。

その時、当然、自己とは何かと考えさせられた。近代文学において尊ばれる個の確立、主体性の確保といっても、たかが微量の化学物質ひとつで大きく動かされてしまう個の主体性にどれほどの意味があるのかと考えさせられてしまった。「電車の混雑について」などで寺田寅彦は人間も大勢が集まると、物理的現象と同じ法則によって動くと指摘したけれど、人間の感情、内面といったものも、ひょっとすると物質世界の法則と同じような原理や法則によって動かされているのではないだろうか。「科学と文学」で寅彦のいうように、「狂人の文学」などといったものがあり得ないかぎり、文学作品も何らかの原理や法則によって統御されていることはいうまでもない。

二〇世紀の後半になってコンピュータが登場し、フラクタル、カオス、セルオートマトンなどの理論が確立した。またビッグデータの利用法など新しい科学的成果をちょっとのぞいてみただけでも、実にシンプルな法則からいかに複雑な自然現象が生みだされているかということが分かる。近藤滋の『波紋と螺旋とフィボナッチ』（秀潤社、二〇一三年）を読んでいたら、イギリスの物理学者のディラックの「数学的な美を持つ法則は、実験事実に合致する見苦しい理論よりも、より確からしい」という言葉が紹介されていた。近藤氏は、これは物理学者にとってはかなり普遍的な美意識で、生物学に適用してもよいのではないかという。文系人間である私には、「数学的な美を持つ法則」というのがいまひとつ実感できないけれど、これを自然の摂理に逆らわないシンプルさという風に受けとめるならば、おそらく文学研究の世界にも同じことがいえるのではないかと思われる。

芭蕉は「不易」と「流行」ということをいったが、これをこんな風にいいかえることもできるのではないか。つまり、いつの時代にも変わらない「不易」とは、いわば複雑な自然現象を生みだすところのシンプルな法則であり、自然の構造そのものといってもいい。たとえば、ある種の物質と物質が接触すると、そこにひとつの化学的反応が起こり、その数値を少し変えてやるだけでその反応はさまざまな変化を示すといった現象と似ていよう。それと同様、ひとりの男とひとりの女の出会いから実にさまざまな物語がはじまるが、ふたつとして同じものはない。「流行」とは、いわばそうしたシンプルな法則から生みだされる千差万別な複雑きわまりない現象で、差異の体系としてあるのだといってもいいだろう。

二〇世紀後半になってからさまざまな複雑系の科学は、コンピュータを駆使することによって、偶然に左右されるきわめて複雑な自然現象を解明しつつある。そこで明らかにされた法則は、人間が作りあげた非常に複雑な社会構造や人間関係、私たちの心の振る舞いなどを研究する人文科学にもある程度通ずるものと思われる。寺田寅彦もいうように、人間のごとき高等生物も、「十分複雑に」多種多様であるから、個性など無視して統計的に扱ってもよい。が、同時にまた文学の世界はどこまでも個人の個性に根ざしていることも自明である。いま私は文学の世界を、複雑きわまりない自然現象を生みだすところのきわめてシンプルな法則と、私たちの意志と行動を律するところのモラルとの交差する関数としてとらえたいと考えている。

附録① 寺田寅彦、石原純宛全集未収録書簡

封筒表　仙台市北三番町三十六　石原純様　貴酬
（消印6・1・27　后4—5）
裏　東京本郷弥生町二　寺田寅彦　拝

先日は御手紙昨日は又御端書を頂きまして難有う御坐いました。小生病気の新聞記事は記者が誰れかゝら聞き違への旧聞にて今日では最早全快致しましたからどうか御安神を願ひます
此間はアラヽギを御送り被下まして非常に面白く拝見致しました。
全く御説の様に現代物理学者の信仰としてはプランクの様に考へるのが最も穏当であろうと思ひますし自分でも無意識の中に斯様な信仰をもつて居るのではないかと思ひ

ます。しかし又一方で私はマッハ一派の説にも余程同情をもたない訳には参りません。寧ろマッハ等の所論を味へ《ママ》は味ふ程プランク的の考が動かされる様な感じがするのです。

プランクの様な考では現代物理学が既に其能力の限界に近い処迄進んで居て唯僅に其処彼処の穴さへ繕へば最早それで凡てが終る様な楽観的の気分が潜在して居るのではないかと疑います。人間の感覚を無視するようで居て実は人間の感覚だけから得られた世界（しかも今日迄に得られた世界）が知り得られる凡てゞある様に考へて（表面はそうでなく共根柢にはそういふ考があつて）居る傾向がありはしないでしようか。一方でマッハは感覚のみが実在の凡てと口では云つて居ますがそれでも腹の中では感覚から出発して窮め得る限界には制限はおいてない様に思ひます。尤も此れは少し私の僻論でプランクもマッハも帰する処は似たものかも知れませんが兎も角プランクは安心して居り過ぎはしないかといふ疑が起つて時ゝ迷ふのであります。物理学といふものが段ゝ発展しておしまいには生物界の現象に迄切り込んで行く事はないでしようか。終局には物理学生理学或は心理学迄も段ゝ融合して渾然たる一つの理学といふ大体系に包蔵される様な事は不可能でしようか。小生の希望た《ママ》けはそうありたいと思ひ又そう信じたいのであります。つまり私の方は大に慾ばつて居るので足るを知らぬといふ謗を免れ難いでしようが、こんな事を考へる時の小生は最早物理学生としての私ではないもつと自由な「私」だと思つて頂きたいのであ〔り〕ます。物理学者としては或る意味ではプランク流の考を謙譲な者《ママ》とも云へましようが物理学をはなれた眼で見れば却つてそうでなく思はれます。

今の物理学がもう少し統一すれは《ママ》そんなにも思ひませんが、量子説など丶クラシカルの力学との融和がとれず、電子説が凡てを説明し得ぬ処を見るとどうも根本的の新しい展開が伏在して居るのではないかと疑ひます
下らぬ事ですが例へは《ママ》人間の耳の構造を詳しく調べて見るとどうも其微妙なのに驚嘆しますが此の様な微妙なメカニズムは唯人間が顕微鏡などて《ママ》見得る範囲だけに止つて例へば原子の構造などは割合に簡単なものと考へ得る理由が何処にあるかと考へます。例へは《ママ》人間を原子位にしか見得ぬ他の being があつたとして音波に対する人間原子の反能を験して居たら矢張何かの「方則」などは見つかりましようが。吾人のラビリンスの様なメカニズムの存在は夢想する事も出来ますまい。」

マッハはカントの「物自身」を蔑視しました。しかし感覚の対象から感覚によつて得られる知識に限定があるとは信じなかつたでしよう。少くも小生はそう信ずる処が出来ません。吾人が現に今知つて居る物の知識以上にまだ〳〵沢山な知識が伏在して居ると考へたいので此点では寧ろカントに同情したくなります。

今日の物理学がある目的にすゝんで居るとすれは《ママ》其道筋は一筋しかないのか、或は他

の軌道航路が可能であるかどうか此れは六かしい問題としても、同じ線路を或は電車或は汽車で行ける様に異つた「概念」異つた「解析法」によつて近《マ》む《マ》事は勿論可能で現にそういふ事をやつて居ります。それで今用ゐて居るよりもつとちがつた「概念」や「解析法」の可能は拒み難くはないかと考へます。
此んな色〻な考からして小生はどうもプランクの余り安心した態度に心から同情する事が出来にくいのです。それかと云つて自分で何等の革命的な仕事をする事は到底出来ませんが、しかしそういふ風に努力する事自身に興味をもつて居り又それが必しも有害無益とは思ひ難いのであります。無論プランクの考は何処迄も尊重しますし其の様な考で進む結果が良好な事も信じますが、又一方で変つた考も可能であると思いますし、又功利的にもいつかは効果を生み出す公算があると思ひます
例により下らぬ事をならべで《マ》相《マ》済みません。要するに色〻迷つて居る事を腹蔵なく申し上げるのですから御遠慮なく御批評下さつて啓発して頂きたいと存じます。結局は貴兄の御考になつて居る事も小生のも同じ様な処へ向つて居るのではないかと思ひますが、唯小生は色〻に考へて見る事が此上もなく面白く思ふのであります。
東京は毎日好晴がつゞきます。梅などもポツ〳〵咲いて何処やらもう心持だけは春らしくなりました。椽側の日の当り工合でも暮とは著しく変つて来ました。二三日迨宅の庭で笹鳴を聞きました。

しかしまだ二月が扣へて居るから安心は出来ません
友人松根東洋城の経営して居る俳句の雑誌「渋柿」へ夏目先生の事を書く事を強請さ
れました其の責ふさぎに妙な三十一文字を並べて送りました。もし出たら御笑草にし
て頂き度いと思つて居ます。
右貴酬迠余は後便にて
草々
一月廿七日
寺田拝
石原学兄
玉机下

科学と文学とのあいだ
――寺田寅彦、石原純宛全集未収録書簡をめぐって

二〇一五年三月二二日に、共同通信社による配信の寺田寅彦の石原純宛全集未収録書簡が見つかったという記事が「日本経済新聞」をはじめ各紙に報じられた。一九一七（大正六）年一月二七日付の書簡で、高知県立文学館が入手したものだが、同館の学芸員の永橋禎子氏から私の方にもその写真が送られ、記事へのコメントを依頼された。その書簡を一読したところ寅彦の思想的な基盤をうかがうにとても興味深く、かつきわめて貴重な文献であるということが直観された。

とても新聞記事へのコメントで済ますことはできないので、ここにその書簡を紹介しがてら、そこにうかがわれる問題について書かせてもらうことにする。書簡の本文は附録①として掲載したが、「高知県立文学館ニュース　藤並の森」第六九号（二〇一五年四月三〇日）および第七〇号（同年八月一三日）にも掲載され、また「科学」二〇一五年一二月号にも西尾成子さんの「寅彦とマッ

ハとプランク――100年前の手紙から」と題された解説文が付せられて、その全文が紹介された。ここに書簡そのものを忠実に翻刻してみたが、それぞれに若干の相違があることを申し述べておく。

たまたま高知へ赴く用事があって、高知県立文学館を訪ね、今回、新たに入手した寺田寅彦の全集未収録石原純宛書簡を見せてもらうことができた。封筒はごく一般的な縦長の定型のものを使用しているが、便箋は二七五×二一四ミリメートルで、欧米で一般に用いられるレターペイパーが使われている。寅彦はそれをちょうど真ん中で折り、ふたつに折り畳んだ下の段に万年筆によって縦書きで、二九行にわたってかなりの細字で書いている。そして、次にちょうどその裏側へつづきの文章を二八行ほどしたため、その末尾に（裏へ）と書いて、最初に書き出された面の上の段へ戻って、そのつづきを書いている。つまり、レターペイパーを真ん中で折ったときに裏表で、四面分のスペースができるが、その三面分が細字でびっしりと埋められたかたちで書かれており、寅彦の几帳面な性格がよくあらわれている。

四〇〇字詰原稿用紙に換算すれば、六枚強の長さである。それがびっしりと、さほど大きな訂正もなしに書かれているが、これほど内容の詰まった手紙を一気に書き下ろしたのだろうか。それとも一度下書きを書いてから清書したものだろうか。それにしても寅彦は生涯にわたってけっこう長い手紙をたくさん書いているが、よほど筆まめで、緻密な頭の持ち主でもあったのだろう。この書簡は一読すれば明らかなように、一九一七（大正六）年一一月の「東洋学芸雑誌」

に掲載された「物理学と感覚」という文章の下書きともなっているが、石原純の「自然科学的認識の対象としての自然の実在に就て」に触発されて、当時みずからの問題としても考えつづけていたことを一気に書いたものだったろう。

石原純は物理学者であると同時に、「アララギ」の歌人である。その点において物理学者でありながら、「ホトトギス」に俳句や写生文を寄せた寺田寅彦と境遇がよく似ている。石原純は一八八一(明治一四)年の生まれであるから、一八七八(明治一一)年生まれの寅彦とは三つ違いである。東京帝国大学理科大学入学、同卒業、大学院進学と、ほとんど寺田寅彦のあとを追いかけるように歩み、一九〇九(明治四二)年に東京帝国大学助教授となった寅彦に二年遅れて、一九一一(明治四四)年に東北帝国大学理科大学助教授となっている。そして、寅彦と同様に翌年にはヨーロッパへの二年間にわたる留学を体験し、帰国後には学士院恩賜賞も授与されている。

しかし一九二一(大正一〇)年、妻子ある身で「アララギ」の女流歌人原阿佐緒との恋愛事件を起こし、新聞紙上で大きく報道されて、東北帝国大学理科大学教授の職を辞した。原阿佐緒は一八八八(明治二一)年に宮城県の素封家の長女として生まれたが、早くに父親をなくし、母とともに上京して日本女子美術学校に学んだ。その類稀れな美貌に、英語と美術史を教える九歳年上で、三人の子をもつ妻帯者の教師がはげしく魅せられてしまった。その教師から強引に組みふせられたかたちで妊娠してしまった原は、以後、スキャンダルにまみれた生涯を送ることになるが、石原純との恋愛・同棲もそのひとつだった。

石原は、以後、歌人としての創作活動のかたわら、在野の科学ジャーナリストとして啓蒙的な科学書の執筆や科学雑誌の編集などに従事し、一九二二(大正一一)年一一月のアインシュタイン来日に際しては、留学中にチューリッヒの工業大学にてアインシュタイン教授のもとに学んだこともあって、各地に同行しながら通訳を務めた。『アインシュタインと相対性原理』(改造社、一九二一年)、『相対性原理』(岩波書店、一九二一年)などの著書によって相対性理論の紹介者としても知られている。

現在、『寺田寅彦全集』に収録された石原純宛の書簡は二通のみである。だが、もっとたくさん書かれていたことは間違いない。この書簡も大正六年一月二七日の日記に「石原君に先日のアラ、ギの礼又病気見舞の礼状を書く」とあって、その存在は知られていたけれど、今回、その現物が発見されたわけである。「先日のアラ、ギの礼」というのは、一月一九日に「石原君よりアラ、ギ送り来る」とあって、それに対する礼状だということが分かる。また大正六年一月には、四日に「石原君より来書、理学界へ載せたる「時の観念」に関する論文を見たる由にてアラ、ギ所載の同君の文を寄せくれたり」という記述があって、五日に「石原君に返事」とある。

四日に石原純より寺田寅彦に寄せられた手紙が、大正六年一月の「理学界」に発表した寅彦の「「時」の観念と「エントロピー」並に「プロバビリティー」」(のちに「時の観念とエントロピー並びにプロバビリティ」と改題）を読んでの感想と、同年一月の「アララギ」に掲載された石原純の「宇宙の生命」という文章だったことは間違いない。寅彦の文章は題名からも明らかなように、「時の観念」と不可逆性のエントロピーとの関連について、ボルツマンの説を引きながら、「時。エントロピー。プロバビリティ。この三つは三つ巴のように継がった謎の三位一体である」と論じたもの。一方、石原純の「宇宙の生命」もまたボルツマンの説によりながら書かれており、同年同月にふたりが似たような思考を披瀝した偶然に驚いて、石原が寅彦へ手紙を書いたようである。

石原は後年『思索の手套』（婦女界社、一九四二年）に収められた「哲学への思慕」において、「私は大学で物理学を修めてゐる際に、（中略）最も多く心を惹かれてゐたのは、ルードウィッヒ・ボルツマンの仕事であつた」といい、「エントロピー法則に対する彼の統計力学的解説が物理学上での最も偉大な研究のひとつに属すること」を指摘している。「宇宙の生命」は、「真摯の問題が吾々の前に投げられて居る。／「宇宙の生命は如何にして始まつたであらうか、又如何にして終わるであらうか。」／之より大なる、之より意味深い問題はないと古の哲者は考へた。あらゆる最高級の形容詞が其の神秘性をあらはす為めに用ひられた」と書き出される。そして、次のように語られている。

哲学は自然科学と相俟つて始めて吾々に確実な真の知識を与へ得べきことを私は嘗て茲

に説いたことがある。自然の現象を深く観察し研究しないで、どうして其の由来する始源と其の帰趣する終末とを推知することが出来るであらう。吾々は先づ吾々の周囲に起つてゐる自然の現象を深く見究めねばならない。

そうしてボルツマンの説によりながら、エントロピー増大の原理から宇宙の死滅を論結することの早計たることを指摘している。五日に書いたという寅彦の返書も全集未収録であって、詳しいことは定かではない。が、今回発見された書簡にはボルツマンやエントロピーに関してはいっさい触れられていない。これはどうしたことだろうか。先の日記に一九日に「石原君よりアラ、ギ送り来る」とあったが、大正六年二月号では早すぎるし、このときに送られた「アララギ」とは何だったのか。おそらく「宇宙の生命」中に記された「哲学は自然科学と相俟つて始めて吾々に確実な真の知識を与へ得べきことを私は嘗て茲に説いたことがある」との一節に触発され、その文章が掲載された「アララギ」を寅彦が送ってもらうことを希望したのではないだろうか。そして、この書簡はそれに対する寅彦からの応答だったと思われる。

それは前年の一九一六（大正五）年三月の「アララギ」に掲載された「自然科学的認識の対象としての自然の実在に就て」という文章だった。この論は「自然が実在してゐるかどうかと云ふことは吾々の認識作用に待たねばならぬこと謂ふまでもない。従つて吾々が謂ふべき所の又謂はうと欲する所の「実在」を定義する唯一の方法は認識によらねばならない」と書き出されている。大正六年一月一八日付の桑木彧《あや》雄宛書簡（全集書簡375）にうかがわれるように、当時マッハの『感覚の分析』を読んでいた寅彦にとって（「日記」によれば大正五年一二月二九日に丸善でこれを購入している）、この文章はとても興味がそそられる、きわめて刺激的な文章と映っただろう。

一九一四（大正三）年五月にヨーロッパ留学から帰国し、東北帝国大学理科大学教授となった石原純は、当時の理論物理学の最前線にいた気鋭の研究者だった。その石原と問題意識を共有した寅彦は、「自然科学的認識の対象としての自然の実在に就て」を読み、その感想に託しながら自己の世界認識をストレートに語り出している。寅彦は前年の一二月九日に師と仰いだ夏目漱石を失った。自身も胃潰瘍を患ってその葬儀にも出席できなかったけれど、その喪失感ははかりしれないものがあったようだ。その内面に穿たれた空洞感を埋め合わせるためにも、寅彦には堅固な思想的基盤の構築が求められたのだろう。

またこの時期の寅彦は、後半生の仕事に大きな影響を及ぼすことになるその世界観の思想的な根底の地固めの作業に多くの時間を割いていたようだ。大正六年一月一〇日付の桑木彧雄宛書簡（全集書簡372）には、ギュエムの「物理学の理論　其目的及構造」の原題と発行所を問い合わせながら、「其他此種の書物で面白そうなのを御閑の節御洩し被下候はゞ大幸に御坐候、私の此れ迄見たものはポアンカレ、マッハの諸書（後者は目下調べ中）其外にはカントのプロレゴメナ、ロックのヒユーマンアンダスタンヂングの一部、ミルのロジックの一部、アンリックの科学の問題位のもので極めて狭いものでありますが、永生きが出来れば追々色々読み度い希望をもつて居ります」とある。今回発見された書簡もそうした寅彦の思想形成の一端をうかがうことができるきわめて貴重な文献である。

此間はアラヽギを御送り被下まして非常に面白く拝見致しました。全く御説の様に現代物理学者の信仰としてはプランクの様に考へるのが最も穏当であろうと思ひますし自分でも無意識の中に斯様な信仰をもつて居るのではないかと思ひます。しかし又一方で私はマッハ一派の説にも余程同情をもたない訳には参りません。寧ろマッハ等の所論を味へ《ママ》は味ふ程プランク的の考が動かされる様な感じがするのです。

石原純の「自然科学的認識の対象としての自然の実在に就て」、および寅彦この書簡を読むためには、プランクとマッハの論争に触れなければならないので、この論争に対するある程度の理解が必要となる。このプランクとマッハの論争を簡略に分かりやすく説明してくれているのは、佐藤文隆『職業としての科学』（岩波新書、二〇一一年）の「第三章　科学者精神とは――マッハ対プランク」である。佐藤によれば、「一九〇八年、突如、プランクは名指しでマッハの科学観を攻撃した。しかも、それを当時電子論の研究で先端にあったライデンのアントン・ローレンツに招待された講演で行い、その反響の国際的な広がりを計算に入れていた」ということである。この論争を佐藤の著書によりながら要点のみを記すことにする。

佐藤は、「こうなった心理的経緯をめぐっていろいろ憶説がある。当時、マッハは七〇歳。とうに引退の身であり、とりわけ物理学では、完全な過去の人であった。「とりわけ」というのは、以前まだ実験で判然としていなかった原子をマッハが形而上的概念として批判していたが、一九〇八年の時点では、実験により原子の存在は明確になっていたからである」とつづけている。エルンスト・マッハ（一八三八―一九一六）は、オーストリア・ハンガリー帝国の学界で活躍した碩学のひとりで、ウィーン大学で物理学を学び、長くプラハ大学で教授をつとめた。科学上の業績は高速度写真撮影などによる衝撃波の研究で、今日その成果により速度を表す「マッハ数」によって一般的に知られている。

マッハは『力学――力学の批判的発展史』（一八八三年）で、大半の概念は実証のうえに構築されておらず、形而上的虚構であると批判的実証主義の立場から、既成の見解には「根拠がない」ことを次々と暴いていった。『感覚の分析』（一八八六年）では感覚器官の生理や心理についても本格的に研究し、感覚にしか実在性を認めず、物理学の目標は人間の思考を人間の身体的経験に適合させることだとした。『寺田寅彦全集　第五巻』の江沢洋「解説」では、マッハから短い言明を引くことは難しいとしながら、敢えて「物質界全体を感覚の要素に分解し、あらゆる領域に同種的な要素の、結合、連関、相互依属の探究をもって学問の唯一の課題とみなす」（『感覚の分析』）、「あらゆる科学は、事実を思考の中に模写し（nachbilden）予写する（vorbilden）ことによって、経験を節約する。模写は経験それ自身よりも手軽に手元においておけるし、多くの点で経験の代用になる」(『力学』)という言葉を引いている。

マッハより二〇歳若いマックス・プランク(一八五八―一九四七)は、一八八九年にベルリン大学へ招聘され、一八九二年には正教授となり、一九〇〇年にはエネルギー量子仮説を提唱して量子論への道をひらくことになった。一九一八年にノーベル物理学賞を受賞しているが、実験をしない理論家のプランクは大学で基礎科目の講義を一手に引き受けていたという。一九〇九年にベルリン大学へ留学した寺田寅彦もプランクの一般物理学を聴講しており、桑木彧雄は追悼文「寺田寅彦の手紙」(『思想』一九三六年三月)において寅彦と一緒にプランクの講義をきいたことを記録している。

マッハのいうように自己の感覚以外に実在はなく、自然科学は思考を無駄なく感覚に適合させる試みであるとするならば、いまだ光学顕微鏡しかなかったこの時代に原子の存在を肉眼で確認することなどは不可能だった。今日ならば走査型トンネル顕微鏡や原子間力顕微鏡によって原子の一粒一粒も識別することができるが、この時代にはあくまでも仮説でしかない。長岡半太郎が原子核の周りを電子がまわるという土星型の原子モデルを提示したのが一九〇四年で、ラザフォードの原子模型が一九一一年、ボーアの原子模型が一九一三年である。量子力学が確立した今日からみれば、これらはマッハに形而上的概念でしかないといわれても仕方ないほど不完全なものだった。

もっとも一九一一年頃には、マッハも放射線とペランのブラウン運動の実験から原子の実在を認めたというが、二〇世紀の物理学は一九〇〇年のプランクの量子仮説を基点として、これまでの古典力学では説明のつかない原子の内部に働いている、感覚によっては決して捉えることもできなければ、われわれの経験世界から隔絶したミクロの空間内での力学の解明に向かうことになる。そこにおいては世間から隔離された専門家集団によって形成された組織が必要とされ、「科学界」という制度が立ち上げられなければならなかった。プランクのマッハに対するいらだちにはこうした事情があったのではないかと佐藤文隆は指摘し、次のようにいっている。

プランクの関心は、社会から隔離された専門集団での、（中略）安定した制度を立ち上げることであった。だから、マッハに「原子は形而上学だ」といわれたことに対して、「マッハさんのように、科学の真髄は批判精神だと市民に啓蒙しておられることには何も文句はいわない。だが、専門家は原子仮説の設定・廃棄の具体的作業中なのであって、社会に向かって〝あいつらのしているのは形而上学だ〟というのは止めてください」とプランクはいいたいのである。

さて寺田寅彦が石原純から送られた「アララギ」を読んで、「全く御説の様に現代物理学者の信仰としてはプランクの様に考へるのが最も穏当であろうと思ひますし自分でも無意識の中に斯様な信仰をもつて居るのではないかと思ひます。しかし又一方で私はマッハ一派の説にも余程同情をもたない訳には参りません」と、マッハ・プランク論争に言及しているということは、寅彦が読んだ石原純の文章が、間違いなく「自然科学的認識の対象としての自然の実在に就て」だったことを明かしている。石原のこの文章がマッハとプランクの論争を踏まえて書かれているからである。

先にこの書き出しの一文を引いたけれど、石原はつづけて「全く認識を離れて実在を云ふことは無意味であり又不可能である。即ち吾々が若し実在と称し得るものがあるとするならば、それは吾々の認識の対象たるべきものに限られねばならぬ。其中で今日の自然科学が其認識の対象としてゐる一切を茲に「自然」と名ける」といい、次のようにいう。

一般に認識の対象としては直接的なものと間接的なものとが区別される。前者は個々の感覚的経験そのものであつて、之は或意味に於て否定すべからざる実在であると考へられてゐる。所謂実証論では之を以て唯一の実在であると主張するのである。（中略）個々の感覚的経験そのものは感覚と共に生滅するものであつて、感覚のない所には既に経験は実在しないのである。今日の自然科学が認識の対象としやうとするものは斯様な個々の感覚的経験即ち上述の直接的な認識対象ではなくて、甚間接的な対象である。即ち之等の個々の感覚的経験から科学的に抽象し得た概念と其の間に成立つ普遍的関係即ち法則とである。それは間接的ではあるけれどやはり認識の対象には相違ない。併し之は「個々の」感覚と共に生滅するものでないことに注意せねばならぬ。

もはや明らかだろう。石原はマッハもプランクの名も持ちだしていないが、この文章はふたりの論争を踏まえて書かれている。石原は、のちにプランクの名には言及するが、マッハの名に一度も触れることはない。自然科学における認識の対象から「個々の感覚的経験そのもの」をしりぞけ、「個々の感覚的経験から科学的に抽象し得た概念と其の間に成立つ普遍的関係」のうちにそれを認めようとする石原が、マッハよりもその同情がプランクの方にあったことは疑いない。「自然科学的認識の対象としての自然の実在に就て」は短歌雑誌に掲載された文章としては異例の物理学的な論文となっており、はなはだ乱暴だが、次のように要点を記すことができよう。

この世界における認識の対象として「直接的なもの」と「間接的なもの」とがあるとされ、前者の「直接的なもの」とは「個々の感覚的経験そのもの」である。ここに「感覚的」という言葉が使われているところから、これがマッハ的な世界認識のありようをさしていることは明らかであるが、今日の自然科学が認識の対象とするものは、もはやこうした個々の感覚とともに生滅する直接的な「感覚的経験」にはない。なぜなら、感覚によっては直接的に把握することが不可能な、「物質の組成分たる電子」を相手にせざるを得ないからで、それは「間接的なもの」にならざるを得ない。

世界は「個々の感覚と共に生滅するもの」ではなく、「物理的法則」によってのみ変化するものである。自然科学者の「自らの死滅が世界の死滅を伴ふと云ふこと」は、明らかに「物質保存則」（質量不変の法則）に矛盾し、「感覚的経験から科学的に抽象し得た概念」とそのあいだに働いている「普遍的関係」、つまり「自然科学的法則」を「真に永久的実在」とすることによって、究極的、絶対的な「実在としての真」にたどりつくことができる。自然科学の発展とはそうした「終極的絶対的の実在と真」へと向かう過程であるという。

また石原は、「自然科学的法則が一定のものでなくて科学の発展と共に変化してゆ」き、「法則を実在とすると云つたことから云へば、実在が変化するといふことになり、又左様なものを実在とするのは不都合であるといふ論も出る」が、「併しながら吾々は世界像の一定と共に終極的に達すべき法則の存在を信ずることが出来るから、之を以て実在であると思惟すればよい」といっている。ちょうどこの時期はさまざまな原子模型の仮説が提示され、それらが次々に書きかえられて少しずつ完成へと向かっており、そうした当時の量子力学の状況とそのまま重なるともいえよう。

しかし、それにしても終極的、絶対的な「実在としての真」というものが、「一切の個々の経験を離れて独立に存立し得る」というところに、はかりしれないロマンティシズムがひそめられている。マッハならば「形而上的空想」と一蹴してしまいそうである。その末尾で石原は「絶対的実在論を効利的に信仰することを私は前に述べたが、世界像に対する此種の信仰は科学者の真の宗教であることを私はまた考へてゐる」ともいう。それは「信仰」としての「宗教」に限りもなく近づいてゆくことで、何やらオーム真理教へも通じてゆきかねないようなものがはらまれているといえなくもないようである。

＊

　こうしたマッハとプランクの論争が、当時の日本の思想界でどのように受けとめられ、寺田寅彦はそれにどうのように対応したのだろうか。プランクがマッハの科学観を批判したのは、先にも触れたように一九〇八（明治四一）年のライデン大学でおこなわれた「物理学的世界形象の統一」という講演で、翌年には寺田寅彦はベルリン大学に留学し、アドルフ・シュミットの地球物理学やヘルマンの気象学などとともに、桑木彧雄と一緒にプランクの一般物理学も聴講している。当時、すでに物理学界においては大御所だったマッハをプランクが名指しで批判したことは広く知られていたから、寅彦もこの講義を聴講した時点で、このマッハとプランクとの論争については承知しており、この件に関して桑木彧雄と語り合ったのではないかと思われる。

　というのは、このマッハとプランクの論争について、日本でもっとも早く取りあげて論じたのは桑木彧雄であって、一九一二（明治四五）年三月の「理学界」に掲載された「物理学上認識の問題」で、これを取りあげているからである。「感覚が思惟と共に認識を造る。色、音、熱、形等の感覚の集合が与へられて是等より抽象して物理学的認識が得られる。こゝまでは誰も疑はぬ。然しながら斯様にして得た認識 Erkenntnis が所謂自然の事実、即ち吾人の感覚に独立、吾人の意志にて変へられざる自然の事実を示すものであるとすべきか、或は又思惟を含める認識は根本に於て任意的のものであるとすべきかは実在論に行くか認識論に行くかで分れる」と書き出され、「実在論」としてのプランクと「認識論」としてのマッハを並列しながら論じて、自己の拠るべき立脚地を明らかにしようとした。

桑木のこの論を十全に読み込むために必要な物理学の知識が、私にはまったく欠けているためにすべてを理解するのはなかなか難しい。が、さいわいにも田辺元が一九一二（明治四五）年一二月の「哲学雑誌」に「桑木理学士の「物理学上認識の問題」」という紹介文を書いて、この論文を哲学的方面から要約している。田辺元はこの桑木論文を非常に高く評価したようである。この「有益な論文が充分広く知られずに終ふ様な事があつては甚だ遺憾」との思いから、紹介の労をとるといっている。また田辺は翌一九一三（大正二）年三月、四月、五月の「哲学雑誌」に三回にわたって、マッハを名指しで批判したプランクの「物理学的世界形象の統一」の翻訳をも掲載している。

いま田辺元の「桑木理学士の「物理学上認識の問題」」による紹介文を参照しながら要点をまとめれば、「実在論的解釈」はプランクの説で、現象に対して本体を知らうとする形而上学的要求を是認し、感覚より超脱した、われわれの個性とは無関係に、時代および民族によっても異なることなき「不変の認識《コンスタント》」を得るのが科学者の務めで、科学的認識は現象を単に「記載」(模写)するに止まらず、その原因結果の関係を知ること、つまり現象を「説明」することが問題とされる。したがって、「仮説は自然の本体に達する階梯であつて、経験と抽象とからの推算が能く本体の性質を示す」ということになる。

これに対して「認識論的解釈」はマッハの拠るところで、もろもろの感覚の外に事実といい、また実在というものはなく、感覚的事実、つまり現実のさまざまな現象を「説明」ではなく「模写」することが科学的認識の務めであるという。桑木彧雄の「説明と記載」(『理学界』一九〇六年七月)によれば、物理学で「記載」の語が用いられるようになったのは、数理物理学者のキルヒホッフが力学の講義の序文に「力学は自然界の運動の現象を最も簡単に最も完全に記載するを其問題とする」とその目的を定義したことによるという。「説明」という語が神の意志でも知ったような(目的論)、もしくは自然の機関を暴露したというような(機制論)ニュアンスを帯びてしまうことになるが、それを嫌う認識論者たちに受け入れられて、マッハはそれを「模写」と表現した。

マッハは感覚的事実、つまり現象を「模写」すること、しかも単なる模写ではなく、思惟を経済するように「模写」することが科学的認識の問題であるとした。模写を直接と間接とに分け、「直接なる模写」は複雑なる事象に関してははなはだ煩瑣なばかりである。それより整斉《オルドネン》せられた「間接なる模写」こそ科学的であって、整斉ということを合法、あるいは統一と解すれば、それが今日われわれが有する物理学における仮説や法則ということになる。原因と結果に関しても形而上的、または神秘的なかたちはとらずに、「甲があるとき、乙がある」というように、ただ継起する現象の先と後をいうのみである。マッハは人為的な仮説をいっさい避け、「現象間の類似を求めるだけの「比較」を原理として現象を模写する」だけである。

田辺元は、桑木彧雄もマッハと同様に「実在論の言ふ如き感覚的現象を離れた本体」というものは自然科学に関係するものではないし、「現象を因果律の如き形而上学的乃至神秘的な原理」によって説明することは自然科学の問題ではないとする点で同じだという。が、プランクは「物理学的世界形象の統一」において「物理学に於て吾人は当然、吾人の現在の世界形象が仮令研究者の個性に従ひ種々の色に彩られて居るにせよ、然も是が自然界、及、人間精神の何れに於ける革命に依つても消去出来ない或方面を含んで居る事」(田辺元訳)を主張して、「吾人の実在と称するもの」は「此凡て人間の個性、或は一般に智力的個性から独立なもの」であるとした。

田辺元は、桑木は一方において「マッハと同じく感覚を以て認識の基礎と」しているけれど、他方において「思惟の統一、合法性を重視せられる点は」マッハを超越しているという。プランクは「感覚の超脱」ということで、マッハの経験論に対立するが、プランクのいう「実在」もまったく認識の主観を超越したものとはいい切れず、その点では桑木のいう「思惟の合法性」に近いものだと指摘する。が、理論的なプランクとは異なって、桑木はあくまで経験論のうえに立脚し、因果の概念に基づく説明をしりぞけて、「感覚の合法的模写を物理学の主要なる目的」としているという。さらに田辺は「物理学的認識に於ける記載の意義——（キルヒホッフ及マッハの批評）」（『哲学雑誌』一九一三年九月）を書いて、西田幾多郎の哲学とのかかわりからこの問題への強い関心を示し、自分なりの見解を提示している。

寺田寅彦の書簡は、石原純の「自然科学的認識の対象としての自然の実在に就て」に触発されて書かれたものだが、石原純のこの文章が書かれる以前すでに物理学界、哲学界においてこうした「実在」と「認識」に関する言及がその底流にあったということに注意しておきたい。「全く御説の様に現代物理学者の信仰としてはプランクの様に考へるのが最も穏当であろうと思ひますし自分でも無意識の中に斯様な信仰をもつて居るのではないかと思ひます」と書き出しながら、寅彦は「プランクもマッハも帰する処は似たものかも知れません」という。桑木彧雄の「思惟の統一、合法性」という考えをもちこめば、確かにそうしたことがいえることもたしかである。

が、寅彦は「小生はどうもプランクの余り安心した態度に心から同情する事が出来にくいのです」といい、桑木彧雄や田辺元と同様に、プランクよりもマッハの方に多く同情を寄せている。終極的、絶対的な「実在としての真」というものを想定するより、この自然のなかの森羅万象——感覚的経験によってとらえられたあらゆるものに関連を見出して、科学の仕事を「現象界を織りなすこれら感性的諸要素の函数的依属関係を、「最小の思考の出費でできるだけ完全に記述する」（『力学史』、四四五ページ）という〈思考経済の法則〉」（木田元『マッハとニーチェ』）

と見なすマッハの方法は、一神教を信ずることなく、この世界を八百万神の支配する相対的な存在として受けとめる日本人の感性によほどふさわしく、その心底にある自然観にも合致するものと思われる。

石原純の論に刺戟をうけて書かれたこの長文の書簡の内容は、一九一七（大正六）年一一月の「物理学と感覚」にいっそう深化され、まとまったかたちで結晶している。「近年プランクなどは従来勢力のあったマッハ一派の感覚即実在論に反対して、科学上の実在は人間の作った便宜的相対的のものでなく、もっと絶対的な「方則」の系統から成立した実在であると考え、いわゆる世界像の統一という事を論じている。しかし退いて考えると、あるいはこれはあまり早まり過ぎた考えではなかろうかと疑わざるを得ない」と、書簡に記された以上にプランクへはなかなか手厳しい。

またマッハに関しては、「自分はマッハの説により多く共鳴する者である。すなわち吾人に直接に与えられる実在はすなわち吾人の感覚である。いわゆる外界と自身の身体と精神との間に起る現象である。このような単純な感覚が記憶や聯想によって結合されて経験になる。これらの経験を綜合して知識とし知識を綜合して方則を作るまでには、種々な抽象的概念を構成しそれを道具立てとして科学を組み立てて行くものである」という。たとえば、冒頭では人間がすべて盲目で聾啞であったとしたらこの世界がどう認識されるかと問いかける。

それでもし生れ付き盲目でその上に聾な人間があったら、その人の世界はただ触覚、嗅覚、味覚並びに自分の筋肉の運動に聯関して生ずる感覚のみの世界であって、われわれ普通な人間の時間や空間や物質に対する観念とはよほど異なった観念を持っているに相違ない。もし世界中の人間が残らず盲目で聾唖《ろうあ》であったらどうであろうか。このような触覚ばかりの世界でもこのような人間には一種の知識経験が成立し、それがだんだんに発達し系統が立ってそして一種の物理的科学が成立し得る事は疑いない事であろう。しかしその物理学の内容はちょっと吾人の想像し難いようなものに相違ない。

視覚の欠けた世界でも寒暑の往来によって昼夜季節の変化を知ることはでき、自分の脈搏と比較して振動の等時性から時計を組み立てることが可能かも知れない。しかし「自分の手足の届くだけの狭い空間以外の世界に起っている現象を自分の時計に頼って観測する事はよほど困難」で、象と盲者のたとえ話のように「このような人には時や空間はただ自分の周囲、例えば方六尺の内に限られた、そして自分と一緒に附随して歩いて行くもののようにしか考えられぬのかもしれぬ」といっている。

この仮想的人間の世界と私たちの世界を比較してみると、「いわゆる世界の事物は、われわれと同様な人間の見た事物であって、それがその事物の全体であるかどうか少しも分らぬ」という。書簡にも言及された「人間を原子位にしか見得ぬ他のbeing」を想定した場合、「素量説などの今日勢いを得て来たことから考えても、原子距離における引斥力の方則をニュートンやクーロンの方則と同じものとは考え難」く、「この原子的人間の物理の方則は吾人の方則とよほど異なった発展をするに相違ない」という。したがって科学を組み立て、知識を整理するためには、思考の節約ということから最も便利なものを選べばよいということになり、「道具になる概念は必ずしも先験的な必然的なものでなくてもよい」ということになるのだという。

また「方則について」(「理学界」一九一五年一〇月)では、「科学の方則は物質界における複雑な事象の中に認められる普遍的な連絡を簡単な言葉で総括したものである」「華厳経《けごんきょう》に万物相関の理というのが説いてあるそうである。誠に宇宙は無限大でその中に包含する万象の数は無限である。しかしてこれらは互いになんらかの交渉を有せぬものはない」といっている。これがすでにマッハの影響圏に書かれたものかどうかは分からないが、寅彦の思考の根底にあるこうした世界観は、きわめてマッハと親和的である。その後に精力的に書かれることになる寅彦随筆は、一見したところまったく異質で、無関係と思われるものに共通する類似の関連を見だし、アッと驚かせるような手際でそれらを結びつけるところにその魅力があるが、その基盤もここにあったことは間違いない。

「文学の中の科学的要素」(「電気と文芸」一九二二年一月)には、「科学も芸術もその資料とするものは同一である。それを取扱う人間も同じ人間である。どちらも畢竟は人間の「創作」したものである。人間の感官の窓を通して入り込んで来る物を悟性や理性によって分析し綜合して織り出された文化の華である」とある。一見没交渉のように見なされる科学も芸術もその根底まで降りてゆけば同じ原理から派生したもので、その根本の原理は共有している。感官が刺戟されて無念無想の渾沌たる状態においては自他の区別もないが、そうした状態が分裂して、「能知者」（知るもの）と「所知者」（知られるもの）ができて、認識ということが成立しはじめる。そこからさまざまな観念が生まれ、やがて共通の要素が括られて秩序ができ、「言葉」ができ、「方則」ができるというのである。

最後に石原純は、「絶対的実在論を効利的に信仰すること」を「科学者の真の宗教である」といっていたが、その信仰の対象は「「自然の一様性」と云ふことである」とも語っていた。しかし、科学にしても文学にしてもそれを信仰の対象とすることは危険ではないであろうか。私たちは文学において科学を相対化し、科学において文学を相対化する視点を確保しておくことが、AI（人工知能）があらゆる局面で支配してゆくことになるこれからの社会には絶対に必要になると思われる。

附録② 横光利一「文学と科学」

ラヂオといふものは、どう考へても、不思議なものだと私は思ひます。波長でどうかうするのだとはよく教へられましたが、そんなら波長とは何んだらう。その波長を構成してゐる電子とは何んだらう、とかふ《ママ》いふ風に考へて来ると、まるで子供のやうでありますが、びつくりすることばかりであります。甚だ突然ですが、ゲーテといふ世界第一の大芸術家が、死ぬ少し前に、ワイマールの森森を眺めながら、世の中はもうこれ以上進歩することはあるまい。いかに科学といへども、これ以上進歩はしなからうが、いや、もうこれで良ろしい、といふことを云つて、世の中の進歩発達に驚きましたけれども、それから百年もたちました。その間にどんなに世の中が進歩しましたか、皆さんはよく御存知であります。ゲーテの見ることの出来なかつたものを、どんなに沢山、皆さんは日日夜夜、見てゐられるか知れません。それなら、そのゲーテの知らなかつたものの沢山の原理を、誰も知つてゐるかと云ひますと、あながちさうだとは限つてゐません。私にしましても、第一、このラヂオの細い作用を、少しも知りません。ただかうして、妙な恰好の箱の前で話してゐるだけで、皆さんが聞いてゐらつしやるかどうか、それさへ分らない。こんな私の話なんか、早くスヰッチを切つて、面白い遊びを勝手にして頂きたいと、さう思ひ思ひ、話してゐるにすぎません。けれども、私の話がマイクロフォンに伝はり、線のない空中を泳ぎ、今ごろは、どこをどうして私の声が泳いで行つてゐるのでありませうか、とにかく、皆さんの耳の中に這入つてゐる以上は、私と皆さんとの間に、今何らかの電気が通じてゐるのでありまして、これをこそ、不思議な縁と申すのでありませう。かふ《ママ》いふ縁といふものは、なかなか切つても切れぬものでありまして、これを切るのは、機械といふ冷酷なスヰッチがあるばかりであります。さう思ひますと、私には、そのスウ《ママ》ッチといふものが、たいへん面白い物に見えて来るのであります。世の中にはいろいろな事件が毎日起つてをります。これを人々が、聞いたり見たり、解剖したり、分析したりしてゐるのですが、この場合に、それらの出来事や話を試《ママ》べ楽しむためには、適度にその人々の能力に従つて、スウ《ママ》ッチを入れて行かなければなりません。つまり、生活にとつて、不必要な物はスヰッチを入れて、切り取つて行くのであります。これを生活の合理化といひますが、私も放送をしてくれと頼まれましたからには、何となく、そんなにも不必要な人間ではなかつたのだらうと、ふと己惚れた次第であります。生活の合理化の中に、私も入れて貰へたわけであります。けれども、これが今から十年も前でありますと、今ほど生活の合理化が、激しくなかつたのであります。人間が、必要なもの必要なものと、うの目鷹の目で、探し廻つて生活をすることは、これは生活する上に於て、是非とも緊急なことに違ひありませんが、しかし、その結果は、いつの間にか、独楽鼠のやうに、せわしく、果しなく、くるくる廻つて死んでし廻《ママ》はなければならなくなります。この急がしさに身を置くことが、楽しいといふ人は、別であります。その人は独楽鼠になり切つた人で、この人はこの人で、自ら悟りの出来た、豪い人であります。しかしながら、世の中には、そのやうな豪い人間ばかりとは、限つてをりません。私のやうに暇さへあれば、何となくぼんやりとしてゐたいと考へてゐる人も、無数に沢山あることだらうと思ひます。そんなら、このやうな人は、どうすれば良いのだらうと、かう思つたのが、私の今晩の考へであります。先日、世界を廻つて帰つて来られた鶴見祐輔氏とお話をしましたときに、鶴見さんの仰有るには、アメリカへ行つたとき、ある科学者の本が出てゐて、その人は、科学が進歩するに従つて、世界から英雄は消えていく、といふ説を発表したと、そのやうに云はれましたが、私は、科学者からこのやうな意見が出始めたといふことに興味を感じたのであります。その説の正しいかどうかは私は今申し上げることが出来ませんが、人々になる程と思はせる所もあります。英雄といふものは、むかしは、世の中を揺り動かし、人々の生活を一箇人で改変して行く人物をさして、英雄と云つたのでありますが、今のやうに、世の中が合理的に、科学的になつて来ると、一箇人で世の生活を改変するといふことは、不可能になつて来ます。その代りに、生活を合理的に科学的に、受け持たされた自分の仕事の部分を、やりとげる人々が、英雄になつて行くのだと思ひます。つまり、英雄といふものの実質と解釈が、だんだん変化して来たのでありますけれども、いかに人間が科学的にならうとも、夢といふものは、人間の頭から消え失せるものではありません。この夢が、人間にいつまでたつても、英雄を望ませ、また自分も英雄にならうと思はせます。近ごろは、人々は世の中の英雄にならうと望んでゐる人を見ると、どことなくその人間を馬鹿にする傾向が増して来ましたが、それだけ世の中の人々の頭が、科学的に進歩して来たのだと思はれます。また、それだけ人々が英雄を望まなくなつたのでありますけれども、人々のひそかな心の奥底には、誰しも、自分の馬鹿にしてゐるその英雄に、なりたいと願ふ夢の揺らめきは、保存せさ《ママ》て、失ふことはありません。これが現代の悲しみといふのであります。しかし、この不必要な悲しみにだけは、容易にスキッチを入れる術がありません。この術を発見すれば、まことにその人は、一種の現代の英雄であります。これこそ、科学的英雄といふのでありませう。このやうな人は、自分の心の中の問題を、自分で処理した人であります。このような偉人には、文学などはも早や必要ではありません。しかし、こんな人とは反対な人も、まだまだ世の中には充満してをります。つまり、生活に適度に、スキッチを入れることの出来ない人でありますが、しかし、むしろ、そのやうな人々は、スキッチを入れるよりも、ときとして、自分の生活に起つて来るさまざまな問題を、自分から切り取らうとせずに、これを尽く味ひ尽してみやうとする大胆な人に変化して来ることが多いのであります。巧妙に不必要な物を避けることが出来ないなら、それならひと思ひに、いかなる事にも胸を真向から突きあてて、全部を一人で飲み込まふとする勇猛な人々に変つてくるのであります。この種類の人々は、自分の弱さ愚かさを誰よりも良く知りぬいた人々の胸の中から湧き上つて来る美しさであります。文学といふものは、多くの場合、この自分のどうしやうもない心を知つた人の、脳中から溢れ出て来た美しさであります。ところが、近ごろのやうに、科学が進歩して来ますと、人々の頭脳の中に起る問題も、むかしとは変つて参らざるを得ません。第一、科学といふものは、人々の心の中の問題には構はず、法則から法則へと連り進んで、数学のやうに無限にひとり発展して行く性質のものであります。人の心は、この科学の呈出する数限りのない命題に、馳け足ばかりで追つかけ廻さなければなりません。一つの心の問題が起つて来ますと、それを解決つける暇もなく、さらに次の新しい問題に、飛びつかなければなりません。それが次ぎから次ぎへと、同様の状態をくり返して参りますと、まだ解決もつけずにすませておいた前の心の問題が山積して、心の借財が無限に後から追つ馳けて参ります。人々は、前に進んでゐる科学の問題に追つつくべきか、後ろに追つてゐる心の問題へ、退却すべきか、誰だつて、絶えずうろうろしつづけなければなりません。この周章狼敗《ママ》してゐる様が、現在といふ世の中になつて来たのであります。それなら、このやうな現代に於ては、われわれは、どうすべきでありませうか。スヰッチをどこでひねつて、この生活の問題を片づけねばならぬのでせうか。かういふ疑問は、日日人々の頭を悩まして去ることがないのであります。ゲーテは世の中を見廻して、もう科学もこれほど進歩したからには、もうこれ以上進歩することは、恐らくあるまい。もうこれで最後だらうと云ひ放しましたが、ゲーテも科学にだけは、負けたと云はなければなりません。ゲーテの時代には、心の問題と、科学の問題とを、統一させて、世界を全体として一つの世界に眺めることの出来得た時代でありますが、今は、どのやうな偉大なものが出現しやうとも、も早やそのやうなことは不可能であります。今は世の中を見やうとするためには、科学的な眼で、一般に正当とされ常識とされてゐるところの、思想体系といふ、すでに人々によつて公認された科学大系を応用させて、ある事件を見やうとし、ある人を見ようとします。この科学的な見方から、一歩も踏み出すわけにはいかぬ不自由な眼を、皆さんは持たされてしまつたのであります。自分の眼や頭は、自分の物であるにも拘らず、自分が自分で使用出来ないといふ辛さも、習慣になつてしまへば便利なもので、人の使つたままを、その通りに使つてゐれば、まア間違ひはないといふ売薬のやうに、安全になつて来ました。安全でない所は、すぐスヰッチを入れて消してしまへば良いのです。それも一層便利なことには、誰でも、自分の頭の中に、スヰッチをひねる道具が出来てゐますから、何から何まで都合が良いのであります。ところが、ここに具合の悪い所が出て来ないものとも限らない場合があります。スヰッチを入れても、波長の合はないときであります。いくらスヰッチをひねつても、どこからか違つた波調《ママ》がかかつて来て、言葉とならずに、わけの分らぬガチヤガチヤ鳴り出す音波が、耳を聾するばかりに高鳴つて来た場合であります。これがラヂオだと、スヰッチをひねつて、また停めてしまふ事が出来ますけれども、頭の中の問題でありますと、さう都合よくスヰッチをひねるわけには参りませんから、波調《ママ》が合はなくなれば、絶えず雑音に悩まされ通さなければなりません。この心の中の雑音は、いかなる人にもあるのでありますが、なかなか気がつかぬだけであります。必ずその人が聡明な人なら、自分の心の中に鳴りひびいてゐるこの雑音に耳傾けて、聞いてゐるにちがひないのであります。これが心理の問題と云ふものでありまして、この人間心理の雑音を、何とか工夫して整理しやうとするのが、文学であります。これは理論や体系や思想や、科学や宗教では、何ともならないものであります。自分一個人の、心の中の雑音は、自分が処理する以外に方法はありません。ただ雑音であるからと云つて、捨てておいては、大雑音にいつ変化しないとも限らない。さうなつては、狂人になつてしまひます。お医者に見せようとも、このやうな病を癒す医者は、自分以外にはないのでありますから、ただうろうろしてゐるより方法はない。といふやうな状態になつて参ります。しかし、考へて見ますと、聡明な人なら、何らかの意味で、現在は誰も心のこの問題で悩まされてゐるのであります。一口に簡単に片づければ、いはゆる世紀病といふのでありませうが、何病と云つても、さし閊えはありません。名前をつけて癒るものでもないのですから、せいぜい科学者や思想家は、病名でもつけて、慰めてくれるより仕様がありません。同病相憐むといふ言葉がありますが、たしかに今は、同病相憐れんでゐる時代であります。お金があれば、病気を静養する上には、たいへん良ろしいけれども、この病気だけはそんなことで癒るものぢやありません。病気を増すだけで、ただお金のある間は、モルヒネ注射のやうに、一時の間眠ることが出来るのであります。それでありますから、先づともかく、眼が醒めてゐると、頭の中が喧しくて困るから、眠る工夫をしやうといふのが、多くの人の辿る道條のやうであります。しかしながら、同病者の群の中では、誰も彼も眠てしまはれては、国民が保たなくなります。誰か一人か二人は、苦しくても起きてゐなければ、いつどのような急変が起つて来ないものでもありません。この病気の番兵が、文学者といふものであります。番兵は眠る暇がありません。それでありますから、だんだん自殺するものが出来てくるのです。自殺するものを、眠つてゐる人々は、馬鹿な奴だと云つて笑ひますが、本人にしてみれば、勝手に自殺したのぢやありません。うつかりすれば他殺どころか、眠てゐるものが殺したのかしれたものでは、ないのであります。しかし、眠つてゐるものも、いつかは必ず、一度は叩き起されねばなりません。そのときの用意は、各自、何らか講じなければならんのでありますが、あまり眠りつづけた人々は、眠つてゐるその間の人々の頭の中の変化に気がつきませんから、場違ひのことばかりやり出して、世の中から滅んでしまひます。このやうな、自分が眠つてばかりゐるといふ事は、自分を滅ぼすばかりでなく、他人をも自分の知らぬ間に、傷つけてゐることも、また多いのであります。一方、科学科学と、科学ばかりに眼を向けてゐる人はどうかと云ひますと、この人もまた、眠てゐる人同様に、人の心の問題から遠ざかつて、云はば眠てしまつた人と同様な結果を来すやうに、なり勝ちであります。何事でも科学が解決をつけてくれると思ふ安易な気持ちは、自分ひとりの場合にとつては良いかもしれませんけれども、他人が心の問題にまで、科学を押しつけて、他人の運命をも、科学同様に情のない冷酷な物にしてしまひます。かう申しましても、私は何も科学を否定してゐるのではありません。心といふものは、科学にどのやうに反対しまし《ママ》やうとも、科学には負けるのでありますから、それならひとつ、これを攻撃してから負けるべきであります。私がいかに精神の問題を、やつきになつてお話ししませうとも、時間が来て、私の後ろで放送局の方が、スヰッチを一つ廻されれば、私の話は消えてしまふのでありますから、それなら、せめてこの時間のある間に、そのスキッチといふ冷胆《ママ》な、情容赦のないものを、攻めたてるべきが、精神の問題であります。この精神の問題が、科学に勝つためには、これに一つの名前が必要になつて来ます。人々はこれを精神科学と名づけてをります。つまり、自然科学に勝つためには、精神も科学にしなければならぬ不便が、精神といふ世界には必要なのであります。何ぜかと申しますと、精神といふものは自然科学にどうしても負けるからであります。精神が科学に負けるといふことは、つまり、人間が科学に負けるといふことであります。私や皆さんは、自分が人間でありながら、人間が科学に負けてゐることが、面白くて仕様がないといふ奇妙な人々に、いつの間にか、されてしまつてゐるのであります。人間は人間を取り戻せといふ叫び声が、世界の諸々方方の分野から起つて来つつあるのも、これでは人間が何んともしやうがない、もう人間の箇性《ママ》はなくなつたといふ絶望から、湧き上つて来たうめき声であります。ヨーロッパ諸国を廻つてみますと、この感が、日本よりも一層激しいのであります。まだ日本は科学よりも人間の方が、勝ちつつ進行してをります。しかし、一端これが、ヨーロッパのやうに、科学から人間が負け出したとなれば、皆さんの苦悶は、全く現在とは比較にならなくなると思ひます。しかし、幸か不幸か、われわれ日本人は、むかしから、義理人情といふ丁度科学に似た鉄則に従つて、これに負けつづけて来た心の秩序がありますから、科学が義理人情といふものに代つて、われわれをくくりつけようとも、これは便利なものだと、逆にこれを巧みに使用して、生活を豊かにして行き得る心の修養が、出来てゐるのだと思はれてなりません。これのやうな状態は良いことか悪いことかは、今は誰にも分りません。けれども、何ものに負けようとも、負けたことを勝ちにする方法ほど、有難い方法はないのであります。われわれ日本人の先祖は、まことに不思議な奥義を、われわれ子孫のためにしておいてくれたものだと、今さら感謝する次第であります、しかも、外国人は、これを少しも知らぬのであります。もう時間が迫つて参りましたから、スヰッチの活動することと思ひます。時間といふものは、このやうに不思議なものでありますから、いつか機会がありましたなら、一つ三十分といふ時間の中で、人間の頭の中に閃いて来るものが、どんなものであるか、ここで実験してみたいと思ひます。そのときには、何の準備もせず、ただ連想から連想へと飛び廻つて饒りつづけてみる方法よりありませんから、従つてラヂオを使ふより仕方がありません。このやうな実験も、精神の実体を試べる科学であります。しかも、人間といふものは、誰も、人の頭が三十分の間に、どのように動くものであるかといふことを知つたものはないのであります。ただ三十分の間のことも、験べる方法はないのでありますから、まして一日のこと、一生のこととなると、文学以外には、勉強する方法は絶対にありません。自分のことと、他人のことととの違ひにしたつて、この重要な、人間にとつて一番重要な自分と他人のこの事も、同様であります。

横光利一「文学と科学」について

ここに紹介した横光利一の「文学と科学」は、おそらく文字としてはこれまで一度も発表されたことのない原稿と思われる。一九三七（昭和一二）年一月二八日の夕方六時二五分から五五分まで三〇分間、東京ＪＯＡＫでラジオ放送されたときの下書き原稿だけれど、もちろん現在の河出書房新社版『定本　横光利一全集』にも未収録である。「盛文堂」の四〇〇字詰め原稿用紙に一九枚（最後の一枚は一行目だけ）、万年筆で執筆されている。ラジオ放送の講演用の下書きであったところから、編集者のチェックも入っておらず、しかも走り書きされたようで、誤字などの書き誤りも何ヵ所かあるが、ここには修訂することなく、「ママ」を付して原稿のままに翻字した。

昭和一二年一月といえば、ベルリンオリンピック観戦をかねた「東京日日新聞」「大阪毎日新聞」両紙の特派員としての欧州旅行から帰国して半年後、四月からはこの欧州体験をもとに構想、執筆されることになった長篇「旅愁」の連載が開始されるといった時期にあたる。「文学の神様」とも称せられて、文壇でもっとも期待が寄せられ、横光自身も内に漲りわたるエネルギーを感じ、おそらく生涯でももっとも得意で、いちばん輝いていた時期でもあったろう。そうした時期に一般聴衆へ向かって三〇分のラジオ放送ということで、馴れぬマイクに向かってしゃべらなければならないので、原稿が用意されたものと思われる。

当日の新聞のラジオ欄を確認すると、「東京朝日新聞」には、「文学と科学／＝後六時廿五分＝／横光氏の話」の三行見出しのもとに、「最近欧洲の旅から帰朝した文芸家横光利一氏が趣味講座に「文学と科学」と題する話をすることになつた、以下同氏の談」として、次のような文章が掲げられている（ちなみに「東京日日新聞」にも記者による紹介文はないが、「文学と科学／〈後六時廿五分〉横光利一」という見出しで同じ文章が掲載されている）。

私は最近欧洲を巡遊して、時間といふものを考へさせられた、日本と欧洲とでは八時間の違ひがある。これは科学で規定した時間で文学の世界を支配する時間はまた別である、こんなことから、文学と科学との問題を話してみたい

たしかにこの原稿の最後で、時間というものの不思議について触れられている。ラジオ放送という性質上、プラス、マイナスの誤差もなく、キッチリ三〇分という限られた時間内での話

が要求されたのであろう。しかし、本来、人間の思考といったものは、そうした区切られた時間に拘束されているわけではない。そんなことで「規定」された時間とその外にある文学の時間ということを意識せざるを得なかったのだろう。しかし、このラジオ講演の全体が時間の考察にあてられているというわけではない。

この原稿を一読したかぎり、取りとめもないような話が展開し、どこに話の焦点があるのか分からないような印象がある。ときに指示語の不明瞭さや論理の飛躍があって、論旨も錯綜しており、論点の不透明さからある種の分かり難さをはらんでいる。おそらく一気呵成に書きおろされ、十分の推敲がないままにマイクロフォンに向かったのであろう。こうした論理の混乱は、ヨーロッパから帰国後の「旅愁」執筆の直前の時期における横光文学の混沌をそのまま反映しているのかも知れない。

しかし、あくまでもこの講演の骨子になっているのは、こうした時間の性質から派生された、〈科学〉によって規定されたものとその外にあって人間の自由意志に任されたものとの対比である。後者を代表するものとして〈文学〉が取り上げられたところから、「文学と科学」という題名もつけられたようだが、〈文学〉と〈科学〉ということになれば、横光文学にとってはその出発点から戦後の「微笑」（「人間」一九四八年一月）にいたるまでの中心的な関心事であって、いうまでもなく「旅愁」のモチーフのひとつともなっている。

横光文学における〈文学と科学〉に関しては山本亮介『横光利一と小説の論理』（笠間書院、

二〇〇八年）が、その生涯の作家活動において絶えず自然科学を意識しつづけて、それに大きく触発、影響され、横光の文学観を形成するうえにいかに大きな役割をはたしたかということを丹念にあとづけている。また近年は河田和子「〈文学的象徴〉としての数学――横光利一『旅愁』における綜合的秩序への志向」（「横光利一研究」創刊号、二〇〇三年二月）、加藤夢三「新感覚派の物理主義者たち――横光利一と稲垣足穂の科学観」（「横光利一研究」第一五号、二〇一七年三月）など、横光文学における数学や自然科学とのかかわりに触れた論文も多く書かれるようになった。

ここでそれらの論のあとを追って、横光文学における自然科学との関連をあとづけることはしないが、このラジオ講演を通してうかがわれる横光の自然科学への関心とそこから浮き彫りされる問題について若干触れてみたい。横光は、まず「ラヂオといふもの」に言及して、そこから「波長」「電子」といった当時の物理学の最先端の問題に結びつく話題をとりあげるが、論の前提にゲーテの言葉を引用している。ゲーテは、「死ぬ少し前に、ワイマールの森森を眺めながら、世の中はもうこれ以上進歩することはあるまい。いかに科学といへども、これ以上進歩はしなからうが、いや、もうこれで良ろしい、といふことを云つ」たというのである。

ここに引いているゲーテの言葉の典拠は何なのだろうか。また横光は「ゲーテは世の中を見廻して、もう科学もこれほど進歩したからには、もうこれ以上進歩することは、恐らくあるまい。もうこれで最後だらうと云ひ放しました」ともいっているが、いろいろな文献にあたってもこれとぴったりと一致する言葉は見つからない。横光は、「新小説論」（『新文芸思想講座』文藝春秋社、一九三三〜一九三四年)「散文の精神」(『日本現代文章講座』厚生閣、一九三四年)など、しばしばエッカーマンの『ゲーテとの対話』に言及しているが、エッカーマンの著書にも見当たらない。しかし、それに近いようなことをいっている箇所はある。横光が目を通した春陽堂版のエッケルマン『ゲエテとの対話』(亀尾英四郎訳、全三巻、一九二二〜一九二七年)からそれらの部分を引いてみよう。

『且つ又我々に一体何がわかるか、又我々のすべての機智を以てしても何れ丈のことが出来るか。『人間と世の中の問題をとくやうに生まれて来てはゐない。問題のはじまるところを探べて、それから理解しえらるゝ範囲内に止るべきである。『宇宙の活動を測ることは人間の能力では出来ないし万物を理解しやうとするのも人間の小さな立場では無益な努力である。人間の理性と神の理性とは二つの全然異なつたものである。(第一、一八二五年一〇月一五日)

『概して』とゲエテはつゞけた。『世の中は年古り、昔から多くの立派な人々が生存して考へてゐるから、この上新しいことを発見してのべるのは難しい。私の色彩論も全然新しくはない。部分的にはプラトオや、レオナルド・ダ・ヴインチやその他の多くの秀れた人々が私以前に発見し述べてゐる。しかしそれを見出し、それを再び述べ、混乱せる世の中に真なるものへの入口を再びつくるやうに努めたのが私の功績である。(第二、一八二八年一二月一六日)

『ともかくわれ〳〵年とつた欧洲人は多少の差こそあれ実に不遇である。われ〳〵の状態は人工的にすぎ複雑すぎる。食物や生活法には真の自然がなく、社交には真の愛情と親切とがない。誰も上品で丁寧ではあるが、情けと赤心とを持つだけの勇気のある人が無い。従つて自然的な傾きと気持とを持つた正直な人は実にひどい目に逢ふ。誰しも、南洋諸島の一つに野蛮人と生まれ、たゞ一度でも、まぢり気のない人間生活を全く純粋に味つて見たいと思ふことが、度々あらう。

『意気消沈した時、現代の悲惨を深く考へると、世界が次第に終りに近づきつゝあるやうな気が度々する。そして禍は一代々々に重なる。何故ならわれ〳〵は祖先の罪悪に悩まされるだけで足らず、この伝来の罪悪にわれ〳〵の罪悪を加へて子孫に伝へるからだ。

（第三、一八二八年三月一二日）

『人類の発達は、』と私は言つた、『数千年を目当としてゐるやうです。』

『わかるものか、』とゲエテは答へた、『多分数百万年かも知れない。しかし人類が何んなに長く続いても、人類を悩ます妨害や、人類の力を発達させるための種々な困難は絶えないだらう。人類は一層悧巧に一層思慮深くはならうが、より善良により幸福により活動的にはなるまい、なつてもある時代だけにすぎないだらう。私は、神が最早人類に愛想をつかし、またもや一切を破壊して生物を若返らせる時期が来ると思ふ。一切がさういふ風に計画されてあり、遠い未来に於て若返りの時代《フエルイユングンクスエポツヘ》の始まる時期が既に確定してゐると信じてゐる。しかしさうなる迄には余程間があるに相違ない、そしてわれ〳〵はまだ何千年も何千年もこのおなじみの古い地球の表面でいろいろな戯れをやつてゐるだらう。』
（第三、一八二八年一〇月二三日）

ゲーテは、たしかにエッカーマンとの対話の端々で人間の限界ということや、自然科学の進歩についての疑義を呈している。が、「もう科学もこれほど進歩したからには、もうこれ以上進歩することは、恐らくあるまい」といったような強い否定的言辞で語っているような箇所はない。横光によって語られたゲーテの言葉は、科学の進歩への疑念といった、この時期の横光自身の関心に応じて要約されたものだったと思われるけれど、横光のゲーテへの関心は、一九三二（昭和七）年がゲーテの没後一〇〇年にあたり、ゲーテ一〇〇年祭として世界的にゲーテの読み直しがおこなわれたことと無縁ではなかったろう。

その代表的なものはジッドとヴァレリーのゲーテ論である。前者は「N・R・F」の一九三二年三月号に発表されたが、『アンドレジイド全集　第九巻』（建設社、一九三四年）に辰野隆訳で収録されており、横光は「新小説論」で「ゲーテ百年祭に際してジイドが「新仏蘭西評論」にかかげたゲーテ讃仰の辞こそ、懐疑家、探究家、精神家としての所謂新しい「ゲーテ」自身の内部精神の最も階調的に複雑な外部表象だと云つて好からう」といって、その内容をかなり丁寧に紹介している。

後者のヴァレリー『ゲエテ頌』（佐藤正彰訳、野田書房、一九三五年）は四月三〇日にソルボンヌでおこなわれた記念式典での講演であるが、横光も「散文の精神」で言及している。また戦後版『旅愁』第四篇に登場人物のひとりである東野に「ゲーテの全作品が、全体を通じてどことなく東洋へ傾いてゐると、そんなにヴァレリィは云つてるよ」と語らせており、「旅愁」が科学をもって「西洋」を代表させ、それに対抗する精神的なものを「東洋」に表象させているところからすれば、ヴァレリーのゲーテ論も「旅愁」の構想にいくばくかの影を落としたのかも知れない。

横光のゲーテへの関心は、ゲーテが文学の領域ばかりか自然科学の分野でも大きな功績を残したところにあったのかも知れない。ゲーテの時代にはその存在を想像することさえできなかったラジオというものが、一〇〇年後には日常生活のなかに入り込んでしまった。その意味では、ゲーテの「世の中はもうこれ以上進歩することはあるまい」という言葉は裏切られたわけだが、ゲーテの時代の人びとがラジオの原理を知らなかったように、ラジオを実際に享受している私たちも「波長」や「電子」といったレベルになると詳しいことはよく分かっていないことでは変わりない。

横光は、「科学といふものは、人々の心の中の問題には構はず、法則から法則へと連り進んで、数学のやうに無限にひとり発展して行く性質のもので」、「人の心は、この科学の呈出する数限りのない命題に、馳け足ばかりで追つかけ廻さなければな」らないことになるという。ラジオもその科学的な原理は分からなくとも、「私の話がマイクロフォンに伝はり、線のない空中を泳ぎ」、「皆さんとの間に、今何らかの電気が通じてゐる」ということになる。それは疑いもない科学の法則として作用しているのだが、その作用の圏外へ逃れるためには「機械といふ冷酷なスヰツチ」を切ればいいという。

ラジオといったこうした文明の機器をもって科学の進歩を説くという論法は、ゲーテ晩年の作品『ウィルヘルム・マイスターの遍歴時代』における望遠鏡のエピソードを思い起こさせる。天文学者から天体望遠鏡をみせられたウィルヘルムは、「あなたがこの星をこんなにも僕に非常に近づけて下さったことに対しては、僕はあなたにお礼を申せばよいのかどうか、実はわからないんです。僕が以前見ましたときには、この星は天空に懸る無数の星とも、僕自身とも、釣合いがとれていたのです。しかし今は、それが僕の想像力のなかで異常なくらい頭を抬げてきました。それで僕は、他の星屑をも同じように、近くへ引きよせて見たいと願っていいものかどうか、わからないんです。彼らは、僕を窮屈にし、僕を不安にするでしょう」（山下肇訳）といっている。

また「非礼を顧みず一言述べさせていただきますと、僕は、この人生に於て、一般的平均的にいうならば、われわれが自分たちの感覚の助手にしているこういう手段は、人間に決して道徳的上有益な影響を及ぼさないものだということを、見て参りました。眼鏡を通して見る者は、己れを実際以上に賢明な人間だと思いこんでしまいます。つまり、これによって外的感覚が内的判断力と釣合いのとれぬものになるからです」ともいう。『ウィルヘルム・マイスターの遍歴時代』には「遍歴者の心のなかの考察」と「マカーリエの文庫より」というアフォリズムも添えられているが、前者には「顕微鏡と望遠鏡は、もともと純粋な人間の感覚を狼狽させる」とあり、後者には次のような一文もある。

人間がその健全な五官を働かせるかぎり、人間はそれ自身もっとも偉大な、もっとも精密な物理実験装置である。そして実験をいわば人間から切りはなしてしまって、人工的な器械が示すものだけを自然と認め、それどころか自然の働きを器械によって制限し、器械によって証明しようとまでするところに、近代物理学の最大の不幸がある。

ゲーテがここで「感覚」（五官）といっていることを、「人の心」といいかえるならば、横光のいっていることとほぼ重なる。横光は、「人の心は、この科学の呈出する数限りのない命題に、駈け足ばかりで追つかけ廻さなければなりません。（中略）人々は、前に進んでゐる科学の問題に追つつくべきか、後ろに迫つてゐる心の問題へ、退却すべきか、誰だつて、絶えずうろうろしつづけなければなりません。この周章狼敗《ママ》してゐる様が、現在といふ世の中になつて来たのでありますす」といっている。ゲーテにしても横光にしても、問題にしているのは、私たちの「感覚」や「心」ではもはやとらえきれない領域にはいってしまった自然科学の進歩の在り方である。

ゲーテが何よりも大事にしたのは、外界と内界が照応する森羅万象の調和的一致ということであり、自然科学の研究においても、それを乱すような人工的な器械は排斥しようとした。したがって、私たちの視覚の世界に混乱を生じさせるものとして「顕微鏡と望遠鏡」も排除されることになるが、その一〇〇年後に生きる横光にとっては「ラヂオ」がそうした存在として認識されたわけである。しかも科学の進歩はその原理をしっかり理解させないままに、享受者にその成果を押しつけることになる。「心」の準備があろうがなかろうが、無理やり日常の生活のなかに割りこんでくることになり、それがちょうどラジオの雑音のように、「心の中の雑音」として私たちを悩ませることになる。

ところで不確定性原理を提唱して現代物理学の最先端にいたW・ハイゼンベルクは、生涯ゲーテを敬服しつづけた。『科学‐技術の未来　ゲーテ・自然・宇宙』(芦津丈夫編訳、人文書院、一九九八年)には、一九四一年、第二次世界大戦のさなかにブダペストでおこなわれた講演「現代物理学に照らしてのゲーテ色彩論とニュートン色彩論」と、一九六九年にヴァイマルのゲーテ協会でおこなわれた講演「ゲーテの自然像と技術――自然科学の世界」と題したふたつの講演が収録されている。これらはゲーテの自然研究とニュートン以後の自然科学の進展による科学‐技術の進歩との意味を説いて、今日においても少しも色褪せることなく、深く考えさせられるものとなっている。

ゲーテが『色彩論』において、ニュートンの光学を激しく批判したことはよく知られている。ハイゼンベルクはこれに関して、「抽象的で、生きた観察から遠ざかった自然支配に向かう現代自然科学の絶えざる変貌は、百年以上も前に色彩論における一段と生気ある自然科学を求めて、あえて戦った大詩人への思い出をおのずから呼び覚まします。この戦いは終わり、その「正」か「誤」かをめぐっての判定は、とっくの昔に個々の問題のすべてにわたって下されています」という。いうまでもなく、その勝利はニュートンに与えられたけれど、それがそのままゲーテのそれを切り捨ててしまってもいいということにならないという。

ニュートンは暗室にあけた小さな孔から太陽光をとりこみ、プリズムに当てて、七色のスペクトルに分散させ、それを凸レンズでふたたび集光すると自然光に戻るという実験をとおして、色彩が光の屈折の違いによって出現し、白色光は異なる色彩のさまざまな光から合成されているものと考えた。そして、プリズムや細孔《スリット》を組み合わせた複雑な光学装置によって精密な測定をし、光と色彩に関する研究をその力学と同じように、光学として数学的に秩序づけたのである。

これに対してゲーテは、レンズやプリズムといったような複雑な装置によって責めさいなまれた光を基本現象とする方法はとらずに、光学や数学とは切り離されたところで、五官と直観による感覚世界における多様な色彩現象を統一的に秩序づけるものの発見に努めた。その結果、ゲーテは色彩を生むためには境界が必要であり、色彩は光と闇、つまり明と暗との結合から生じるのであって、光への曇りの混入のうちに色彩生成の「原現象」があるとした。

ゲーテの生きた時代はちょうど産業革命の勃興期であり、自然科学の進展にともない科学－技術が急速に進歩した時代である。ゲーテの感覚（五官）による直接的な観察をとおした自然考察・自然理解と、器械によって抽出された、いわば自然から無理やりに取りだされた個別現象を分析、抽象化して数学的に処理してゆく研究とが分岐した時代で、近代の自然科学にあって、現実の客観的なものと主観的なものとの分離がはじまった時期でもあった。

その後の研究の動向は、いうまでもなくニュートン物理学が圧倒的な力をもって自然科学を発展させることになり、横光がいうように、「この科学の呈出する数限りのない命題に、馳け足ばかりで追つかけ廻さなければな」らないことになるが、ニュートン以後の自然科学は、実験という実証性と数学による抽象性に向かうことになる。ニュートン力学を書き換えることになったハイゼンベルクらの量子力学も、いわばこのニュートンの延長上の最先端に位置づけられるもので、もはや日常感覚的な言葉での正確な理解はまず不可能である。

ハイゼンベルクは一九二七年に不確定性原理を提唱して量子力学の確立に大きな力を発揮したが、「原子物理学は、私たちの感覚もしくは実験が近づきうる物質のあらゆる属性を解明すること、言い換えるなら、それらを単純な数学的法則のうちに記述できる原子の属性に還元することを試みるのです。現象の果てしない多様性が、このようにしていわば単純な数学的公理体系の無数の帰結のうちに映し出されます」という。そして、こうした量子力学の至りついた地点から、ゲーテがニュートン物理学に向けた非難について次のように語っている。

物理学者が器具を用いて観察するものはもはや自然ではないとゲーテが言うとき、おそらく彼は、自然科学のこの方法では接近し難い、自然のもっと広大な生きいきとした領域が存在するということも考えていたのでしょう。事実、私たちは自然科学がもはや無生の物質ではなく生命ある物質を扱う場合、自然の認識のために試みる干渉に関してますます慎重にならざるをえないということを異論なしに信じるはずです。私たちが認識への願望を一段と高度の、また精神的とも言える生命の領域に向けるようになるにつれて、ひたすら受容し、観察するだけの探究に満足せねばならなくなることでしょう。この見地よりすれば、世界を主観的ならびに客観的領域に分割することは、あまりにも粗雑な現実の単純化だと思われるのではないでしょうか。

横光利一がラジオ講演「文学と科学」で問題としようとしたことも、ここでハイゼンベルクが指摘していることと必ずしも無縁ではない。この時期には横光もハイゼンベルクの不確定性原理の存在については、中河与一の「偶然文学論」などを通して知っていたはずである。不確定性原理に拠った中河の「偶然文学論」に関しては、真銅正宏「昭和一〇年前後の「偶然」論――中河与一「偶然文学論」を中心に」(『偶然の日本文学』勉誠出版、二〇一四年)、中村三春「量子力学の文芸学　中河与一の偶然文学論」(『花のフラクタル』翰林書房、二〇一二年)などの論があるので、ここでは触れない。

しかし偶然とはいえ、横光が「ゲーテの時代には、心の問題と、科学の問題とを、統一させて、世界を全体として一つの世界に眺めることの出来得た時代であります」と、ハイゼンベルクと同じようにゲーテに言及していることは興味深い。ハイゼンベルクは、これまで携わってきたような「無生の物質」ではなく、「生命ある物質」を研究対象する場合、つまり横光のいう「心の問題」にかかわり、「精神的とも言える生命の領域」に踏みこむ場合、実験器具など「自然の認識のために試みる干渉」について慎重にならざるを得ないし、そこでは世界を「主観」と「客観」とで分割するだけでは間に合わなくなるといっている。まさに生命工学が最先端の学問分野としてクローズアップされるような時代となった今日、ハイゼンベルクの提言は重く受けとめられなければならないだろう。

これに対して横光は、失われた懐かしい「心の問題」と「科学の問題」との統一的な世界像をゲーテに見出している。先に引いたエッカーマンの『ゲーテとの対話』に「人間の理性と神の理性とは二つの全然異なつたもの」という言葉があったが、人間にとって自然のうちに神の秩序が可視的に立ちあらわれるという確信が、ゲーテの自然研究を支えていた。神の存在を無条件で信じることができなくなった近代に生きる私たちには、「心の問題」と「科学の問題」とが切り離されたものとなってしまい、横光にとってはこれにどう対処するかということが当面の切実な問題となる。

この「心の問題」と「科学の問題」は、いうまでもなくそのまま「旅愁」のモチーフともなっている。科学万能主義を振りまわす久慈と、それに対して抵抗する矢代とを主要な登場人物として配置するが、それはそのまま当時の横光自身の内面の葛藤だったのであろう。ロンドンからパリへ飛行機でやってきた千鶴子を飛行場へ迎えにいって、パリ市内を自動車で走らせながら、久慈は矢代に向かって次のようにいう。

「君の云ふことはいつでも科学といふものを無視してゐる云ひ方だよ。君のやうに科学主義を無視すれば、どんな暴言だつて平気で云へるよ。もしパリに科学を重んじる精神がなかつたら、これほどパリは立派になつてゐなかつたし、これほど自由の観念も発達してゐなかつたよ。」

議論の末に科学といふ言葉の出るほど面白味の欠けることはないと矢代は思ひ、久慈もいよいよ最後の飛道具を持ち出して来たなと思ふと、自然に微笑が唇から洩れるのであつた。

「科学か。科学といふのは、誰も何も分らんといふことだよ。これが分れば、戦争など起るものか。」

「そんなら僕らは何に信頼出来るといふのだ。僕たちの信頼出来る唯一の科学まで否定して、君はそれで人間をどうしようと云ふのだ。」

当初の構想においては、このふたりの対立を軸に、カソリック信者である千鶴子への愛をからませることで、矢代の内部に惹起する変化と科学主義を超える新たな秩序の構築をめざすことが目論まれていたと思われる。が、第三篇以降においては、久慈をパリに置き去りにして、もっぱら帰国後の矢代の「心の問題」にかかわる葛藤を描きだすことになる。第三篇以降は太平洋戦争開戦後の発表ということにもかかわって、時局におもねった、ひとりよがりな論理が振りまわされることになり、ほとんど読むに堪えないものとなって中絶してしまった。

　このラジオ講演の「文学と科学」には、まぎれもなくその混乱の予兆が現れている。文学というのは、ちょうどラジオのスイッチを入れたり切ったりして、科学の進歩にあわせて増大する「心の中の雑音」を調整するものだが、「いかに精神の問題を、やつきになつて」話そうとも、時間が来て、「スヰツチを一つ廻されれば、私の話は消えてしまふ」という。「心といふものは、科学にどのようにに反対しましやう《ママ》とも、科学には負ける」から、精神の問題が科学に勝つために、「精神科学」を確立しなければならないし、「人間は人間を取り戻せといふ叫び声」が世界の各方面から起こっていると指摘する。

　ここまでは辛うじて了解し得ても、これにつづけて次のように語っているところは、もはや私にはとても理解不能である。

> これでは人間が何んともしやうがない、もう人間の箇《ママ》性はなくなつたといふ絶望から、湧き上つて来たうめき声であります。ヨーロッパ諸国を廻つてみますと、この感が、日本よりも一層激しいのであります。まだ日本は科学よりも人間の方が、勝ちつつ進行してをり

ます。しかし、一端これが、ヨーロッパのやうに、科学から人間が負け出したとなれば、皆さんの苦悶は、全く現在とは比較にならなくなると思ひます。しかし、幸か不幸か、われわれ日本人は、むかしから、義理人情といふ丁度科学に似た鉄則に従つて、これに負けつづけて来た心の秩序がありますから、科学が義理人情といふものに代つて、われわれをくくりつけようとも、これは便利なものだと、逆にこれを巧みに使用して、生活を豊かにして行き得る心の修養が、出来てゐるのだと思はれてなりません。これのやうな状態は良いことか悪いことかは、今は誰にも分りません。けれども、何ものに負けようとも、負けたことを勝ちにする方法ほど、有難い方法はないのであります。われわれ日本人の先祖は、まことに不思議な奥義を、われわれ子孫のために残しておいてくれたものだと、今さら感謝する次第であります、

ここで唐突になんで「義理人情といふ丁度科学に似た鉄則」という言葉が出てくるのか、またどうして「科学が義理人情といふものに代」わることができるのか、さっぱり分からない。「家族会議」（「東京日日新聞」「大阪毎日新聞」一九三五年八月九日〜一二月三一日）に大阪人の気風を語るところに「義理人情」という言葉が使われているが、これが日本文化を表象させるキーワードとして使われだしたのは、「厨房日記」（『欧洲紀行』創元社、一九三七年）からである。岡本太郎とトリスタン・ツァラを訪ねたときのエピソードを題材に書かれた「厨房日記」には、日本特有の

知性としての「義理人情といふ世界に類例のない認識秩序の美しさ」ということが語られる。「旅愁」第二篇にも、「民衆の底の義理人情といふ国粋が、も早や国粋の域を脱したただならぬ精神の訓練の美しさ」と語りだされている。こうした文脈をたどっても、私には「義理人情」が滅私奉公の別名にすぎないと思われるのだが、それがどうして「科学に似た鉄則」となり、「科学」の代替となり得るのか。そこには大きな論理の飛躍があるようで、まったく了解不能である。またこうした観点とは別の角度から横光文学における「義理人情」を取りあげている論に、古矢篤史「横光利一「家族会議」と〈新聞小説〉の時代——「義理人情」の表象と文芸復興における「民衆」意識の接点」（「国文学研究」二〇一二年一〇月）があることも、ついでに申し添えておく。

また「厨房日記」ではシベリア経由で帰国した際の国際列車に乗り合わせた体験を踏まえた時間観念に触れた箇所もある。それが「もう時間が迫つて参りましたから、スヰッチの活動することと思ひます。時間といふものは、このやうに不思議なものでありますから、いつか機会がありましたなら、一つ三十分といふ時間の中で、人間の頭の中に閃いて来るものが、どんなものであるか、ここで実験してみたいと思ひます」と語りだされることと関連する。国際間で科学的に規定された時間の共通ルールと、国々によって管理・運用される時間との落差が、ここではそのまま三〇分という物理的に規定された放送時間と、そうした外在的な要因によっては拘束されない個人の頭のなかの動きとに対比されている。

一九三七年一月の「科学ペン」の座談会「科学と文学を語る」に出席した横光は、席上で次のように語っている（他の出席者は河上徹太郎、林髞、式場隆三郎で、前年の一一月七日夕に開催されている）。

横光　僕はどうも科学についいては、一口に云へば、どうでも勝手にしてくれと云ひたい気持ですね。あれやもうファッショのやうなもので（笑声）……全くそれとは反対なものだけれども、なんだか結果は同じやうに思ふですね。あのくらゐ一種の自然の暴力といふもので人間を引き摺つてゐるものはない。法則といふものは考へれば暴力に似てゐて人間これにはどうしやうもない。

横光はここでは自然科学に対して、あるいは自然科学によって明らかにされた「法則」というものに対して、きわめて敵対的なスタンスをとっている。一九二五（大正一四）年九月の「文芸時代」には「科学的要素の新文芸に於ける地位」という特集が組まれ、横光以下五名が筆を執っている。横光は「客体への科学の浸蝕」（のち「客体としての自然への科学の浸蝕」と改題）というタイトルで、「われわれの客観となる客体が、科学のために浸蝕されて来た」ので、「客体に変化があれば、文学の主題にそれだけ変化を来すと云ふ法則程度はいかなるものにでも分るであらう」と、文学への科学的要素の浸食が不可避たることをいい、むしろそうした傾向を積極的に先導していた。

それが一〇年後には、科学的法則を人間がそれから逃れられないファッショ的な、「自然の暴力」と見なすまでになってしまい、文学によってその法則の暴力を乗り越えることが目論まれるのである。科学とファッショが「反対なもの」というのは、前者の客観に対して後者の主観的たることをいったのだろうけれど、主観的な文学といえども、自然科学の客観的な法則にしたがって、想像力が最大限に活性化されたとき、もっとも生き生きと豊かで輝かしい成果が得られることは間違いない。「旅愁」は、いわば文学によって科学的な法則をねじ伏せようとした苦闘の報告書といえるが、科学と敵対的な関係をとりながら、それを成し遂げようとしても不可能なことは横光自身が一番よく知っていたのではないだろうか。

戦後の「微笑」は、横光文学における文学と科学との悪戦苦闘の歴史に締めくくりをつける総決算の書だったといえる。俳人の高田から紹介された栖方という青年は、いつも微笑をたたえた「異常な数学の天才」だったが、横須賀の海軍へ研究生として引き抜かれて、「これさへ出来れば、勝利は絶対的確実だといはれる」新武器の殺人光線の研究に従事する。が、敗戦の報を聞くと、口惜しさのあまり発狂して死んだというが、主人公はその報に接して「玉手箱の蓋を取つた浦島のやうに、呆ッと立つ白煙を見る思ひ」がしたという。アッと立った白煙とは、同時に横光の科学への夢でもあったろう。

横光はその作家生涯の前半生では、自然科学から学んだ方法と成果を文学の方面へ巧みに応用することで、時代思潮をリードする作品群を執筆することができたが、その後半生では逆にその自然科学に足をすくわれるかたちで、困難な道を歩むことになった。今回、ここに紹介するラジオ講演の「文学と科学」は、まさにその分岐点に位置するものといえる。ラジオ講演用の下書きであったために話し言葉で記されているが、電波に乗った言葉はアッという間に消し去られてしまう。また話し言葉は書き言葉ほどの厳密性を求められることがないところから、内容的にはある不透明さがあって分かりにくい部分もあるが、それも「旅愁」の混乱を先取りするものだったといえるのかも知れない。

column

AI（人工知能）と文学

このところAI（人工知能）の話題に接することが多い。まずグーグルの研究部門が開発した囲碁の人工知能アルファ碁が、韓国の世界トップ級棋士との五番勝負で、四勝一敗で圧勝したというニュースが大きく報じられた。チェスでコンピュータが世界チャンピオンをはじめて破ったことが大きな話題となったのは、一九九六年のことである。二一世紀になり、二〇一〇年ころから将棋の世界でも、プロの棋士がコンピュータにかなわなくなってきたということが、たびたび話題とされるようになった。

チェスや将棋にくらべると、囲碁は局面の数が圧倒的に多い。しかも駒の役割が決まっているわけではないので、スーパーコンピュータをもってしてもその局面をすべて計算し尽くすということは、膨大な量の計算が必要とされる。ここ一〇年くらいはAIが人間を負かすことは無理だろうといわれていたけれど、何のことはない。AIがプロ棋士を難なく打ち破ってしまった。それは、まず過去のプロ棋士たちの三〇〇〇万種類の局面と打ち手を記憶させて、それからコンピュータ同士で対局させるディープラーニング（深層学習）させた結果だったという。

そんな記事に接した直ぐあと、星新一賞でAIが書いた作品が第一次審査を通過していたというニュースが流れた。もちろん、まだ人の手が加えられ、課題もたくさん残されているが、将来的にはAIによって、ある水準の作品を創作することが可能とのことである。少なくとも子供たちをワクワクさせるゲームソフトが大量に作られている状況からすれば、おそらく三〇年後、あるいは五〇年後には、いま書かれている程度のエンターテイメント小説くらいならば、難なく作り出すことができるようになるのではないか。そのとき文学を論ずるということは、完成した作品を問題にするのか、あるいはそのためのプログラミングを論ずることになるのだろうか。

そんなことを考えていたところに、米マイクロソフト社の学習型ＡＩチャットボットのTay《テイ》が、ツイッター上でヒトラーを肯定したり、人種差別的な言葉を発したりするようになり、オンライン公開からわずか二四時間で停止させられたと報じられた。本来コンピュータはニュートラルであるにかかわらず、悪意あるメッセージを大量に送られると、ＡＩが暴走しはじめるというのは、何か近未来社会を予見させるようで不気味である。今後のネット上の議論のあり方について、深く考えさせられる問題である。

またこのニュースに接して、人造人間《アンドロイド》をはじめて描いたヴィリエ・ド・リラダンの『未来のイブ』も、まんざら荒唐無稽なフィクションとばかりもいえなくなったと思われた。大正末年に谷崎潤一郎は『青塚氏の話』で、映画のみで知っている女優のさまざまな姿態のリアルな人形を制作する物語を書いたが、これにすぐれたＡＩを組みこんだラブドールとしたならばどうだろうか。たとえば、年老いたひとりの男が、妻の若く美しい頃の「未来のイブ」を製作し、それとパーフェクトにコミュニケーションし得たとしたならば。今日、前世紀の初頭までは文学的な想像世界のみでしかあり得なかったことが、現実において実現可能となりつつある。

決定版『谷崎潤一郎全集　第二十五巻』(中央公論新社、二〇一七年)に収録された創作ノート「子」には、まさにこうした近未来に多大の関心を示すようなメモが残されている。「Ａ（Ｍ）とＢ（Ｗ）が二十歳頃に交接した姿を映画に写しておく。それから四十年を経て二人がその映画を取り出して見、それの刺戟に依つて交接する、」とのメモがあって、「次ノページ「サイバネティックス」参照」とあり、次頁には昭和三一年四月一一日の「毎日新聞」の「学芸」欄に掲げられたサイバネティックスに関する記事の切抜きが貼り付けられている。

映画やポラロイドカメラなど、新しい機械が人間社会へ及ぼす関係に非常に鋭敏だった谷崎は、戦後、話題となったサイバネティックス（人工頭脳）にも関心を寄せ、それを男女の愛情問題とからませる物語も構想していたようだ。結局、それに取りかかることはしなかったけれど、もし谷崎がいま生きていたとしたならば、どんな物語を構築したであろうか。考えただけでもワクワクさせられるが、ＡＩとの関係において今後の文学ということを考えると、必ずしも楽観してばかりもいられないかも知れない。

終章　君なくてあしかりけり

早いもので東日本大震災からもう六年半が経とうとしている。私はあの日、地下鉄の早稲田駅にいた。神保町へゆく用事があったので、早稲田から東西線に乗ろうと、改札を通るとちょうど発車間際の電車がとまっていたので、一番うしろの車両に飛び乗った。九段下で降りるには前の方がいいので、最後尾の車両から歩きはじめたのだが、すると椅子に腰かけていた人が、「アッ、地震だ」といった。それと同時にいったん閉まった車両のドアが、再びパッと開いた。そのとき私自身は立って地下鉄の車両のなかを歩いていたので、まったく揺れは感じなかったけれど、瞬間的にドアからプラットフォームの方に出た。

プラットフォームへ出ると同時に激しい揺れが襲ってきた。構内の放送が「揺れが激しいので、念のために壁側にお寄り下さい」とアナウンスした。車両は荒波のなかの木材のように激しく左右に大きく揺すぶられた。私は壁に手をついて、半分腰を落とすように身構えながら、地下鉄のズッと奥までつづく暗いトンネル内の天井を見つづけていた。激しい揺れがいったんおさまりかけたかと思うと、それにかぶせるようにまた激しい揺れが襲ってきて、かなり長い時間揺れつづけていたように思う。

こんな大きな地震の揺れに遭遇したのははじめてだった。もう何年も前から来る、来るといわれてきた東海地震がとうとうきたのかということが、まず思い浮かんだ第一の感想だった。地下は地上より揺れが比較的少ないということを聞いていたので、おそらく大丈夫だろうと思いながら、もしあの天井が抜け落ちてきたならば、生き埋めとなって死ぬかも知れないなと感じた。天井が持ちこたえてくれることをひたすら祈りながら、揺れがおさまるのを待ちつづけた。

揺れがおさまってから、携帯でネットに接続していた方に、震源地はどこですかとお訊ねしたところ、宮城県沖でマグニチュードが八を越えるようですとの答えだった。てっきり東海沖だろうと思っていたので、ちょっと意外な感じだった。もう電車もすぐには動かないだろうと思ったので、地下のフォームから地上へ出るべく階段をおそるおそる上がっていった。というのは、大地震といえば、高速道路が横倒しになったり、ビルが倒壊して道路をふさいだり、電柱が斜めにかしいでいるといった、テレビで見たあの阪神淡路大震災のイメージが頭に焼きついていたので、それほどではないとしても、道路にはビルからの割れたガラスが散乱しているのではないかと想像されたからである。

が、驚いたことに地上に出てみると、電柱一本倒れず、窓ガラスも割れずに、普段どおりの街並みがつづいていた。ヘエー、日本の建築技術はたいしたものなんだ、これくらいの揺れではビクともしないのだと感心してしまった。車は普段どおりに動いていたので、私はタクシーを拾って目的地までおもむいた。タクシーのなかではラジオが、九段会館の天井が落ちてケガ人が出たことと同時に、三陸地方に津波警報が出ていることを報じていた。まだ小学生だったころ、地球の裏側のチリで大地震が起こり、三陸地方に大きな津波の被害をもたらしたことがあり、子ども心にそんなこともあるのかと驚かされたが、これほどの揺れならば、どんなに大きな津波が押しよせてくるのかと不安が募った。

私の生まれ故郷は、今度の東日本大震災で大きな被害をうけた宮城県石巻市の渡波《わたのは》というところである。私が五つのときに横浜へ引っ越しているので、私自身はそこでの記憶はそれほど多くない。が、叔母や従兄弟たちがそこに住んでおり、震災直後にはまったく連絡もつかずに、その安否がとても案じられた。テレビで報じられる石巻地区の被害の様子は絶望的なほど甚大で、とてもその全貌をつかむことが難しい。東京の方へ出てきている従妹は「もう私はあきらめた」と言い出すし、まったく何の手掛かりを得ることもできずにただただ途方にくれるばかりだった。

そんな折、震災から二日ほどしてからだったろうか、国土地理院が三陸から宮城県へかけて津波の被害にあった海岸線を航空写真に撮り、それをネット上にアップしてくれた。それを拡大すれば一軒一軒の家を確認することも可能で、津波の押しよせたところとそれからまぬがれたところとでは色が変わっているので、一目瞭然だった。叔母の家はそのちょうど境目のところにあったけれど、少なくとも叔母の家も従兄弟の家も元の場所に立っていることだけは確認できた。ただ地震のときに家にいたか、外出していたかは分からなかったが、少なくとも在宅していた限りは無事だろうということが推測できた。

叔母や従兄弟たちと連絡がとれるようになったのはそれから大分あとのことだったが、幸いなことに親類縁者にはひとりの犠牲者も出さずにすんだ。電話口での叔母の話によれば、地震のときにはすごい揺れで、隣の駐車場の車がゴム毬のようにバウンドしたという。そして海側から大勢のひとが山側にある叔母の家の方をめがけて逃げてきたが、叔母の表現をそのまま借りれば、新宿駅のラッシュアワーのときよりももっと多くの人が一気に押しよせてきたという。叔母夫婦と息子の嫁と三人で家にいたが、息子の嫁は私たちも逃げようかといったけれど、もう米寿で足腰も弱っている叔母夫婦は「私たちはもういいからあなたひとり逃げなさい」といったという。それでは少しでも高いところへということで三人で二階へのぼったが、津波は玄関をかすめて退《ひ》いていったという。

叔母の家は道路より三、四段高く建てられていた。道路と同じ平面である駐車場にとめていた車を一台ダメにしたけれど、さいわい家のなかに水は入ってこなかったという。私の生まれた家はもうだいぶ前に取り壊されてなくなっていたけれど、海からはよほど離れ、奥まった田んぼのなかというイメージだったが、津波のあとはその近くの田んぼのなかにも何台か車がいつまでもころがっていたという。私は幼いときから渡波という地名を何か不思議に感じていたが、それがどんな意味をもち、どのようなメッセージを伝えるものか、誰も教えてくれなかった。また自分自身で考えてみようともしなかった。

大学生のころ、毎年のように渡波の長浜海岸には遊びに行った。その後、漁港が造られて風景が昔と大きく変わってしまったけれど、砂浜の美しい見事な海岸だった。駅からその海岸へゆくまでには一区劃の家並みを抜け（そこには私の母の親しくしていた友人の家もあったはずだ）、松並木も通り抜けてコンクリートの堤防を越えてゆかねばならなかった。震災後、その海岸までの家並みも松並木ともどもすべて洗いながされてしまった光景をみて、渡波という地名をイヤというほど実感させられた。こういうことだったのか。そこには昔の人が地名に託して、後世の人間へ伝えようとしたメッセージが込められていたのだが、私たち近代の人間は傲慢にもそれを聞く耳を持ちあわせなかったのである。

東日本大震災は一〇〇〇年に一度の大地震だといわれる。地震の大きさと発生頻度に関して、一九五六年に地質学者のベノ・グーテンベルグとチャールズ・リヒターが提唱したグーテンベルグ・リヒター則というのが知られている。エネルギーEを放出するような年ごとの地震の数は、Eの（-b）乗に比例するという経験則だが、bの値は地域によらず約1・5というものだ。自己組織化臨界状態について研究していたパー・バックには、これがその恰好な実例になるものと判断され、チャウ・タンとともにコンピュータでシミュレートした地震は、これときわめてよく似たべキ乗法則に従ったという。

べキ乗法則とは両対数グラフにおいて直線上に並ぶような分布（べキ乗分布）を示す現象のことをいうが、このことは事象と事象とのあいだに何らかの相関があることを示している。自己組織化臨界状態に関しては、砂山をモデルとして語られるのが一般的である。砂山のうえから砂がたえず霧雨のように降りそそいでいるような情景を思い浮かべるとしよう。砂の山はしだいに高くなり、もうこれ以上は成長できないところまでくると、積み上がった砂は雪崩を起こして、山は低くなる。このように砂山は砂の蓄積と雪崩を何度も繰り返すが、山の高さと傾きはフラクタル（自己相似的）な構造をもち、ほぼ一定の範囲で保たれつづける。雪崩の規模と頻度の関係はべキ乗法則に従っており、小さな規模の雪崩は頻度が高く、大きな規模の雪崩はそれほど高い頻度で起こるわけではない。

砂山の形状に関しては、外側からどのような力を加えられることなく、まったくそれ自身で定常な状態に達するところから「自己組織化」されているといえる。そして、砂山がある一定の高さと傾きを保っているとき、その砂山は「臨界」状態にあるといえる。いまにも崩れそうな臨界状態にある砂山に、ひと粒の砂が落ちてきたとする。何も起こらないかも知れないし、周辺のいく粒かがほんの少しずれるだけかも知れない。あるいはたったひと粒の砂が衝突しただけで、次々に連鎖反応を引きおこして砂山のある方向の斜面全体が大規模な地すべりを起こすかも知れない。いずれ遅かれ早かれ、こうしたあらゆる現象が必ず起きることは間違いない。

地殻の衝突によってつねに圧力を加えつづけられることから地震が発生するのと同じように、上から絶えず降りつづく砂粒はあらゆる規模の砂山の崩壊の引き金となる。こうした自己組織化臨界状態は、地震などの自然現象ばかりか、株価の変動、交通渋滞などに典型が見られるように、社会のあらゆる方面において観察される。しかし自己組織化臨界状態の理論は、いまだ十分に検証や議論が加えられておらず、仮説の領域にとどまるというが、これをひとつの比喩と見なして、私たちの生活のあらゆる側面に経験則として適応させてみることも興味深い。たとえば、どんな小さな町工場からはじまった会社も、時代の潮流に乗れば、降り積もる砂山と同じようにたちまち世界的な規模の会社になることも可能だけれど、どんな大企業も必ず臨界状態に達しざるを得ない。

以前、「朝日新聞」が「限界にっぽん」というシリーズの特集を組んでいたが、日本を代表するような大企業による「追い出し部屋」の話が延々とつづいていた。企業はみずからの組織をまもるために、肥大化した部分をリストラというかたちで削ぎ落とそうとするが、リストラされる方もリストラする方もたまったものではない。読んでいて切なくなったが、それはひとり企業体ばかりでなく、そのタイトルにあるように「にっぽん」という国家も、大崩落寸前の臨界状態にあるのかも知れない。砂山も小さければ崩壊しても多寡が知れているが、大きくなれば大きくなるほどダメージは大きくなる。会社や国家ばかりか、地球上の人類の文明そのものが、現在、降り積もりつづける砂によって自己組織化した臨界状態にあり、まさに大崩壊の予兆に充ち満ちているといえるのではないか。

一九世紀から二〇世紀の世紀の変わり目には地球上の人口は一四億人だったといわれるが、それが現在は七〇億を越えて、今世紀の半ばには一〇〇億人に近くなるといわれている。この増加しつづける人口を、はたして地球は支えつづけることができるのだろうか。人口増加によるエネルギーの消費の増大は、間違いなく地球温暖化現象を引き起こして気候変動をもたらす。そして、やがては深刻な食料危機に直面せざるを得なくなるだろう。また第二次世界大戦後の人口の爆発的な増加も、抗生物質の登場で病原菌を抑えることができたからだろうが、病原菌の方も抗生物質への耐性を強め、いずれは鳥インフルエンザなどのパンデミックが発生せざるを得なくなるのかも知れない。

中世末に黒死病《ペスト》が大流行することで、土地と人とが結びついた中世の荘園体制が維持できなくなり、近代の新しい政治体制が生まれたといわれるが、その近代が生み出した民主主義という政治形態も制度疲労によって、もはや単なる衆愚主義でしかなくなってしまったようだ。近い将来、中世の末期に大流行したと同じように何らかの病原菌がとんでもない反乱をおこし、近代という時代にトドメを刺すのだろうか。そうしてこれまで誰にも考えられなかった、まったく新たな政治形態が編みだされることになるのだろうか。少なくも現在の世界の状況を見渡してみれば、どんなオプティミストも明るい未来なぞ思い描くことはできないだろう。

まったく話は変わるけれど、谷崎潤一郎に「蘆刈」という作品がある。当時いまだ人妻だった根津松子にインスピレーションを得て書かれたものだけれど、その巻頭に「君なくてあしかりけりと思ふにもいとゝ難波のうらはすみうき」という「大和物語」からの一首が引かれている。他家に嫁いだ愛する女性（お遊さん）を忘れることができず、毎年、十五夜の晩に小椋池のほとりに住む女性をすき見にゆくという話だが、それが現実のことか幻想のことか読者にも判然しないように語り出される。女性と完全に切れるのか切れないのか曖昧な臨界状態において作者の想像力はもっとも活性化されたようだけれど、いってみればマゾヒストの生理は不断にわが身を臨界状態に置きつづけることに限りない至福を感ずるものなのだろう。

　また「難波のうら」は、その昔は蘆の生い茂る湿地帯だったようだ。「大和物語」の歌は、むつみ合っていたけれど、貧しくてたちゆかなくなった夫婦が別れ別れとなり、難波の浦の蘆刈人と落ちぶれた男が、いまでは高貴な人の妻となった女と再会したが、わが身を恥じて逃げ隠れてしまったという話に基づいている。難波《なにわ》は浪速とも記されるが、おそらくかつての南海大地震でよほどの速い津波に襲われ、現在の難波《なんば》あたりでそれは退いていったのだろう。浪速という大阪の旧名がどんなメッセージを伝えているかは、今回の東日本大震災による石巻市の渡波地区によっても明らかだろう。東日本大震災に連動して南海トラフが動くことが懸念されている昨今、大阪市長は真剣にその対策に取り組まなければなるまい。桑原、桑原……。

主要参考文献

村上春樹『風の歌を聴け』(講談社、一九七九年)
――『色彩を持たない多崎つくると、彼の巡礼の年』(文藝春秋、二〇一三年)
『芥川龍之介全集』全二四巻(岩波書店、一九九五〜一九九八年)
『谷崎潤一郎全集』全二六巻(中央公論新社、二〇一五〜二〇一七年)
『漱石全集』全二八巻、別巻(岩波書店、一九九三〜一九九九年)
『二葉亭四迷全集』全九巻(岩波書店、一九六四〜一九六五年)
『寺田寅彦全集』全三〇巻(岩波書店、一九九六〜一九九九年)
『定本　横光利一全集』全一六巻(河出書房新社、一九八一〜一九八七年)
森　鷗外「サフラン」(『鷗外全集　第二十六巻』(岩波書店、一九七三年)
E・A・ポー、篠田一士訳「構成の原理」、小泉一郎訳「書評「バーナビ・ラッジ」」(『ポー全集　第三巻』東京創元社、一九七〇年)
ヴォルテール、吉村正一郎訳『カンディード』(岩波文庫、一九五六年)
ヴィリエ・ド・リラダン、渡辺一夫訳『未来のイヴ』上、下(岩波文庫、一九三八年)
M・マクルーハン、森常治訳『グーテンベルクの銀河系　活字人間の形成』(みすず書房、一九八六年)
ホワイトヘッド、上田泰治・村上至孝訳『ホワイトヘッド著作集第6巻　科学と近代世界』(松籟社、一九八一年)
ポアンカレ、吉田洋一訳『科学と方法』(岩波文庫、一九五三年)
B・マンデルブロ、広中平祐監訳『フラクタル幾何学』(日経サイエンス社、一九八五年。のち、ちくま学芸文庫、二〇一一年)

Joel L.Schiff 梅尾博司・Ferdinand Peper 監訳『セルオートマトン』（共立出版、二〇一一年）
井庭崇・福原義久『複雑系入門』（NTT出版、一九九八年）
蔵本由紀『新しい自然学　非線形科学の可能性』（岩波書店、二〇〇三年）
――――『非線形科学』（集英社新書、二〇〇七年）
――――『非線形科学　同期する世界』（集英社新書、二〇一四年）
E・ブローダ『ボルツマン』（みすず書房、一九五七年）
トーマス・クーン、中山茂訳『科学革命の構造』（みすず書房、一九七一年）
D・ルエール、青木薫訳『偶然とカオス』（岩波書店、一九九三年）
ラプラス、内井惣七訳『確率の哲学的試論』（岩波文庫、一九九七年）
平田森三『キリンのまだら』（ハヤカワ文庫、二〇〇三年）
近藤滋『波紋と螺旋とフィボナッチ　数理の眼鏡でみえてくる生命の形の神秘』（秀潤社、二〇一三年）
松野孝一郎「内部観測」（『複雑系の科学と現代思想　内部観測』青土社、一九九七年）
森　貞子「「団栗」の頃」（『寺田寅彦選集』3、世界評論社、一九四九年）
池内　了『寺田寅彦と現代　等身大の科学を求めて』（みすず書房、二〇〇五年）
レスリー・A・フィードラー、井上謙治・徳永暢三訳『終わりを待ちながら――アメリカ文学の原型Ⅱ』（新潮社、一九八九年）
清水良典『村上春樹はくせになる』（朝日新書、二〇〇六年）
平野芳信『村上春樹と《最初の夫の死ぬ話》』（翰林書房、二〇〇一年）
田中　実「数値のなかのアイデンティティ――『風の歌を聴け』」（「日本の文学」第七集、一九九〇年六月）
藤井貴志『芥川龍之介　〈不安〉の諸相と美学イデオロギー』（笠間書院、二〇一〇年）
A・ブランキ、浜本正文訳『天体による永遠』（雁思社、一九八五年。のち、岩波文庫、二〇一二年）
野村修・高木久雄・山田稔訳『ヴァルター・ベンヤミン著作集15　書簡Ⅱ　1929―1940』（晶文社、

一九七二年）
ヴァルター・ベンヤミン、今村仁司他訳『パサージュ論Ⅰ　パリの原風景』（岩波書店、一九九三年）
神田由美子『芥川龍之介と江戸・東京』（双文社出版、二〇〇四年）
永田英一「リスボンの震災について――ルソーとヴォルテール」（『九州大学文学部創立四十周年記念論文集』九州大学文学部、一九六六年）
ルソー「ヴォルテール氏への手紙」（『ルソー全集　第五巻』白水社、一九七九年）
保苅瑞穂『ヴォルテールの世紀　精神の自由への軌跡』（岩波書店、二〇〇九年）
井上堯裕『ルソーとヴァルテール』（世界書院、一九九五年）
水林　章『『カンディード』〈戦争〉を前にした青年』（みすず書房、二〇〇五年）
川端康成「芥川龍之介と吉原」（「サンデー毎日」一九二九年一月一三日号）
福田恆存「二十年前の私小説論議」（『平衡感覚』真善美社、一九四七年）
柄谷行人『日本近代文学の起源』（講談社、一九八〇年）
松本清張「潤一郎と春夫」（『昭和史発掘3』文藝春秋、一九六五年）
中村光夫『谷崎潤一郎論』（河出書房、一九五二年）
長谷川堯『神殿か獄舎か』（鹿島出版会、二〇〇七年）
猪野謙二「『それから』の思想と方法」（『明治の作家』岩波書店、一九六六年）
山田俊治「『それから』という鏡――初期「白樺」の一断面」（「国文学研究」一九九四年六月）
中島国彦・長島裕子編『漱石の愛した絵はがき』（岩波書店、二〇一六年）
前田　愛「音読から黙読へ」（『近代読者の成立』有精堂、一九七三年）
小森陽一「物語の展開と頓挫――『浮雲』の中絶と〈語り〉の宿命」（『構造としての語り』新曜社、一九八八年）
内田魯庵「二葉亭の一生」（『思ひ出す人々』春秋社、一九二五年）
前田　愛「二階の下宿」（『都市空間のなかの文学』筑摩書房、一九八二年）

高橋　修『主題としての〈終り〉文学の構想力』（新曜社、二〇一二年）
石原　純『思索の手套』（婦女界社、一九四二年）
――「宇宙の生命」（「アララギ」一九一七年一月）
――「自然科学的認識の対象としての自然の実在に就て」（「アララギ」一九一六年三月）
桑木彧雄「寺田寅彦の手紙」（「思想」一九三六年三月）
――「物理学上認識の問題」（「理学界」一九一二年三月）
――「説明と記載」（「理学界」一九〇六年七月）
田辺　元「桑木理学士の「物理学上認識の問題」」（「哲学雑誌」一九一二年一二月）
――「物理学的認識に於ける記載の意義――（キルヒホッフ及マッハの批評）」（「哲学雑誌」一九一三年九月）
プランク、田辺元訳「物理学的世界形象の統一」（「哲学雑誌」一九一三年三、四、五月）
佐藤文隆『職業としての科学』（岩波新書、二〇一一年）
エルンスト・マッハ、須藤吾之助・廣松渉訳『感覚の分析』（法政大学出版部、一九七一年）
木田　元『マッハとニーチェ　世紀転換期思想史』（講談社学術文庫、二〇一四年）
山本亮介『横光利一と小説の論理』（笠間書院、二〇〇八年）
エッケルマン、亀尾英四郎訳『ゲエテとの対話』全三巻（春陽堂、一九二二〜一九二七年）
ゲーテ、木村直司訳『色彩論』（ちくま学芸文庫、二〇〇一年）
アンドレ・ジイド、辰野隆訳「ゲエテ」（『アンドレジイド全集　第九巻』建設社、一九三四年）
ヴァレリー、佐藤正彰訳『ゲエテ頌』（野田書房、一九三五年）
ゲーテ、山下肇訳「ヴィルヘルム・マイスターの遍歴時代」（『ゲーテ全集　第六巻』人文書院、一九六二年）
W・ハイゼンベルク、芦津丈夫編訳『科学‐技術の未来　ゲーテ・自然・宇宙』（人文書院、一九九八年）

あとがき

文学と科学との相関性にふれて書いた文章をあつめてみた。私がこのテーマに関心を抱きはじめたキッカケは、いまでもはっきりと覚えているが、ある日、ひとつのNHKのテレビ番組をみたことによる。何をみようという気もなしに、ふと、たまたまテレビのスイッチを入れてみたら、フラクタルという聞きなれないことばについての話をしていた。最初は何の気なしにみていたのだが、だんだんに興味をもち、面白くなって最後まで見てしまった。番組の途中からだったもので、もう一度みたいと思い、再放送してくれないかなと気にしていたのだが、その機会もないままに過ぎてしまった。

その後、NHKのある番組の取材をうけて、その番組のディレクターの方と話をしていたとき、かつてNHKの番組でフラクタルに関する番組をみたことがあるが、非常に気になってもう一度みたいと思っていると話したところ、それが一九九六年一〇月五日に放送された「未来潮流　フラクタルが新しい世界をひらく」という番組だったことが分かり、特別に視聴する機会をつくってもらえた。この番組をみて以来、フラクタルに関する本を覗いてみたりしていたので、二度目にみたときには実によく理解でき、それこそ私自身の新しい世界がひらけてゆくように実感させせられた。

この番組にはイギリスのSF作家アーサー・C・クラークもインタビュー出演していて懐か

しかった。アーサー・C・クラークの作品もそうだけれど、文学作品はすべて入れ子構造に仕上げられており、その構造自体が時間とともに移行してゆき、しかもその根底に動かないものが存在している。それを明らかにしながら、その特有の意味を読み解いてゆけばひとつの作品に関する論文が書けるものと、昔から私は勝手にそう思っていた。それには谷崎潤一郎と芥川龍之介の論争などがひとつのヒントになって、漠然とそう考えつづけてきたのかも知れないが、それがフラクタルの概念を知るにおよんで、あー、そうか、それにはひとつの科学的な根拠があったのだと確信するようになった。

またちょうどそうした折、私の若い友人の細川光洋君が高知工業高等専門学校に赴任して、土地柄から寺田寅彦の研究に取り組みはじめて、何かと寺田寅彦の話を聞かされるようになった。それまで寺田寅彦に関しては、ひととおりの代表的な文章に目をとおしただけで、のめりこむほど読み込んでいたわけではない。細川君の寺田寅彦に関する論を読むために、寺田寅彦の文章を読み直して、何だ、寺田寅彦がめざしていた方向は二〇世紀後半に脚光をあびることになった、フラクタルな構造をもつ複雑系の科学だったのかと分かって驚かされた。寅彦の時代にはいまだコンピュータがなかったので、寅彦自身は複雑系の科学を完成させることはできなかったけれど、その基底にあった発想法は間違いなくそれと同じだった。

それからしばらくは『寺田寅彦全集』と複雑系の科学の解説的な文章ばかりを読みふけった。ここに収めた文章はすべてそれらに触発されて書かれたものである。発表誌の「テクネ」といい、

「アジア・文化・歴史」といい、ほんの少部数刷っているだけの個人発行のミニコミ誌である。前者は小説家の浦野興治さん主宰の雑誌で、ときどき書かせてもらっているが、そこに掲載した文章を、私のゼミに出席している大学院博士課程の学生が論文で言及したところ、それを読んで「テクネ」を早稲田大学図書館で検索したところ、早稲田の図書館にも置いていなかったので、どこで読めばいいんだとクレームをつけられた由、そのうちに私のもっているバックナンバーを寄贈しておきます。

後者の「アジア・文化・歴史」は、やはり私の若い友人の山本幸正君が中国の西安で発行している雑誌である。山本君は大学院時代にたまたま私の授業を聴講していたこともあるが、長らく予備校で現代文の講師をつとめておられた。ずば抜けた才能と研究者としてもすぐれた資質をもっている山本君が、このまま予備校の講師で終わることは惜しいなと思いつづけていたけれど、ある日、中国へ行きたいので、どこか日本語教師でもいいから中国の大学での就職口はないだろうかという相談をうけた。山本君がアジアへの強い関心を抱き、中国語の勉強もしていることを知っていたので、それではということで、同僚の中国文学を専門としておられる堀誠先生とも相談して、西安交通大学にお願いすることになった。

西安交通大学ではいろいろトラブルつづきだったようであるけれど、その後、西安外事学院に移り、この九月以降は上海の大学の方へ転任している。中国の西安へ赴任してから半年ほどして、そのトラブルのさなかに今度、雑誌を出すことにしたので、先生もエッセイでも論文でも何んでもいいから、何か書いてくれといってきた。その意気に感じ、可能なかぎり応援してあげたいという気持ちもあったので、それまで少し書きためてあった原稿を載せてもらうことにした。第一号の発行が昨年四月であったから、一年半足らずのあいだに第六号まで刊行したことになる。上海に移ってからの最初の第七号も、間もなく出る予定だと聞いている。そのエネルギーには驚嘆させられるが、その若い山本君のエネルギーに引きずられるかたちで、私も原稿を書きつづけてきた。

二〇一五年は谷崎潤一郎の没後五〇年だったので、上海で谷崎潤一郎国際シンポジウムを開催した。そのときの報告をまとめた論文集を勉誠出版にお願いし、「アジア遊学」の一冊として『谷崎潤一郎　中国体験と物語の力』が刊行された。その編集を担当してくれたのが堀郁夫さんだった。私は二〇一二年に『物語の法則』『物語のモラル』の二冊を刊行したが、それ以降に書いた文章のなかから文学と科学にかかわることを扱ったもののコピーの一束を堀さんに提示したところ、堀さんのアイデアでこのようにまとめてくれた。私ひとりで編集したならば、絶対にこうした構成にはならなかったと思う。この目次案をはじめて示されたとき、軽い衝撃がはしり、堀さんの編集手腕に舌を巻くほど驚かされた。自分の思い込みだけで編集しようとしてもこんなに上手く組み立てることはできなかった。堀さん、ほんとうに有り難うございました。心から感謝申し上げます。

本書に収めた文章の初出一覧は、次の通りである。

はじめに
〈カオスの縁〉の方へ（『テクネ』三一号、二〇一四年五月一〇日）

序　章

前半「相似・アナロジー・フラクタル」（『日本近代文学』第九四集、二〇一六年五月一五日）
後半「方法としてのアナロジー」（講談社文芸文庫『寺田寅彦セレクションI』、「解説」二〇一六年二月一〇日）

物語の自己組織化　村上春樹『風の歌を聴け』（『アジア・文化・歴史』第一号、二〇一六年四月三〇日）

〈色彩を持たない田崎つくる〉の物語法則（『日本文学』二〇一三年一一月一〇日）

なぜ飛行機は「僕」の頭の上を通ったのか　芥川龍之介『歯車』（『アジア・文化・歴史』第二号、二〇一六年六月三〇日）

震災・カンディード・芥川龍之介（『テクネ』三一号、二〇一四年五月一〇日）

谷崎潤一郎と芥川龍之介　小説の筋論争をめぐって（講談社文芸文庫『文芸的な、余りに文芸的な／饒舌録』、「解説」二〇一七年九月八日、および、宮坂覚編『芥川龍之介と切支丹物――多声・交差・越境』翰林書房、二〇一四年四月六日）

建築と文学　谷崎潤一郎の場合（『建築と社会』第一〇九八号、二〇一三年九月一日）

近代小説の力学的構造　夏目漱石『それから』（『アジア・文化・歴史』第三号、二〇一六年一〇月三〇日）

文学史のなかの夏目漱石（「アジア・文化・歴史」第四号、二〇一六年一二月三一日）
語り手の「居所立所」　二葉亭四迷『浮雲』（「アジア・文化・歴史」第六号、二〇一七年七月七日）
不易流行（「季刊　文科」第六四号、二〇一四年一二月二二日）
科学と文学とのあいだ　寺田寅彦、石原純宛全集未収録書簡をめぐって（「テクネ」第三三号、二〇一五年七月一日、「テクネ」第三五号、二〇一六年八月一日）
横光利一「文学と科学」について　書き下ろし
ＡＩ（人工知能）と文学（「こころ」第三一号、二〇一六年六月二三日）
終章　君なくてあしかりけり（「テクネ」第三〇号、二〇一三年一一月一日）

本書の構成にあわせて改題し、大幅に書き直したものもある。また個別の文章として執筆、発表したために、森鷗外の「サフラン」やＥ・Ａ・ポーの「構成の原理」、ポアンカレの『科学と方法』など、何度も繰り返し同じ文献に言及している箇所もある。論の性質上やむを得ないものとしてご海容を願いたいけれど、逆にいえば、それらはそれほど重要な文献なのだと理解していただければ幸甚である。

二〇一七年一一月一五日

千葉俊二

【著者略歴】

千葉俊二（ちば・しゅんじ）

昭和22年、宮城県に生まれ、のち横浜に育つ。早稲田大学第一文学部卒業、同大学院文学研究科博士課程中退。早稲田大学教育・総合科学学術院教授。専門は日本近代文学。著書に『物語の法則』、『物語のモラル』など。中央公論新社から刊行されている決定版『谷崎潤一郎全集』の編集委員も務める。

文学《ぶんがく》のなかの科学《かがく》

なぜ飛行機《ひこうき》は「僕《ぼく》」の頭《あたま》の上《うえ》を通《とお》ったのか

2018年1月31日　初版発行

著　者　千葉俊二

発行者　池嶋洋次

発行所　勉誠出版株式会社

〒101-0051　東京都千代田区神田神保町3-10-2

TEL：(03)5215-9021(代)　FAX：(03)5215-9025

〈出版詳細情報〉http://bensei.jp/

印刷・製本　中央精版印刷㈱

装　　丁　盛川和洋

ISBN 978-4-585-29157-2 C3095